Carola Clasen
Mord im Eifel-Express

Bisher von der Autorin bei KBV erschienen:

»Novembernebel«
»Das Fenster zum Zoo«
»Tot und begraben«
»Auszeit«
»Schwarze Schafe«
»Wildflug«

Carola Clasen wurde in Köln geboren. Nach einem Sprachenstudium arbeitete sie bis zu ihrer Heirat in Belgien. Später veröffentlichte sie zahlreiche Kurzgeschichten im Rundfunk. 1998 erschien ihr erster Eifel-Kriminalroman »Atemnot«. »Mord im Eifel-Express« ist ihr siebter Titel im Programm des KBV.

Carola Clasen

Mord im Eifel-Express

KBV
KRIMI

1. Auflage September 2008
2. Auflage November 2008

www.kbv-verlag.de
E-Mail: info@kbv-verlag.de
Telefon: 0 65 93 - 99 86 68
Fax: 0 65 93 - 99 87 01
Umschlagillustration: Ralf Kramp
Redaktion, Satz: Volker Maria Neumann, Köln
Druck: GEmediaprint, Eupen
www.gemediaprint.com
Printed in Belgium
ISBN 978-3-940077-41-7

Für den Ur-Ur-Großneffen
von Karl May

»Die Zahl der Reisenden, die an einer Station aussteigen,
kann nicht größer sein als die Zahl der Reisenden,
die bei der Abfahrt von der vorhergehenden Station
im Zug vorhanden gewesen sind.«

Zirkular der französischen Staatsbahnen

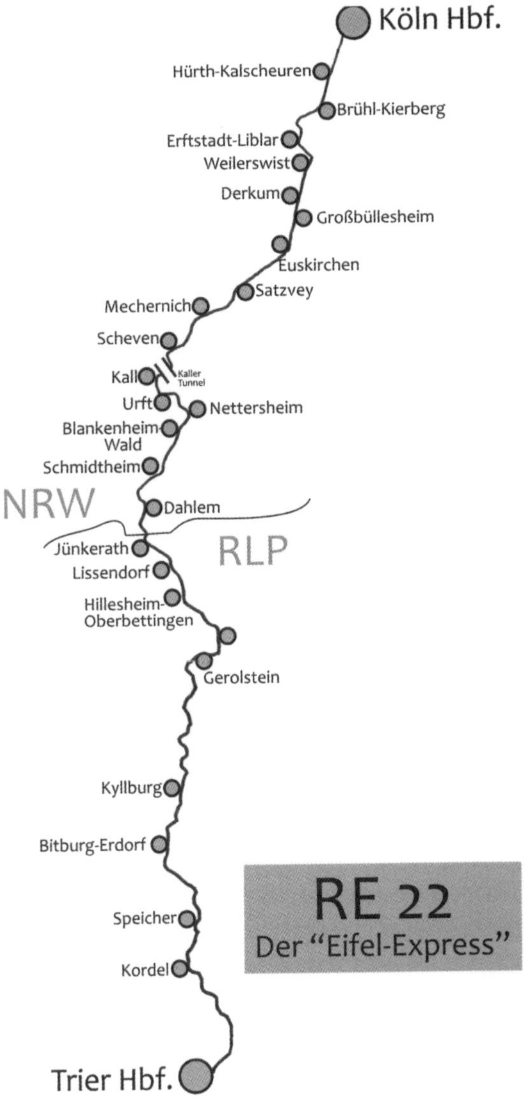
Köln Hbf.
Hürth-Kalscheuren
Brühl-Kierberg
Erftstadt-Liblar
Weilerswist
Derkum
Großbüllesheim
Euskirchen
Satzvey
Mechernich
Scheven
Kall
Kaller Tunnel
Urft
Nettersheim
Blankenheim-Wald
Schmidtheim
NRW
Dahlem
RLP
Jünkerath
Lissendorf
Hillesheim-Oberbettingen
Gerolstein
Kyllburg
Bitburg-Erdorf
Speicher
Kordel
Trier Hbf.
RE 22
Der "Eifel-Express"

1. Kapitel

Selten legte Wilhelm Nowak Blumen auf ihr Grab. Im Sommer, da konnte er sie vom Straßenrand oder heimlich aus dem Garten seiner Schwester pflücken. Nachbarn, die von seinem Schicksal wussten, reichten ihm manches Mal welche über den Zaun, wenn sie ihn vorübergehen sahen. Doch im Winter, so wie jetzt, standen künstliche Blumen auf ihrem Grab, und er ging, abgesehen von seinem Gehstock in der Linken, mit leeren Händen zum Friedhof. Blumen im Geschäft zu kaufen, konnte er sich einfach nicht leisten. Er hatte alles verloren. Er war mittellos. Das Wenige, was ihm geblieben war, gab er lieber für Fahrkarten aus.

Eine rote Kerze aber brannte immer.

Wilhelm Nowak ging fast jeden Tag auf den Friedhof. Nach dem Mittagessen, das seine Schwester Ulrike lieblos zubereitete. Ein Verdauungsspaziergang, wie Wilhelm es nannte, aber es war mehr. Es war die Flucht vor dem Hof der Irmschers, auf dem er sich immer noch wie ungebetener Besuch vorkam. Er ging die knapp zwei Kilometer immer so schnell er konnte.

Erst hinab ins Tal, sodass er manchmal fast lief, während sein Stock an seiner Seite über den Straßenbelag schabte. Er durchquerte Dahlem, ohne großartig nach links oder rechts zu sehen und schleppte sich dann, die Linke fest auf seinen Gehstock gestützt, die Rechte tief in die Tasche seines abgetragenen Wollmantels vergraben, den steilen Kapellenweg hinauf, mit schwerem Atem. Auf halber Höhe, in der Marienallee, hielt er kurz an, um zu verschnaufen. Jetzt gelang es ihm, zwischen den kahlen Zweigen der Rotbuchen hindurch das Friedhofstor zu erkennen. Der Anblick trieb ihn voran, er konnte es dann kaum erwarten, die Anhöhe zu erreichen.

Der Sendemast der Mobilfunkstation irritierte ihn jedes Mal neu, eine Verschandelung der Natur. Vertraut und lieb geworden waren ihm dagegen jenes einsame Windrad, dessen Flügel sich drehten, langsam wie die Zeiger einer Uhr, das Brummen eines kleinen Flugzeuges, das die Dahlemer Binz gerade verlassen hatte oder ansteuern mochte, der Geruch des Holzfeuers, der vom Dorf aufstieg, der Blick auf den Bahnhof im Tal und der immerwährende Wind, der die Stämme der Birken, die den Friedhof säumten, in jungen Jahren geformt haben musste, denn sie standen kreuz und krach.

Er schob das Friedhofstor auf, rechts die moderne Trauerhalle, links die Gräber der Soldaten in strengen Reihen, wie im Leben, so im Tod, und folgte dem Hauptweg, der schnurgerade und von Rotbuchen umsäumt erst vor dem steinernen Kreuz mit der Josefsfigur endete. Wilhelm hatte sie gezählt, die Rotbuchen auf dem Friedhof. Es waren zweiundvierzig.

Ansonsten gab es kaum Wege. Besucher überquerten eine Wiese, um zu den Gräbern ihrer Lieben zu gelangen, deren Grabsteine zumeist dicht Rücken an Rücken standen, eine Anordnung, die Wilhelm wie eine liebevolle Zusammengehörigkeit und Gemeinsamkeit hier oben empfand. Sie hatten alle das gleiche Schicksal erlitten.

Von der alten Kapelle wusste Wilhelm von früher, dass an ihrem Platz – lange bevor dieser Friedhof existierte – ein Heiligenhäuschen gestanden hatte, ehe ein Bauer beim Pflügen eine Muttergottes fand, die er brav der Pfarrkirche abgab, die jedoch auf unerklärliche Weise den Weg zurück auf die Anhöhe fand. Zum Gedenken an das kleine Wunder ließ die Gemeinde eine Kapelle bauen und nannte sie *Mutter vom Guten Rat*.

Es standen nur drei Bänke auf dem Friedhof. Wilhelms Stammplatz war zwischen dem Kompostsilo und der kleinen Wasserstelle. Von hier aus hatte er das Grab und die Kapelle im Blick. Und er hatte eine Aussicht, die über das Kylltal hinweg weit bis in die Hocheifel hineinreichte.

Ehe er sich niederließ, legte er den Gehstock beiseite, wischte mit dem Ärmel über den halbrunden, grünlichen Stein, in den auch die Namen seiner Eltern eingemeißelt waren, entfernte die Blätter von der Grabstelle, die von irgendwoher herangeflogen waren, zupfte hier und dort das Unkraut weg, denn seine Mutter hatte es gern ordentlich gehabt. Nach einer Gedenkminute, während der er die Hände in den Taschen zu Fäusten ballte, nahm er den Stock wieder auf, setzte sich auf die Bank und schlug die Beine übereinander. Dort hielt er es lange aus. Er spürte die Kälte kaum.

Um diese Uhrzeit und erst recht im Winter war es so still hier oben, als säße er auf dem Grunde eines Sees. Das Geläut der Bahnschranken, begleitet vom schleifenden Rollen eines Zuges aus dem Tal drang nur in sein Bewusstsein, weil er wusste, dass es einen Bahnhof gab.

Wilhelm blickte über die kahlen Zweige der Birken hinweg in den Himmel, und seine Gedanken gingen auf Reise. Immer führte diese Reise ihn zu demselben Ziel: zu Beate und zu dem Tag, an dem sie zum ersten Mal seinen kleinen, leicht verstaubten, bis zur Decke vollgestopften Lebensmittelladen auf der Kölner Straße betreten hatte.

Es war der 18. Juni 1983. Ein Freitag. Kurz vor Ladenschluss. Ein Datum, das Wilhelm nicht vergessen würde. Weil nichts danach mehr war, wie es vorher gewesen war.

Seine Mutter hatte sich aus gesundheitlichen Gründen zwei Jahre zuvor aus dem Geschäft zurückgezogen, fragte aber jeden Abend nach dem Umsatz, den Vater und Sohn getätigt hatten, und forderte die Grüße der Kunden ein. Dabei saß sie in ihrem Lieblingssessel. »Und?«, rief sie, wenn sie die Schritte hörte, Vater und Sohn endlich die Treppe hinauf in die Wohnung zurückkehrten, die Kittel abgelegt und die Hände gewaschen hatten. Sie erkundigten sich alle nach ihr, die Alten, die in Pantoffeln und Strickjacken aus den Nachbarhäusern herübergeschlurft kamen, um ein einziges Teil, manchmal zwei, einzukaufen. Der Laden war Umschlagplatz für Informationen aller Art. Man kannte das Leben der anderen, so wie das eigene ein offenes Buch für die anderen war. Fremde kamen nur zu den Nowaks, wenn sie etwas in Blankenheim oder Stadtkyll einzukaufen vergessen hatten. So wie Beate damals.

Ein Liter Vollmilch, ein Brot und Waschmittel fehlten ihr. Wilhelm wusste es wie heute. Sein Vater war gerade in den Keller ins Lager gegangen. Er war mit ihr allein. Es gab kein Entrinnen. Schon beim ersten Mal hinterließ Beate einen völlig irritierten, aus der Fassung geratenen Wilhelm Nowak, der noch lange auf die Stelle am Boden starrte, wo sie gestanden hatte, und sich wünschte, es wäre ihm etwas eingefallen, um sie in ein Gespräch verwickeln zu können. Doch als er wusste, was er hätte sagen können, da war sie längst wieder weg. Das hatte er schon immer gut gekonnt. Gelegenheiten verpassen.

Beate war schmal und fast so groß wie er selbst. Sie trug eine gefütterte Cordjacke, an deren Farbe Wilhelm sich nicht erinnern konnte. Aber an die Farbe ihres Haares. Es war schwarz, und kleine, mineralische Punkte glitzerten darin. Das Schönste an ihr war für ihn ihr Haar gewesen. Sie trug es glatt und lang bis auf die Schultern, den Pony bis über die Augenbrauen. Es war fein und flog ihr bei jeder Kopfbewegung ins Gesicht. Er liebte die kleine Handbewegung, mit der sie eine Strähne beiseite schob.

Zu seiner großen Verwunderung kam Beate in der nächsten Woche wieder. Und von nun an jede Woche. Immer freitags. Immer kurz vor Ladenschluss. Immer abgehetzt. Bald wusste er, was sie am liebsten aß. Wog großzügig ab und machte für sie günstigere Preise, hätte ihr die paar Kleinigkeiten aber auch geschenkt und noch etwas draufgelegt, wenn das nicht zu offensichtlich gewesen wäre. Wenn er dann hätte erklären müssen, warum, wieso ...

Bald hätte er ihr am liebsten gesagt, sie müsse sich nicht beeilen, er würde freitags länger aufhalten. Nur für sie. Doch er tat auch das nicht.

Wie sehr hielt er nach ihr Ausschau, wenn es auf den Abend zuging, und wie gedankenverloren fertigte er seine Stammkunden ab! Die Glastür hatte er fest im Blick. Die Plakate mit Ankündigungen von Festlichkeiten in Tondorf oder Oberschömbach versperrten ihm einen Teil der Sicht. Jeden Augenblick konnte die Tür aufgestoßen werden. Von ihr. Und wenn es dann soweit war, wurde er erst richtig nervös.

»'n Abend«, sagte sie jedes Mal leise, schob die Tür hinter sich zu und blieb einfach stehen. Außer Atem, froh, ihr Ziel mit knapper Not erreicht zu haben. Es klang, fand Wilhelm, als ob jemand von weit weg herüberriefe, als hätte jemand hinter einer Glasscheibe gesprochen.

Gut, dass Beate nicht sehen konnte, wie hinter der Theke und unter seinem weißen Kittel die Knie gegeneinanderschlugen. Fest presste er die Hände auf die Arbeitsplatte, damit sie nicht zitterten.

Falls andere Kunden im Laden waren, räumte Wilhelm so lange Dinge geschäftig von einer Stelle an eine andere, bis sie allein waren. Erst dann fragte er sie nach ihren Wünschen.

Einmal hatte sie sehr viel eingekauft, mehr als gewöhnlich, sie war immer ohne Tasche, da hatte er ihr die Ware zum Auto getragen. Seitdem wusste er, dass er nur nach ihrem dunkelgrünen Japaner Ausschau halten musste, wenn er auf sie wartete. Die Buchstaben und Zahlen des Euskirchener Kennzeichens waren bereits nach einmaligem Hinschauen in sein Gedächtnis gebrannt.

Kleine, kurze Schritte auf dem Steinweg und ein schleifendes Geräusch stoppten den Fluss seiner Erinnerungen. Eine Frau mit grauer Angoramütze schob einen Rollwagen vor sich her. In dem Drahtkorb steckten eine kleine Gießkanne und ein Stoffbeutel, aus dem der Griff eines Gartenwerkzeugs ragte.

Sie sah kurz zu Wilhelm Nowak hinüber, dem Mann auf der Bank, der, beide Hände auf seinen Gehstock gestützt, ihr zunickte. Grau war alles an ihm. Sein Haar, seine Haut, seine Kleidung. Und krumm war er geworden. Man kannte sich vom Sehen. Man hatte kaum miteinander gesprochen. Sie ging ein paar Schritte an ihm vorbei, um das Grab ihres verstorbenen Mannes zu pflegen. Liebevoll segnete sie es, sobald sie es erreichte. »Dem Vater, dem Sohne und dem Heiligen Geist«, murmelten ihre Lippen. Das Grab lag direkt hinter dem der Nowaks.

Beate würde später nach seinem Grab sehen, hoffte Wilhelm. Wenn er frei wählen dürfte, dann würde er lieber eines Tages eines der Gräber am südlichen Rand des Friedhofs beziehen. Von dort hatte man eine ewig weite Aussicht. Unverbaubar.

Als die Frau mit der grauen Wollmütze den Rollwagen neben der Kapelle abstellte und das leise knarrende Holztor aufschob, öffnete sich vor Wilhelm Nowaks Augen das Kirchentor, und er und Beate Schlinger, jetzt Beate Nowak, traten im Hochzeitsstaat aus der Pfarrkirche von Dahlem. Das halbe Dorf stand Spalier.

Es war der 19. September 1984, wieder ein Freitag. Es war Beates Verdienst, dass es überhaupt soweit gekommen war, das musste Wilhelm zugeben. Er hatte es zwar auch gewollt – nichts lieber als das –, aber er hätte sich nie getraut, sie zu fragen. Sie waren sich erst in den letzten Monaten ein wenig näher gekommen, ein paar Mal zusammen spazieren gegangen, ins Café gegenüber seinem Laden eingekehrt. Einmal hatte Wilhelm sie ins Kino in Hillesheim ausgeführt. Einmal war sie bei ihm gewesen. Er hatte Beate seinen Eltern nicht vorgestellt, sondern sie heimlich, auf Zehenspitzen, die Treppe hinauf in sein Dachgeschoss geführt. Sie hatten versucht, miteinander zu schlafen. Ein ziemlich missglückter Versuch. Und dann hatte er sie in ihrer eigenen Wohnung besuchen dürfen.

Bei dieser Gelegenheit erzählte Beate ihm, dass ihre Vermieterin ihr kurzfristig gekündigt habe. Eigenbedarf, nannte sie es. Ihr Sohn wollte angeblich bei ihr einziehen. Aber Beate hatte den Verdacht, es habe mit der letzten Mieterhöhung zu tun, gegen die sie sich erfolgreich gewehrt hatte. Lange Rede, kurzer Sinn, sie wusste nicht, wohin. Sie kannte nur ihn.

Wilhelm hatte fieberhaft überlegt, wie er helfen könnte. Hatte nicht irgendein Kunde in letzter Zeit von einer leerstehenden Wohnung gesprochen? Hatte nicht irgendwo eine Notiz im Ort gehangen? Doch ehe ihm etwas einfiel, schlang Beate mit rührender Geste die Arme um seinen Hals und fragte ihn, ob sie nur zur Überbrückung, nur als Übergang, nur kurz und auf jeden Fall nur vorläufig ...

Wilhelm war aus allen Wolken gefallen. »Natürlich! Sofort!«, hatte er sie unterbrochen, glücklich über die Fügung, wütend auf sich selbst, dass ihm die Idee nicht selbst gekommen war.

Dann fiel ihm ein, dass seine Mutter das niemals akzeptieren würde. Nicht ohne eine vorherige Heirat. Aber wie Beate das erklären? Wie um ihre Hand bitten? Siedend heiß wurde ihm bei der Vorstellung, sie würde ihn abweisen. Beate kam ihm zuvor. Für sie käme eine »wilde Ehe«, wie sie das nannte, nicht in Betracht.

Erst beim Aufgebot erfuhr Wilhelm, dass Beate schon einmal verheiratet gewesen war. Ihr erster Mann war gestorben. Sie war eine Witwe. Und Wilhelm wollte mehr darüber wissen.

»Das hat nichts mit uns zu tun«, sagte Beate.

Sie sprachen nicht wieder darüber. Auch nicht über andere Dinge aus ihrer Vergangenheit.

Nach der Hochzeit, die im Ort großartig und ein wenig übertrieben – wie es Wilhelm schien – gefeiert worden war, überließ der alte Nowak dem jungen Paar die Regie im Laden und zog sich ebenfalls zurück.

Es begann eine glückliche Zeit. Wilhelm und Beate arbeiteten Seite an Seite. Die kleine Dachgeschosswohnung war ihr Liebesnest. Wenn es nach ihm gegangen wäre, hätte das Leben so weitergehen können. Das Geld war zwar knapp, aber er war nicht anspruchsvoll.

Zwei Jahre später, 1986, kam der Sohn auf die Welt. Niklas. Nun waren sie eine richtige kleine Familie geworden. Niklas würde eines Tages den Laden weiterführen, wenn Beate und er alt waren. Seine Eltern kümmerten sich rührend um den Jungen, während Beate und Wilhelm im Laden standen und verkauften. Wilhelms Glück war vollkommen.

Aber nichts ist für die Ewigkeit.

»Viel Arbeit – wenig Geld«, klagte Beate eines Abends, als sie erschöpft neben Wilhelm im Bett lag. Niklas war gerade ein Jahr alt geworden.

»Hauptsache ist doch, wir sind alle gesund und glücklich«, tröstete Wilhelm sie, nahm sie in den Arm und hoffte auf eine vorübergehende Unzufriedenheit, die Beate befallen haben mochte. Morgen würde sie nicht mehr daran denken.

Doch so war es nicht. Immer häufiger kamen von nun an dieser Satz oder eine ähnliche Bemerkung über Beates Lippen. Die Arbeit im Laden mache ihr einfach keinen Spaß mehr, klagte sie, er sei ihr zu eng, zu voll, zu unmodern. Wie solle sie sich in so einem dunklen Loch entfalten, warf sie Wilhelm vor, sie sei doch viel zu jung, um dort den Rest ihres Lebens zu verbringen. Versauern, hatte sie gesagt.

»Was sollen wir denn machen?«, fragte Wilhelm ratlos.

»Wer nichts erwartet, bekommt auch nichts.«

Wilhelm verstand nicht genau, was sie damit meinte. Mehr gab der kleine Laden nicht her. Und etwas anderes als verkaufen konnte er und wollte er nicht.

Im Februar 1992, Wilhelms Eltern waren im letzten Jahr kurz hintereinander gestorben, überfiel Beate ihn mit einem fertigen Plan. Es war ein Sonntagabend. Sie schickte Niklas, inzwischen sechs Jahre alt, früh zu Bett, räumte den Esstisch ab, wischte ihn sorgfältig sauber und bat Wilhelm, den Fernseher nicht einzuschalten, sondern auf sie zu warten.

»Einen Augenblick«, sagte sie, band ihre Schürze ab und lief die Treppe hinauf.

Wilhelm wurde ganz feierlich zumute.

Kurz darauf kam sie mit einer großen Papprolle zurück und entrollte auf dem Esstisch eine überdimensionale Grundrisszeichnung, die sie an den Kanten glatt strich.

»Schau mal, Wilhelm! Sag jetzt nix! Wenn wir das Lager und den Hinterraum in den Keller verlegen, kann man den Laden um fast siebzig Quadratmeter vergrößern, wenn wir vom Hinterhof ein Stück abzweigen, können wir auf dem unnützen Garten einen Parkplatz für mindestens vier Autos einrichten. Was meinst du, mein Lieber!?«

Wilhelms Herz schlug bis zum Hals, entdeckte er doch am Rand des Plans das Logo eines Architekturbüros. Lange Theken für Obst und Gemüse, Fleisch, Fisch und Käse und zwei Gänge waren eingezeichnet, durch die die Kunden ihre Einkaufswagen schieben sollten, bis sie zu einer Zone mit zwei Kassen gelangten.

»Ein richtiger Supermarkt. Würde dir das gefallen?«, hörte er Beate fragen. So begeistert hatte ihre Stimme schon ewig nicht geklungen. Ihm gefiel das aber gar nicht! Die Vorstellung machte ihm eine Höllenangst.

»Wilhelm! Es ist doch alles für unseren Sohn!«

Er blickte auf und in ihre Augen und sah sich außerstande, sie und ihren glühenden Eifer zu enttäuschen. Lange hatte er sie nicht mehr so glücklich gesehen. Ihr Lachen nicht gehört. Sie schwärmte von Spiegeln über der Obsttheke, in der schon wenige Kisten wie üppige Berge aussehen würden, von eingefärbten Lampen, unter denen das Fleisch rosafarben schimmerte, einer Klimaanlage, einer Musikanlage, einer Lautsprecherdurchsage für Sonderangebote. Und erst das Fest der Eröffnung, wenn sie alle kämen, alle, alle.

»Wir zwei können in Zukunft den ganzen Tag einfach gemütlich an den Kassen sitzen und das Geld auf die Bank bringen. Das Personal macht die Arbeit.«

»Welches Personal?«, fragte Wilhelm entsetzt zurück.

»Wir haben Personal. Mindestens drei Leute. Oh, Wilhelm, das wird alles so wunderbar.«

»Aber, wie willst du das alles bezahlen. Wir ...?«

Beate winkte ab. »Kein Problem. Ich habe bei unserer Bank nachgefragt und mir von Herrn Winter einen ordentlichen Finanzierungsentwurf erstellen lassen. Unser Haus und das Grundstück sind unsere Sicherheit. Es ist ganz einfach, du wirst sehen. Und auf unsere Bank konnten wir uns doch immer verlassen. Herr Winter hat alles von der Hauptgeschäftsstelle in Euskirchen prüfen lassen. Es ist alles in Ordnung. Bitte! Sag ja! Wilhelm! Du musst nur noch unterschreiben. Ich habe es schon getan. Es liegt jetzt alles an dir!«

Wenn das seine Eltern wüssten. Wilhelm bebte bei der Vorstellung, dass sich die Nachricht vom Dorf bis zum Friedhof herumsprechen würde. Er schluckte und versuchte seine Fassung wiederzugewinnen. Aber er fühlte sich in die Enge getrieben. »Mit wem hast du darüber gesprochen?«

»Nur mit Herrn Winter, natürlich. Und mit dir jetzt. Mit keinem sonst. Was denkst du? Das ist doch unser Geheimnis. Deines und meines. Wilhelm! Ich binde doch nicht jedem unsere Zukunftspläne auf die Nase.«

Als sie die Arme wieder um seinen Hals legte, war alles zu spät für Wilhelm, dann wurde er schwach. Immer noch. Nach all den Jahren.

Während in St. Hieronymus, der Pfarrkirche von Dahlem, die wöchentliche Chorprobe des Männergesangvereins stattfand, und die tiefen, leicht kratzigen Stimmen erstaunlich sauber durch das Tal schallten, legte wenige Meter weiter Herr Winter von der Dahlemer Filiale der Kreissparkasse Euskirchen in seinem modernen Gebäude dem ungläubigen Wilhelm Nowak den Finanzierungsentwurf für den Umbau seines unwirtschaftlichen Krämerladens vor.

»Es wäre geradezu eine Schande, Wilhelm«, meinte Winter. Er war ein seriöser, erfahrener Mann mittleren Alters, bartlos, rosa Haut, manikürte Hände. Und Wilhelm hatte keine Ahnung von Bankgeschäften. »Eine Schande wäre es, es *nicht* zu tun. Der Platz ist da, der Bedarf auch, es gibt keine Konkurrenz, und für das Geld sind wir da. Du weißt doch, mein Lieber, wenn's um Geld geht – Sparkasse.«

»Aber es ist das Haus meiner Eltern«, protestierte Wilhelm schwach.

»Gott hab deine Eltern selig«, meinte Winter, »ihrem Häuschen wird nichts geschehen, dafür lege ich meine Hand ins Feuer. Die beiden alten Leutchen wären stolz auf ihren Sohn!«

Wären sie das wirklich?, fragte sich Wilhelm. Aber wenn er an Beate dachte, glaubte er keine andere Wahl zu haben und unterschrieb mit kalter, feuchter Hand.

Das Ausmaß dieses Irrtums konnte er nicht einschätzen. Aber eine dunkle Ahnung kroch Wilhelm unter die Haut, als er neben Beates Namen auch seinen auf dem Papier stehen sah, als seien sie in einen Grabstein eingemeißelt.

»Frieren Sie uns da mal nicht fest, Herr Nowak.«

Wilhelm schreckte auf. Sein Mund war trocken. Vor ihm hatten sich zwei Männer in grünen Arbeitsanzügen aufgebaut. Er registrierte Schubkarren und Besen. Friedhofsgärtner. Der eine balancierte eine Zigarette im Mundwinkel.

Er hatte die beiden schon gekannt, als sie noch kleine Jungen waren und in seinen Laden kamen, um lose Bonbons zu kaufen und Dinge anzufassen, die sie sich nicht leisten konnten. Wie hießen die beiden noch gleich? Die Vornamen wollten ihm nicht einfallen. Er wusste, dass einer der beiden der Jüngste vom Heinrich Plattes war und der andere der Einzige vom Albert Manderfeld.

»Ja, ja, ihr habt ja recht, Jungs. Ich geh ja schon«, sagte er und setzte beide Füße auf den Boden, rückte auf die Bankkante, als wolle er sich gleich erheben.

»Dann is' ja gut«, sagte der mit der Zigarette.

»Und du, lass mal das Rauchen!«

»Ach, Sie wissen doch, Rauchfleisch hält länger! Kommen Sie, wir nehmen Sie mit dem Auto mit«, sagte der andere, fasste ihn unter den Arm und zog ihn von der Bank.

Wilhelm Nowak ließ ihn widerwillig gewähren. Noch ein paar Minuten hätte er gern dort gesessen. Denn er war mit seiner Reise in die Vergangenheit noch nicht bis ans Ende gekommen.

Er ging jeden Tag auf den Friedhof hinauf. Jeden Tag, außer freitags. Freitags ging er nach dem Essen zum Bahnhof von Dahlem, um Beate abzuholen, die von einem Einkauf in Euskirchen zurückkehren musste.

Es galt nur hinab ins Tal zu laufen, die Gleise zu überqueren und sich an Gleis 1 in Fahrtrichtung Trier auf die Rampe vor der ehemaligen Güterabfertigung zu setzen, die Beine baumeln zu lassen, den Stock quer auf den Schoß zu legen. Und zu warten.

Der Bahnhof Dahlem war zu einem Haltepunkt verkommen. Fenster und Türen des Bahnhofsgebäudes waren mit Metallplatten verbarrikadiert, als erwarte man jeden Moment einen atomaren Überfall. Fahrkarten konnten am sich selbst erklärenden Fahrkartenautomaten gelöst werden. Nur die alte Bahnhofsuhr stand noch da und wirkte verloren und fehl am Platz: Sie ging richtig.

Der Minutenzeiger zitterte, als er sich über den kleinen Stundenzeiger schob. Wilhelm war immer viel zu früh am Bahnhof. Ehe er mit seinem kaputten Rücken auf die Rampe geklettert und dort wieder zu Atem gekommen war, setzte das Geläut der Schranken ein, und es wurde Zeit, sich wieder von der Rampe herunterrutschen zu lassen und sich empfangsbereit zu machen.

Sobald der 15.44er aus Köln mit der üblichen Verspätung einfuhr, bezog Wilhelm Posten in der Nähe des Ausgangs, um keinen Fahrgast zu verpassen. Die Dieselmotoren des Triebwagens surrten mit sattem Geräusch, die roten Türen schoben sich wie von Geisterhand vor, um dann zu den Seiten zu gleiten.

Jedes Mal hoffte er, Beate würde einen Fuß auf eine der Trittstufen setzen. Daran würde er sie sofort erkennen, noch bevor er ihr Gesicht sah. Er würde seinen Stock wegwerfen, ihr entgegenlaufen und ihr beim Aussteigen behilflich sein, Rückenschmerzen hin oder her. Endlich käme sie vom Einkauf zurück, sicherlich mit großen Tüten voller neuer Kleider und Schuhe, vor allem Schuhe. Es hatte eine Zeit gegeben, da hatte er ihre Schuhpaare vorwurfsvoll gezählt, aber das würde er nie wieder tun.

Die Tüten – viel zu schwer für eine zarte Frau wie sie – würde er ihr ohne Murren abnehmen. Und nicht nur das. Er hatte sich viel vorgenommen. Er würde sie bitten, ihr die neuen Kleider und Schuhe vorzuführen, er würde ihr Komplimente machen, ihr versprechen, sie auszuführen. Wie lange waren sie nicht mehr zusammen ausgegangen?

Wilhelm wartete, bis der letzte Passagier ausgestiegen, bis die Türen wieder geschlossen waren, der Zug wieder angefahren war und die Schranken sich wieder geöffnet hatten. Dann war der Schmerz wieder da, als hätte er nur auf diesen Moment gewartet, in dem der Eifel-Express in die nächste Kurve fuhr und Wilhelm in einer Duftwolke von Öl und Diesel zurückließ.

Sie wird aufgehalten worden sein, sagte er sich. Sie hat den Zug verpasst, sie hat jemanden getroffen und im Gespräch die Zeit vergessen. Sie hat nicht gefunden, was sie gesucht hatte und deswegen den nächsten Zug genommen.

Manchmal wartete Wilhelm ihn ab, den nächsten Zug, aber oft überquerte er stattdessen rasch die Gleise und machte sich auf den Weg, Beate entgegenzufahren. Aus dem Automaten zog er eine Fahrkarte, bis Kall, bis Blankenheim Wald, manchmal sogar bis nach Euskirchen, je nach dem, was er sich leisten konnte. Er war schon schwarz gefahren, aber das hatte ihn so aufgeregt und mitgenommen, dass es ihm kaum gelungen war, sich auf seine eigentliche Aufgabe zu konzentrieren.

Frauen, denen er unterwegs begegnete und die ihn an Beate erinnerten, sei es wegen eines Kleidungsstücks, ihres Gangs, ihrer Frisur oder nur der Art, wie sie die Schultern hochzogen, musterte er aufmerksam. Nie war sie es.

Erst gegen Abend fuhr er nach Hause in der erneuten Hoffnung, er habe Beate irgendwo übersehen, sie sei längst wieder auf dem Hof, wenn er komme. Wo warst du denn nur, würde sie ihn fragen. Anstatt einer Antwort würde er sie in den Arm nehmen, ganz außer Atem, weil er den Berg hinaufgelaufen war.

2. Kapitel

Der macht es aber nicht mehr lange«, sagte der Mechaniker zu Sonja Senger einen Tag vor Nikolaus, nachdem er irgendwelche Pumpen, Schwengel oder dergleichen an ihrem Polo ausgetauscht hatte, um ihn wieder fahrtüchtig zu machen. Er wischte sich die ölverschmutzten Finger an seinem Blaumann ab. »Den nächsten TÜV schafft er nicht mehr.«

»Das werden wir sehen«, brummte Sonja, und der Anblick der Rechnung ließ sie den Atem anhalten. Das hatte ihr gerade noch gefehlt.

»Schonen Sie ihn«, hörte sie den Mann sagen.

»Das mache ich sowieso.«

»Na dann, gute Fahrt. Und bis zum nächsten Mal.«

Von wegen, dachte Sonja, einem, der ihren Polo derart verächtlich behandelte, würde sie ihn nicht wieder anvertrauen. Das hatte er nicht verdient. Der Wagen war ein unauffälliges, treues Auto und leistete ihr seit zehn Jahren gute Dienste. Dabei fiel ihr wieder ein, dass sie ihn noch nicht umgemeldet hatte. Noch trug er stolz die Buchstaben *TR* für Trier.

Sie bezahlte die Rechnung, nahm die Papiere und den Zweitschlüssel in Empfang und verließ grußlos den ARAL-Shop in Gemünd. Eine Woche war sie ohne Auto ausgekommen, da die Ersatzteile erst hatten bestellt werden müssen. Sie hatte in dieser Zeit ihr Fahrrad und den ÖPNV genutzt und nur die nötigsten Fahrten unternommen.

Jetzt, da er alt und klapprig war, würde sie ihm ein wenig von dem zurückgeben, was er ihr gegeben hatte. Keinesfalls würde sie ihn auf direktem Wege nach Hause fahren. Sie wusste, dass er kleine, beschauliche Spazierfahrten ebenso liebte wie sie.

Sonja bog ab, wo sie sonst nie abbog, beachtete keine Schilder, ließ sich einfach treiben, ganz so, als wolle sie dem Polo ein letztes Mal die Schönheiten der Landschaft zeigen. Sie hatte mehr Zeit, als ihr lieb war.

Und all die vielen kleinen Begebenheiten fielen ihr ein, die der Polo ohne zu Murren mitgetragen hatte. Die strengen Winter in der Eifel hatten ihm zugesetzt, aber alle Verfolgungsfahrten hatte durchgehalten und sich sogar von Jerome, ihrem Ex-Lebensgefährten, entführen lassen. Gut, da hätte er streiken dürfen. Aber er war eben durch und durch gutmütig.

Während Sonja langsam und gefühlvoll fuhr, sanft bremste und lenkte, nie das Gaspedal durchtrat, Schlaglöcher umfuhr und vorsichtig über Bahngleise setzte, beschloss sie, den Wagen bei nächster Gelegenheit innen und außen sorgfältig zu säubern. Am liebsten würde sie ihm eine Garage bauen lassen. Hoffentlich hielt er solange durch.

Auch Sonja hatte eine Odyssee hinter sich. Von Köln war sie nach Trier geflohen, von Trier nach Wolfgarten, wo sie seit drei Jahren in einem kleinen Forsthaus am Ende der Stromleitung lebte. Nach einer jahrelangen Zweierbeziehung war sie mit dem Alleinleben konfrontiert worden. Von einer Kriminalhauptkommissarin war sie zur Privatdetektivin geworden. Alles unfreiwillig, im ständigen Kampf gegen sich selbst und den Rest der Welt.

Seit vielen Monaten hoffte sie nun als Privatdetektivin mit Gewerbeschein auf einen großen Auftrag, der eine Wende in ihre Finanzmisere bringen würde. Der letzte war der von Eva Lommersheim gewesen, den diese nicht bar, sondern mit einer Dienstleistung bezahlt hatte. Das Forsthaus war von ihr unentgeltlich von oben bis unten geputzt worden.

Anstatt zu warten, dass das Schicksal jemanden anspülte, um sie vom Fleck weg zu engagieren, ergriff Sonja immer öfter die Initiative. Wenn der Berg nicht zum Propheten kam ... Die Zeit verstrich dabei. Wenigstens die Zeit, die sie sonst in ihrem Forsthaus hätte totschlagen müssen.

Es war so ruhig in diesem Landstrich in letzter Zeit. Natürlich gab es all diese kleinen Delikte, wie Diebstähle von Geldbörsen auf Bahnhöfen, von Kupferdraht auf Baustellen, von Navigationsgeräten aus Autos und totgefahrenem Wild von Landstraßen. Hier ein Exhibitionist, dort ein Autoschieber, Unfälle auf Bahnübergängen, immer wieder Unfallflucht, Verkehrsunfall mit einem Milchwagen, jede Menge Trunkenheitsfahrten, alles schön und gut, aber nichts für jemanden wie Sonja, die von der Mordkommission kam.

»Das ist die Ruhe vor dem Sturm«, hatte sie sich lange eingeredet. »So wird es nicht ewig weitergehen. Wo sind wir denn hier?«

Doch es kam anders. Der Zustand der Ereignislosigkeit manifestierte sich. Sonja nahm es persönlich. Der Gedanke daran, allein, alt und verarmt im Forsthaus zu verkommen, schwirrte ihr durch den Kopf wie ein Schwarm Fliegen. Sie versuchte, ein Netz aufzuspannen, um sie nicht an sich herankommen zu lassen, aber die Botschaft war ein ewiges Summen und drang bis in ihr Unterbewusstsein vor.

Aus Verzweiflung hatte sie im März dieses Jahres einen Brief an das Polizeipräsidium Köln aufgesetzt. Nach mehrfachen Korrekturen wurde aus ihrem anfänglich unhöflichen, anklagenden und fordernden Ton ein freundliches, gefälliges, nahezu unterwürfiges Bittschreiben. Sie sei bereit, die Konsequenzen zu tragen, sie würde alles tun. Es war ein Schreiben nach Canossa.

Die Antwort ließ auf sich warten und war niederschmetternd. Sie musste nicht zwischen den Zeilen lesen, die Aussage war eindeutig. Man lege nur geringen Wert auf eine

Zusammenarbeit mit ihr. Eigentlich gar keinen. Nach derartig langen Fehlzeiten sei sie als Beamtin kaum noch tragbar und vollständig auf das Wohlwollen gewisser Einzelpersonen angewiesen. Und da gebe es im Augenblick niemanden, der sich für sie einsetzen wolle. Man bedaure.

Sie las den Brief zweimal, ehe sie begriff. Dann landete er im grünen Kachelofen. Das Papier loderte kurz auf und zerfiel zu Asche. Mehr war es nicht wert. Sonja starrte in die Flammen und versuchte, die Niederlage zu verdauen. Sie machte lange Spaziergänge mit Davis, ihrem Hund, und überlegte, wie sie anderweitig an Geld oder Lohn kommen könnte. Es gab da eine Lebensversicherung.

Und einen gewissen Bernd Wesseling, Staatsanwalt aus Aachen. Sie hatten sich 2004 kennen gelernt, als er auf Urlaub in Kall weilte, und sie sich ungebeten in einen Fall eingemischt hatte. Seitdem standen sie in mehr oder weniger engem Kontakt. Sie mochte ihn, obwohl er überkorrekt und phantasielos war, sich vor allzu persönlicher Nähe zu fürchten schien und sie gleichzeitig suchte. Eignete er sich vielleicht als Vitamin B? Lange hatte sie gezögert, ihn anzusprechen, so lange, bis er sich von selbst telefonisch meldete.

Er war unterrichtet oder hatte sich selbst unterrichtet, das ging nicht ganz aus seinen Aussagen hervor. Jedenfalls teilte er ihr mit, dass sie Köln tatsächlich vergessen müsse. Für immer.

»Kein Problem.« Sonja tat sorglos.

»In gewissem Sinne trägst du daran eine Art von Mitschuld, finde ich persönlich, könnte man sagen und überhaupt ...«, formulierte er umständlich.

»Wie bitte?«

»Je nun.«

»Mein lieber Bernd ...« Sie verstummte. Sie hatte ihn noch nie mit Vornamen angeredet. Irgendwie hörte sich das falsch an. Wesseling schwieg ebenfalls verlegen. »Also«, sie räusperte sich und begann von vorne. »Schon mal etwas von Fürsorgepflicht gegenüber Mitarbeitern gehört? Ich habe mich in einer tiefen, persönlichen Krise befunden. Andere wären nach so einem Schicksalsschlag zu einem Psychiater gelaufen oder Amok. Ich habe das ganz allein durchgestanden. Das bezeugt meine persönliche Stärke, Disziplin und Willenskraft. Aber solche Leute will man anscheinend nirgendwo auf der Welt haben, hingegen ...«

»Sonja«, unterbrach Wesseling sie. »In Euskirchen ist ja auch ein Kriminalkommissariat.«

»Na und?«

»Man ist dort hoffnungslos überlastet. Ich könnte mir vorstellen, dass da vielleicht eine Stelle für dich einzurichten wäre. Wenn du dich bemühst, dann ...«

»Noch einmal irgendwo zu Kreuze kriechen? Niemals.«

»Je nun«, Wesseling zögerte, »ich könnte da vielleicht was arrangieren.«

»Ich verzichte«, sagte sie, das Schreiben aus Köln vor Augen, und beendete das Gespräch, ohne Grüße an seine Frau Hilde auszurichten.

Sonja sah durch die Seitenscheibe, wie die Eifel an ihr vorbeizog, und seufzte. Immer wenn sie durch die vom guten Geist der Infrastruktur verlassenen Dörfer fuhr, fragte sie sich, was sie hier eigentlich machte. Und auf der nächsten Anhöhe wusste sie es dann wieder. Es war dieser weite Blick bis zu jener welligen Linie, wo der Himmel die Hügel zu berühren schien. Eine gut gemischte Grünpalette, selbst im Winter. Einen einzigen Nachteil hatte die Eifel in Sonjas Augen: Sie war ein küstenfreier Landstrich. Wenn die Eifel eine Insel wäre. *Eine Insel mit zwei Bergen ...*

Mit der Diagnose des Kfz-Meisters und der Rechnung auf dem Beifahrersitz musste sie aber den Tatsachen ins Auge blicken. In der Eifel ohne Auto zu sein, grenzte an die Höchststrafe. Erst recht im Winter. Das war schlimmer als der Verlust des Arbeitsplatzes. Wenn jetzt kein Wunder geschah!

Sonja bog um eine scharfe Linkskurve. »Na, wer sagt's denn.« Sie nahm den Fuß vom Gaspedal.

Auf dem Grünstreifen am linken Straßenrand saß eine Gestalt, vergeblich Windschatten suchend, an einen blauen Kleinwagen gelehnt. Ein hochglänzendes Gesicht, rot wie ein Ballon, leuchtete Sonja entgegen. Der hagere Körper war in sich zusammengesunken, die Hände, frostig blau, lagen verkrampft im Schoß.

Sie hielt auf gleicher Höhe und kurbelte die Scheibe an der Fahrerseite herunter. »Brauchen Sie Hilfe?«

Die Gestalt drehte mühsam den Kopf in ihre Richtung. Ein junger Mann war das und ein Bild des Jammers. Ramponiert sah er aus. Seine langen, krausen Haare standen zu Berge und bildeten einen Kranz um seinen Kopf: Struwwelpeter war zum Leben erwacht. Struwwelpeter war übersäht von dunkelroten Pickeln. Sein Adamsapfel, groß wie ein Tischtennisball, stand beängstigend weit vor.

Sonja stieg aus, ein eiskalter Wind pfiff ihr entgegen, sie überquerte die schmale Straße, die weder über einen Mittelstreifen noch eine Randbefestigung verfügte. Sie beugte sich über den Jungen. »Kann ich Ihnen helfen?«

»Nein«, stöhnte er. Sein Atem war heiß, roch aber nicht nach Alkohol. Auf seiner Kleidung und in seinen Haaren hatten sich kleine Häufchen Sägespäne angesammelt, auch ein paar abgebrochene Zweige. Für einen Holzarbeiter war der Junge viel zu schmächtig und für diese Jahreszeit viel zu dünn angezogen. Es war Dezember. Aber hier wohnte ein abgehärtetes Volk, das keine Probleme damit hatte, im tiefen Winter im T-Shirt unterwegs zu sein.

Von einem tiefen Winter, musste Sonja sich eingestehen, konnte zurzeit allerdings keine Rede sein. Anfang November hatte es plötzlich in der Eifel zu schneien begonnen. Ein verfrühtes Versprechen und Schnee von gestern, seit einigen Tagen war es mit zehn Grad plus nahezu frühlingshaft.

Wenn es also nicht die Kälte war, was war es dann, was den jungen Mann erschauern ließ? Was hatte ihn aus der Fassung gebracht? Sonja legte eine Hand auf seine knochige Schulter. Er zuckte zurück.

»Ist Ihr Auto kaputt?«

Er schüttelte den Kopf.

»Haben Sie kein Benzin mehr?«

»Doch.«

»Sind Sie angefahren worden?«

»Nein.«

So weit, so gut. Sonja ließ ihn los und warf einen kurzen Blick ins Innere seines Autos. Eine alte Lederjacke, ein grüner Schal, eine Schlägermütze, leere Wasserflaschen, zusammengeknüllte Plastiktüten, ein Fernglas und jede Menge Undefinierbares lagen auf den durchgescheuerten Sitzen durcheinander. Auf der Rückbank entdeckte sie nicht das Werkzeug eines Holzarbeiters, sondern ein kleines, zusammengezurrtes Akkordeon, eines, das statt Tasten nur Knöpfe hatte. Ein Musikant also, schön, dachte Sonja, das passte schon eher zu seiner Statur. Den Kofferraum zu öffnen, hielt sie nicht für nötig, und auf das Kennzeichen zu sehen, vergaß sie schlichtweg.

»Was machen wir denn nun?«, fragte Sonja.

»Lassen Sie mich einfach hier in Ruhe sitzen, ja?« Er stierte auf die Hände in seinem Schoß, die von dunklen, klebrigen

Flecken übersät waren. Harz. Die dünnen Finger zitterten. Die Nägel waren kurz.

»Gerne. Kann ich gut verstehen. Hübsches Plätzchen haben Sie sich hier ausgesucht.« Sie blickte sich um. Auf der Anhöhe stand kein Strauch, kein Baum. Nur der Wind fegte hier. In der Ferne dieselte ein Traktor, und ein roter Zug schlängelte sich durch das Gelände wie ein Regenwurm. »Hören Sie mal, ich halte hier an, um Ihnen zu helfen, ich hab' eigentlich Besseres zu tun ...«

»Ich hab Sie nich' drum gebeten«, meinte der Junge am Boden.

»Dann noch viel Spaß hier oben.« Sonja ließ eine ihrer Visitenkarten in seine Hände segeln, stieg in ihr Auto und fuhr davon. Sie hätte die Polizei benachrichtigen oder einen Krankenwagen anfordern müssen und bereute, dass sie ihr Handy wie üblich im Forsthaus zurückgelassen hatte. Sie verpasste eine gute Möglichkeit, sich ins Gedächtnis der Instanzen zurückzurufen. Andererseits hätte sie Probleme gehabt, die Stätte des Geschehens genau zu lokalisieren. Sie wusste nicht, wo sie sich befand.

Als sie nach einer weiteren Linkskurve und etwa fünfhundert Metern ein gelbes Ortsschild passierte, war sie schlauer. Sie hatte Hergarten auf der B 265 erreicht. Hergarten? Hieß der Bürgermeister von Schleiden nicht Hergarten?, sinnierte Sonja. Schade, dass Hergarten zu Heimbach und nicht zu Schleiden gehörte.

Sie schaltete die Scheinwerfer ein. Die zwei schwankenden Lichttunnel versuchten, die einsetzende Dämmerung und aufkommende Nebelschwaden zu durchbohren.

Es waren Ereignislosigkeit und Neugier, die sie in Düttling wenden ließen, sodass sie eine gute Viertelstunde später wieder an derselben Stelle vorbeifahren konnte. Auto und Junge waren verschwunden. Sonja hielt am Straßenrand und stieg aus. Auf dem Grünstreifen zeugten zwei Reifenspuren vom längeren Halt eines Autos. Und von mehr. Hier musste ein regelrechtes Bremsmanöver stattgefunden haben. Die Abdrücke der Reifen waren tief und breit und führten direkt in den Seitengraben hinein. Der Begrenzungspfahl stand völlig schief und trug blaue Kratzer. Das Katzenauge war zersplittert. Auch der Weidezaun, der hinter dem Grünstreifen entlangführte, hatte etwas abbekommen. Der Stacheldraht hatte sich von Holzpfählen gelöst und zu einer Schleife aufgewickelt. Drei Ponys standen ratlos auf der Weide, nahe einem Wasserwagen unter einem Wellblechdach, und bliesen ihren heißen Atem in die kalte Gegend. Raureif schimmerte weiß in ihren langen Mähnen. Sie wussten auch nicht weiter.

Warum war ihr das alles vorhin nicht aufgefallen? In Gedanken schaute Sonja nach oben. Über ihr zog ein grau-brauner Greifvogel seine Kreise. Am Horizont drehten sich die Flügel einiger Windräder.

Dass die Polizei oder der Krankenwagen ohne Anforderung schon vor Ort gewesen sein könnten, hielt sie für ausgeschlossen. So schnell war man in diesem Landstrich nicht. Einen anderen Passanten, aufmerksam wie sie und noch dazu mit einem Handy ausgerüstet, zog sie nicht in Betracht. Der junge Mann musste sich berappelt und seine Reise im Auto samt Akkordeon fortgesetzt haben.

Die drei Ponys fühlten sich von Sonjas Anwesenheit angezogen, ließen den Wasserwagen unter dem Wellblechdach stehen und trotteten den Hügel herunter ihr entgegen. Hintereinander kamen sie, zwei braune und ein schwarzes, alle mit langen Mähnen.

»Muh!«, machte Sonja.

In ihrem Forsthaus brannte Licht. Es war ihre neue Angewohnheit, in der Wohnküche eine Lampe leuchten zu lassen, wenn sie erst am Abend zurückkehren würde. Es gab ihr das gute Gefühl, in ein Haus zurückzukehren, das voller Leben schien, außerdem schreckte Licht Gesindel ab.

Sie erspähte die Silhouetten ihrer beiden Haustiere, Davis, den Hund und West, die Katze, die eng nebeneinander auf dem Fensterbrett der Wohnküche kauerten. Ihre Pupillen reflektierten das Scheinwerferlicht. Die Karrees der Fenstersprossen ließen sie wie Gefangene aussehen.

Sonja ließ sich dreimal gegen ihre Haustür fallen, ehe diese nachgab. »Hallo!«, rief sie und wartete auf ein Echo.

Das kam in Form der Miss-Marple-Melodie ihres Handys. Und zwar von oben. Sie stolperte die Stiege hinauf und erwischte den Anrufer im letzten Moment. Nach einem atemlosen »Ja?« streckte sie sich lang auf ihrem Bett aus. Über ihr, an der Zimmerdecke, zwischen Deckenlampe und Gardinenstange, hatte eine Spinne ihr Netz gewoben und bereits vor längerer Zeit fette Beute gemacht.

»Du fängst am 17. Dezember in Euskirchen an. Melde dich pünktlich um zehn Uhr bei Hauptkommissar Roggenmeier! Keine Widerrede!«

Wesseling. Schon wieder. Nur er begann Telefongespräche ohne eine Begrüßung. Eine Woche vor Weihnachten?, fragte sich Sonja. Welch unglücklicher Termin. Wieso in Euskirchen? Wie kam Wesseling denn auf diese Idee?

»Roggenmeier mit e-y oder mit e-i?«, fragte sie, aber da hatte er das Telefonat schon beendet. Diskussionen mit ihr liebte er nicht, das wusste sie, aber dass er ihr nicht mit einem Bewerbungsgespräch gedroht hatte, wunderte sie. Er musste es vergessen haben.

»Roggenmeier mit a oder mit e?«, fragte sie Davis und West, die ihr gefolgt waren und sich erwartungsvoll vor ihr aufgebaut hatten. Sie schloss kurz die Augen, um sich zu sammeln. Es wurde also ernst. Ausgerechnet in Euskirchen. »Leute!«, stöhnt sie. »Das schöne Leben ist vorbei.«

Jetzt wäre der Moment gekommen, sich in ihrer zukünftigen Dienststelle, von der sie wusste, dass sie für Hergarten zuständig war, beliebt zu machen, andererseits war der Junge am Straßenrand nicht gerade eine spektakuläre Angelegenheit. So zog sie es vor, in alter Verbundenheit bei der Polizei in Schleiden anzurufen.

»Frau Senger, sind Sie das?«, fragte eine männliche Stimme, die sich nach Klaus Gregor anhörte, dem Hauptkommissar mit dem grauen Haarkranz, der sie zusammen mit seinem Kollegen POK Hubert Geschwind so tapfer und hartnäckig gegen die Vorurteile eines Falkenzüchters verteidigt hatte. Das hatte sie nicht vergessen. Sie war nachtragend. Es gefiel ihr, dass er ihre Telefonnummer wiedererkannt hatte. Oder war es ihre Stimme?

»Klar bin ich das, Gregor!«, rief sie gut gelaunt zurück.

»Wie geht es Ihnen?«

»Gut. Ganz im Gegensatz zu dem jungen Mann, der eben noch auf der B265 fünfhundert Meter vor Hergarten am Straßenrand hinter seinem blauen Auto vor sich hinkümmerte.«

»Aha! Südlich oder nördlich?«, fragte Gregor weiter.

»Östlich?«, schlug Sonja vage vor. »Nein. Stopp. Warten Sie. Westlich.« Die Wahrheit war, dass sie es nicht wusste. Himmelsrichtungen waren schließlich nur bei Sonnenschein sicher auszumachen, und der Himmel hatte sich den ganzen Tag über in Flanellgrau präsentiert. »Es war aber definitiv nicht Richtung Düttling.«

»Dann also Vlatten«, stellte Gregor trocken fest.

»Genau. Irgendetwas stimmte mit dem nicht.«

»Was denn?«

»Als ich nach ein paar Minuten wieder an der Unfallstelle vorbeifuhr, war er weg. Habt ihr keine Meldung wegen eines Auffahrunfalls oder so?«

»Nö, Auffahrunfälle im Augenblick nicht«, meinte Gregor zögernd.

Sonja wartete, dass er etwas sagte, aber er verfiel in Schweigen. Als ihr die Pause zu lang wurde, fragte sie: »Sind Sie noch da?«

»Klar. Wieso?«

»Nur so.«

»Wie gesagt, Auffahrunfälle nicht.« Gregor schien in Gedanken anderswo zu sein.

»Was gibt es denn Neues bei Ihnen?«, fragte Sonja nach.

»Nichts.«

»Nichts? Das gibt es doch gar nicht. Ich höre es doch an Ihrer Stimme, Sie haben doch ein Problem.«

»Also gut«, gab Gregor nach und seufzte, »Sie lassen ja doch nicht locker. Etwas Komisches ist heute Morgen passiert. Ich muss tatsächlich die ganze Zeit dran denken.«

»Das habe ich gemerkt. Reden Sie es sich von der Seele!«, forderte Sonja ihn auf.

»Sie werden es kaum glauben, aber am Bahnhof Blankenheim Wald steckte heute Morgen in einem Papierkorb ein rechtes Frauenbein mit einem schwarzen Stöckelschuh.«

»Nee, Sie machen Witze.«

»Es war natürlich kein echtes Bein, sondern eine Prothese und nur ein Unterschenkel. Nicht so eine vollelektronische Schiene aus Metall, sondern ein wohlgeformtes, fleischfarbenes Damenbein. Kopfüber.«

»Kopfüber?«, wiederholte Sonja. »Sie meinen schuhüber.«

»Umgekehrt. Der Schuh war oben, der spitze Absatz ragte in die Luft. Ein schwarzer Stöckelschuh. Es war noch ein zerrissener, schwarzer Strumpf mit echter Spitze am Rand dran. Muss irre ausgesehen haben. Ein Fahrgast hat ihn uns gebracht.«

»Ist das denn ein Fall für die Polizei? Es ist schließlich kein Verbrechen, sich seiner Prothese zu entledigen«, meinte Sonja. »Und sie schön ordentlich in einen Papierkorb zu stecken, anstatt sie in die Gegend zu werfen, erst recht nicht. Haken Sie es ab.«

»Nein, mit Sicherheit nicht. Ich will den Hintergrund wissen. Vielleicht steckt ein Verbrechen dahinter.«

»Haben Sie sonst nichts zu tun?«

Gregor räusperte sich.

»'tschuldigense, so war das nicht gemeint, aber ich fürchte, es ist müßig, sich mit einer Prothese zu beschäftigen, wenn ...«

»Das sehe ich ganz anders«, unterbrach Gregor. »Aber das ist unser Problem. Jetzt aber mal wieder zurück zu Ihrem. Geben Sie doch mal das Autokennzeichen von diesem verschwundenen Jüngelchen auf der B 265 durch.«

Mist, dachte Sonja. Irgendwie hatte sie geahnt, dass sie am Tatort etwas vergessen hatte. »Konnte ich nicht erkennen«, versuchte sie sich aus der Affäre zu ziehen und wartete mit dem Begrenzungspfahl, dem Weidezaun und den Bremsspuren auf.

Gregor meckerte nicht herum, er versprach die Sache im Auge zu behalten.

»Danke«, sagte Sonja. »Wegen des Beins würde ich an Ihrer Stelle zuerst die Prothesenhersteller in Schleiden und Umgebung aufsuchen.«

»Darauf bin ich auch schon gekommen. Aber es gibt vor Ort keine.«

»Dann Krankenhäuser oder Orthopäden.«

»Bin dabei.«

Zurück in der Wohnküche, machte Sonja sich daran, eine neue Sorte Tütensuppe zu probieren: Grüne-Nudel-Suppe mit Käse, die laut Hersteller zwanzig Prozent des Tagesbedarfs an Vitamin B, C und E abdecken sollte. »Sich mit jeder Portion was Gutes tun«, las sie von der Packung ab, ehe sie sie aufriss und den Inhalt mit kochendem Wasser übergoss.

Während die grüne, sämige Flüssigkeit auf Trinktemperatur abkühlte, füllte sie die Futternäpfe ihrer Haustiere und fragte sich, ob ihr Polo die tägliche Fahrt nach Euskirchen und zurück bei Wind und Wetter überstehen würde. Die Antwort war ein klares Nein. Sie musste wohl oder übel weiterhin ihr Fahrrad und den ungeliebten ÖPNV nutzen.

Um die günstigste Verbindung herauszubekommen, könnte sie telefonieren oder online gehen. Aber da sie weder der Hotline der Deutschen Bahn, wo sie nur in einer Warteschleife elend versauern würde, noch dem Internet, das ihr für eine reale Bahnfahrt zu virtuell erschien, über den Weg traute, machte sie sich ihre eigenen Gedanken über mögliche Verbindungen. In Gemünd hoffte sie den Schienenbus nehmen zu können. Mit ihm könnte sie bis Kall fahren und von dort mit einer der Eifelbahnen bis Euskirchen. Vom Bahnhof hieß es dann zu Fuß oder mit dem Bus ins Büro zu gelangen. Und das Ganze am Abend retour. Ein Himmelfahrtskommando.

Sonja wusste nicht, wo in Euskirchen das Kriminalkommissariat lag, und schon gar nicht, wo der Bahnhof sich befand. Sie war nie in Euskirchen gewesen. Dass man sie gleich für den Außendienst auf die Straße schicken und ihr einen Dienstwagen zur Verfügung stellen würde, war unwahrscheinlich. Viel wahrscheinlicher war es, dass man sie für eine Weile an den Schreibtisch verbannen und mit der Sichtung uninteressanter Aktenberge beschäftigen würde.

Hätte Wesseling nicht mehr für sie tun können? Schließlich war er Staatsanwalt. Aachen, zum Beispiel, hätte sich ebenfalls geeignet. Aber noch war alles offen, tröstete sie sich, sie hatte noch die Chance, sich beim Bewerbungsgespräch dumm anzustellen und durchzufallen.

Als Davis und West sich auf das Fressen stürzten, klingelte es erneut im Obergeschoss.

»Wesseling!«, entfuhr es Sonja und hetzte wieder nach oben. »Muss es unbedingt Euskirchen sein?«

»Ehm, mein Name ist Grazia ... ich meine Kerstin Warenka«, meldete sich eine sanfte, künstlich klingende Frauenstimme. »Guten Abend.«

Sonja horchte auf.

»Sie sind doch Privatdetektivin, oder?«

»Selbstverständlich.«

»Ich hätte da einen Auftrag für Sie.«

»Lassen Sie hören.« Sonja setzte sich auf die Bettkante. Typisch. Entweder nichts oder alles. Niemand oder alle. Aber vielleicht würde sich mit dieser Sache hier Euskirchen für sie erübrigen.

»Mein Mann wird mich betrügen.«

»Hat er das gesagt?«, fragte Sonja.

»Nein.«

»Woher wissen Sie es dann?«

»Ich weiß es eben«, behauptete Grazia. »Mein Mann heißt übrigens Gero, Dr. Gero Warenka.«

»Dafür kann er nix«, meinte Sonja. Ein Doktortitel konnte sie nicht beeindrucken, bestätigte allerdings ihre Hoffnung, dass der Auftrag lukrativ sein könnte. »Haben Sie denn eine Ahnung, wieso er das tun wird?«

»Das ist keine Ahnung, Frau Senger«, antwortete Grazia pikiert.

»Dann ein Verdacht?«

»Mehr als das. Es ist Bestimmung.«

»Es steht in den Sternen oder wie?«, fragte Sonja enttäuscht. Von Hellseherei hielt sie überhaupt nichts. Ein Astrologe hatte ihr einmal eine glänzende Laufbahn als Polizistin vorhergesagt.

»Es steht in den Karten«, korrigierte Grazia sie nach einer Pause.

»Na prima«, meinte Sonja.

»Ihnen kann ich Sie auch legen. Sie können das bestimmt gebrauchen«, prophezeite die künstlich klingende Stimme. »Ich bringe mein Handwerkszeug am besten gleich mit. Sie werden staunen, was alles in den Karten steht.«

Wieder eine, die ihre Dienste als Privatdetektivin am liebsten gegen Naturalien in Anspruch nehmen wollte. So kam sie nicht auf einen grünen Zweig. Und der Polo nicht in eine Garage.

»Ich will nur wissen, mit wem«, fuhr Grazia fort.

»Steht das denn nicht in Ihren Karten?«, fragte Sonja.

Grazia räusperte sich. »Ich zahle, was Sie wollen.«

Geld und die Zukunft als Draufgabe, das klang nicht schlecht. Wenn es etwas Gutes war, das ihr bevorstand, würde sie es vielleicht glauben. »Kein Problem. Das kriegen wir raus. Kommen Sie sofort morgen gegen elf Uhr vorbei.«

»Da kann ich nicht.«

»Wann passt es Ihnen denn?«

»Am 10. Dezember.«

»Gut. Also am Zehnten um elf Uhr. Bringen Sie ein Foto von Ihrem Doktor mit. Ich wohne am südlichen Ortsrand von Wolfgarten in einem Forsthaus am Ende der Stromleitung.«

3. Kapitel

Niklas Nowak war heilfroh, dass dieser aufdringlichen Frau nicht die Sägespäne aufgefallen waren, die sich über ihn verteilt hatten wie Schneeflocken, und sie nicht den Kofferraum seines Autos geöffnet hatte. Auf der Visitenkarte, die sie in seinen Schoß hatte fallen lassen, stand, dass sie Privatdetektivin war. Kaum war sie weggefahren, hatte er das Stück Papier zerrissen und die winzigen Schnipsel in den Wind geworfen. So eine hatte ihm gerade noch gefehlt. Eine Schnüfflerin!

Im Kofferraum, eingeschlagen in eine Wolldecke, lagen das Fernglas und die Waffe, die der Onkel ihm aufgedrängt hatte, die Motorsäge, die er sich von ihm ohne sein Wissen geliehen hatte, und vor allem das Diebesgut, eine alte Wanduhr, die er nur deswegen hatte mitgehen lassen, weil er auf die Schnelle nichts Besseres gefunden hatte. Es spielte ja keine Rolle, was er stahl, es ging nicht um den Gegenstand, es ging um das Zeichen. Und die Uhr – das war erst der Anfang.

Es war ein leichtes Spiel gewesen, das er sich viel komplizierter vorgestellt hatte. Er musste nur auf einen Stuhl steigen, die Uhr vom Haken nehmen, sie unter den Arm klemmen – und nichts wie weg. Vorher hatte er natürlich die Terrassentür aufhebeln müssen. Gott sei Dank hatte ihn niemand gehört, und er hatte von der Waffe keinen Gebrauch machen müssen.

Er fuhr das alles in seinem Auto spazieren, weil er nicht wusste, wohin damit. Obwohl sein Zimmer auf dem Hof von Onkel und Tante abgeschlossen war, hatte er oft das ungute Gefühl, dass jemand während seiner Abwesenheit darin gewesen war – ein fremder Geruch hing dann in der Luft.

Besser schien es ihm, diese Dinge im Auto zu haben, wenn er unterwegs war. Genauso wie das Bajan. Sein Auto war ein sicherer Ort.

Er hatte nach dem 24. November, dem Tag des Einbruchs, die rosafarbene Villa im Gerolsteiner Hainbuchenweg ein paar Tage lang beobachtet. Die Polizei war gekommen und ein Fensterbauer – dieser sogar zweimal, einmal um die Terrassentür auszumessen, das zweite Mal um sie auszutauschen. In keiner Zeitung hatte etwas gestanden. Auch nicht in der Werbepost. Niklas hätte nichts dagegen gehabt, den Namen Warenka gedruckt zu sehen. Vielleicht sogar ein Foto. Er hätte sich den Artikel ausgeschnitten und dem Onkel zeigen und sagen können: Sieh mal, das war ich. Dann hätte er ihn bestimmt nicht mehr ausgelacht.

»Wie bitte?«, polterte der Onkel stattdessen los, als er ihm im Hof von dem Bruch erzählte. »Höre ich recht? Du hast ihm eine Uhr gestohlen? Wozu soll das denn gut sein?«

Das sei erst der Anfang, verteidigte Niklas seine Tat.

»Der Anfang von was?«, polterte der Onkel weiter.

Niklas blickte verlegen zu Boden und bohrte eine Fußspitze zwischen zwei Pflastersteine. »Von meinem Plan. Danach werde ich nämlich ...«

»Danach klaust du ihm einen Tisch oder was?«

Niklas schüttelte heftig den Kopf.

Der Onkel packte ihn an den Schultern und schüttelte ihn. »Junge! Junge! Und ich hab mich auf dich verlassen.«

Natürlich hatte er danach keinen Tisch geklaut. Das zweite Zeichen, das er gesetzt hatte, war richtig anstrengend gewesen. In einer nächtlichen Aktion hatte er heute Morgen, einen Tag vor Nikolaus, kurzerhand die Birke im Garten des Mistkerls gefällt, die ganz dicht am Zaun gestanden hatte und hoch gewachsen war, sodass er sie vermissen musste, denn nun lag der Blick zum Nachbarhaus frei.

Nervenzersägende sieben Sekunden lang hatte der Motor seinen Körper von den Haarspitzen über die Fingerkuppen bis zu den Zehennägeln durchgeschüttelt. Hunde waren in der Nachbarschaft wach geworden, in den Häusern war alles ruhig geblieben. Einmal hätte sich beinah sein grüner Schal im halb verrosteten Sägeblatt verfangen. Er war so zu Werke gegangen, dass der Baum mitten in den Garten auf den gepflegten Rasen niedergegangen war. Mit einem dumpfen Knall. Timber!

Er hatte den Baum einfach liegen lassen, damit dieser Warenka nicht auf die Idee kam, er habe sich nur einen Maibaum auf illegale Weise beschaffen wollen, auch wenn alles andere als Mai war. Es war sozusagen das glatte Gegenteil. Es war Dezember!

Den Rest der Nacht hatte er im Gewerbegebiet auf der Sarresdorfer Straße in seinem Auto gesessen und gefroren. Die Aktion hatte ihn mitgenommen. Schulter und Arme schmerzten, und seine Hände wollten gar nicht aufhören zu zittern, als hielten sie immer noch die Säge. Er war nicht gerade muskulös, und um seine Nerven stand es nicht zum Besten. Das hatten sie schon im Heim immer gesagt: Du musst ruhiger werden.

Gegen Morgen hatte er in der Bäckerei Clemens einen Kaffee und zwei belegte Brötchen heruntergeschlungen. Das Händezittern war während der Fahrt nach Hause wieder schlimmer geworden, sodass er kaum noch in der Lage war, das Lenkrad zu halten. Aber er war trotzdem weitergefahren, weil er in diesem Zustand nicht auf den Hof zurückkehren konnte, und er hatte sich vor lauter Aufregung total verfranst. Erst in Vlatten hatte er angehalten und gewendet.

Kurz danach hatte er die Kontrolle über sein Auto restlos verloren und hatte es in den Straßengraben gesetzt. Ein Glück, dass er angeschnallt war. Kaum war er ausgestiegen und draußen erst mal in sich zusammengesunken, um sich von dem Schock zu erholen, war diese schreckliche Privatdetektivin über ihn hergefallen und hatte ihn mit Fragen genervt.

Danach war er an den Tatort zurückgekehrt. Im Laufe des Tages hatte er dort die Polizei anrücken sehen, sie vermaß den Tatort und sicherte Spuren. Dann war der Laster einer Gartenbaufirma gekommen. Zwei Männer gruben die Wurzel der Birke aus, zerkleinerten den Stamm und die dickeren Äste in handliche Teile und schichteten das frische Holz dort auf, wo sich bereits ein Holzstapel befand. Heizprobleme dürfte dieser Warenka demnächst keine mehr haben, aber wenn es nach Niklas ging, hätte er sehr bald eine Menge anderer. Zuletzt wurden die Wurzel und die dünnen Zweige der Baumkrone auf die Ladefläche geschleppt und der Rasen geharkt.

Das alles hatte nicht nur unter seinen, sondern auch unter den Augen einer dicken Frau in einem bodenlangen, bunten und wallenden Kleid stattgefunden, die auf dem Balkon im ersten Stock wie eine Statue stand. Mit dem Fernglas des Onkels hatte Niklas nur kurz auf ihren Kopf gezielt, denn er fürchtete, dass sich das Licht brach, sie blendete und auf ihn aufmerksam machen würde. Das Gesicht der Dicken war wie eine Maske, Augenbrauen und Augen waren schwarz geschminkt.

Er war stolz auf seine Tat gewesen und hatte damit gerechnet, dass der Onkel ihm anerkennend auf die Schultern klopfte. Aber dazu kam es nicht.

»Stümper! Dich kann man echt vergessen«, polterte der Onkel los.

»Wart‘s ab«, antwortete Niklas. »Ich setze ihm zu.«

»Das sehe ich. Du bist ein echter Held. Soll ich dir mal was sagen?«

»Nein.«

Der Onkel drohte mit dem Zeigefinger der rechten Hand und krallte gleichzeitig seine linke in Niklas' Ärmel. »Hör mir zu! Das hier ist keine Spielerei. Es geht um alles. Er hat deine ganze Familie zerstört. Und sieh dich doch einmal an! Du bist ein kleiner Hilfsarbeiter und ein armseliger Musikant mit einem alten Auto und einem schäbigen Zimmer ohne Heizung. Ist es das, was du sein wolltest?«

Niklas schüttelte den Kopf.

»Na, also. Was aus dir geworden ist, das ist dieser Mann schuld und niemand anderes. Und du stiehlst zur Strafe seine Uhr und fällst seinen Baum. Das darf ja wohl nicht wahr sein!«

»Was ...?«, fragte Niklas hilflos.

»Er muss dran glauben, Junge. Kapier doch. Ihr kommt erst zur Ruhe, wenn er nicht mehr ist.«

»Aber ...«

»Nichts aber. Aus der Nummer kommst du nicht mehr raus. Du bist der Einzige in der Familie, der das tun kann. Es ist eine Frage der Ehre. Nicht nur deiner. Der Familienehre sozusagen. Er ist dein Erbfeind.«

»Aber ...«

»Nichts aber.« Der Onkel ließ Niklas los und stieß ihn weg. »Schwächling!«

Es lag so viel Verachtung in seinem Blick, dass Niklas ganz mulmig zumute wurde. Und auf einmal kamen ihm selbst die beiden Zeichen wie die albernen Streiche eines kleinen Jungen vor. Doch er war kein kleiner Junge mehr. Und erst recht kein Schwächling, das war er mal gewesen. Das war lange her. Das war im Heim.

Vor zwei Jahren war Niklas Nowak aus dem Heim auf den Hof von Onkel und Tante zurückgekehrt, weil er nicht wusste, wohin sonst. Damals war er neunzehn Jahre alt gewesen. Er wollte mit keinem von ihnen etwas zu tun haben. Sie hatten ihn abgeschoben. Sie waren ihm verhasst. Er suchte nichts als eine Unterkunft.

Der Onkel stellte ihm im Anbau über den ehemaligen Stallungen ein Zimmer ohne Heizung und ohne warmes Wasser zur Verfügung. Dort igelte Niklas sich ein und vermied jeden Kontakt.

Das erste Jahr hatte der Onkel ihn in Ruhe gelassen, aber vor ein paar Wochen hatte er angefangen, auf ihn einzureden. Es ging ihm nicht darum, dass er für seine Unterkunft nichts zahlte oder nicht mitarbeitete, nicht um seine Musik, was Niklas am meisten befürchtet hatte, oder darum, dass er mit niemandem redete, sondern um eine gewisse »schlimme Geschichte«.

»Was für eine schlimme Geschichte?«, hatte er den Onkel gefragt.

»Du warst damals noch klein«, sagte der Onkel. »Zu klein, um zu verstehen.«

Niklas kannte nur eine Geschichte. Seine. Und an die wollte er nicht erinnert werden. Nicht an den Tag, an dem seine Eltern Hals über Kopf ihr Haus verließen und zu Onkel und Tante auf den Hof zogen, nicht an die schreckliche Schulzeit, vor allem nicht daran, dass seine Mutter eines Tages vom Einkaufen nicht wiedergekommen war. Danach war er immer öfter ausgerastet, und man hatte ihn einfach ins Heim abgeschoben. Von seinem Heimweh, besonders wenn er nach einem Besuch wieder zurückmusste, wusste niemand etwas.

»Ich weiß, wer an allem schuld ist«, sagte der Onkel immer wieder und ließ nicht locker. Er passte ihn ab, er lauerte ihm auf und stellte immer die gleichen Fragen: Ob er denn nicht bemerke, wie sein Vater langsam zugrunde ging. Ob er dabei tatenlos zusehen wolle, während der Mann, der seine Familie zerstört hat, sich ein schönes Leben macht und Geld ohne Ende scheffelt. Was er denn für einer sei, dem das Schicksal seiner Familie nicht am Herzen liege. Ob er denn überhaupt keinen Mumm in den Knochen habe. Ob er schon mal was von Familienehre gehört habe. Ob er denn nur an sich denke. Wann er denn endlich etwas unternehmen wolle.

Niklas stellte sich stur, behauptete, das sei ihm alles egal, das interessiere ihn nicht. Und er habe keine Zeit und keine Lust, sich um diese alte Geschichte zu kümmern. Vorbei sei vorbei. Er habe genug mit sich selbst zu tun. Und überhaupt – er könne schließlich nichts dafür.

»Aber dein Vater kann es doch nicht tun. Wie soll er denn? Sieh ihn dir doch an. Er ist ein Wrack!«, polterte der Onkel. Immer polterte er gleich los, er konnte gar nicht anders.

»Na und?«, antwortete Niklas trotzig.

So ging es mindestens einmal die Woche. Dann dachte Niklas, wenn er nur so tun würde, als sei er einverstanden, dann würde der Onkel endlich Ruhe geben. Davon erzählen war eine Sache, es zu tun eine andere. Deshalb antwortete er eines Abends: »Okay. Ich mache es.«

Der Onkel hatte ihn an seine Brust gezogen und gedrückt, als wollte er ihn ersticken. »Du bist ein guter Junge. Warte.« Er war in den Stall gelaufen und mit einer Waffe und einem Fernglas zurückgekehrt, mit denen er manchmal auf die Jagd ging. Niklas wusste nicht, was er schoss. »Nur für alle Fälle!«, hatte der Onkel gesagt, den Kofferraum geöffnet und beides hineingeworfen. Dann hatte er einen Zettel aus der Hosentasche gezogen. »Hier sind sein Name und seine Adresse. Warte.«

Den Zettel faltete Niklas, ohne ihn zu lesen. Er legte ihn in seinem Zimmer unter sein Kopfkissen und verbrachte eine unruhige Nacht darauf.

Am nächsten Abend, als er von der Arbeit in der Tankstelle kam, stand der Onkel neben ihm. Niklas hatte sein Auto gerade abgestellt, das Bajan von der Rückbank gehoben und wollte auf direktem Weg in sein Zimmer verschwinden.

Es war dunkel. In der Küche brannte Licht. Niklas dachte, sie säßen alle am Tisch, sein Vater und Onkel und Tante. Auch wenn er Hunger hatte bis zum Umfallen, er würde sich nicht zu ihnen setzen. Er hatte noch eine angebrochene Tüte Chips in seinem Kleiderschrank.

»Und?«, fragte der Onkel und krallte seine Hand in den Ärmel seiner Lederjacke. »Wann machst du es?«

»Was?«, fragte Niklas, um Zeit zu gewinnen.

»Du weißt genau, was ich meine.«

»Bald«, versprach er.

»Gut.« Der Onkel ließ ihn widerwillig los. »Warte nicht zu lange.«

In der gleichen Nacht studierte Niklas den Namen und die Adresse auf dem Zettel und heftete ihn an die Pinnwand über seinem Bett. Immer wieder flüsterte er den Namen vor sich hin: Dr. Gero Warenka.

Nur zu gut konnte Niklas sich an die kleinen Streiche, Hänseleien und Sticheleien im Heim erinnern, die er und die anderen Kinder ausgeheckt hatten, wenn ein Neuzugang kam. Feuertaufe hatten sie das genannt. Lange hatte es gedauert, bis er selbst einen festen Platz in der Gemeinschaft hatte erobern können, einer von vielen geworden war, Anerkennung und sogar einen Freund gewann. Viele heimliche Tränen waren geflossen. Schlimmeres konnte er sich nicht vorstellen.

Er wollte diesem Mann, diesem angeblichen Erbfeind, der alles schuld war, das Gleiche antun. So und nicht anders war er auf die verrückte Idee mit der Uhr und der Birke gekommen.

Das Bajan auf seinen Knien, legte er die Finger auf die Knöpfe und zog den Balg, der mit rotem Stoff bezogen war, langsam auf und schob ihn wieder zusammen. Harmonien füllten sein eiskaltes Zimmer und durchströmten von seiner Brust aus den ganzen Körper wie eine Welle. Er schloss die Augen, spürte den Tönen nach und dachte an Andrej. Was würde Andrej jetzt an seiner Stelle machen?

Andrej Semonov war sein bester Freund. Und sein einziger, auch wenn es Jahre her war, dass sie sich gesehen hatten. Andrej war vier Jahre älter als er und hatte das Heim früher verlassen können. Sie hatten geschworen, sich zu sehen, zu telefonieren, sobald Niklas auch »draußen« war, aber Niklas hatte nie wieder von ihm gehört.

Andrej war im Alter von drei Jahren mit seiner Familie aus Russland nach Deutschland gezogen. Als er acht Jahre alt war, waren seine Eltern bei einem Autounfall ums Leben gekommen, er wurde von einer Tante zur nächsten herumgereicht und landete schließlich in dem gleichen Heim wie Niklas, mit dem niemand mehr zurecht kam, nachdem seine Mutter die Familie verlassen hatte.

Haus Raphael nannte sich das Heim in Dormagen, wo Niklas und Andrej in einer Wohngruppe mit sechs anderen Kindern ein vorläufiges Zuhause gefunden hatten.

Im Laufe der Jahre brachte Andrej Niklas ein paar russische Wörter bei, das kyrillische Alphabet, nur so zum Spaß, aber vor allem das Musizieren. Russische und deutsche Lieder übten sie abwechselnd auf einer Mundharmonika und dem Bajan, einem russischen Tastenakkordeon, beides hatte Andrej mit ins Heim gebracht. Als sie noch jünger waren, hatten sie dazu gesungen, aber als ihre Stimmen rau und ungemütlich wurden, ließen sie das sein.

»Weil du viel besser spielen kannst als ich«, hatte Andrej gesagt, Niklas das Bajan zum Abschied in den Schoß gelegt und nur die Mundharmonika mitgenommen. Er hatte ihn ein letztes Mal in seine Arme genommen und geküsst wie einen Bruder. »Spiel den Leuten die Sterne vom Himmel.«

Niklas' Protest war nur halbherzig gewesen, da er das Bajan längst ins Herz geschlossen hatte. In seinem Inneren jubilierte er. Mit dem Bajan war er nie mehr allein. Es würde ihn mit Andrej verbinden.

Von diesem Tag an begleitete es ihn überallhin. Nicht nur, weil die Musik ihn trösten und ihm über manche Hürde hinweghelfen konnte. Es war, als schütze ihn das Instrument vor seiner Brust wie ein Panzer. Nie mehr war Niklas irgendwohin gegangen, ohne dass es zumindest in greifbarer Nähe gewesen wäre.

Eigentlich hatten Niklas und Andrej das zusammen vorgehabt, das Musizieren. Sie träumten davon, sich durchzuschlagen, von Stadt zu Stadt zu ziehen und auf Marktplätzen, vor Kirchen und Straßencafés zu spielen. Doch Andrej hatte plötzlich im letzten Heimjahr seinen Ehrgeiz entdeckt, den Schulabschluss geschafft, eine Ausbildung zum Dachdecker gemacht, und ein fester Job wartete da draußen auf ihn. Irgendwo in Norddeutschland. Niklas hatte keine Adresse.

Seine eigene Zukunft war damals ungewiss. Sie war es noch heute. Die letzten vier Jahre ohne Andrej in der Wohngruppe waren keine guten Jahre gewesen. Er saß die Zeit ab. Die Ausbildung zum sogenannten Kraftfahrzeugmechatroniker, die er gewählt hatte, weil man seinen Wunsch,

Musiker zu werden, nicht ernst nahm, schaffte er mit Ach und Krach.

Die feste Stelle, die der Ausbildungsbetrieb ihm angeboten hatte, trat er nicht an. In einer Tankstelle in Kall fand er einen Aushilfsjob, wo er Reifen und Öl wechselte und Autos wusch. Er leistete sich auf Raten ein altes, billiges Auto und klapperte damit in seiner Freizeit die Gegend ab. Er fuhr nach Jünkerath, Gerolstein, Euskirchen oder Nettersheim. Er spielte dort auf Marktplätzen und vor Kirchen Andrejs Lieder oder steuerte die Bahnstationen an, stieg in den nächstbesten Zug, schnallte die Halteriemen des Bajan über die Schultern und ging durch die Gänge und machte Musik.

Er setzte eine Schlägermütze auf und zog den Schirm sicherheitshalber tief in die Stirn, um von der Videoüberwachung nicht erfasst zu werden. Er wusste nicht, ob es diese elektronischen Augen überhaupt gab und wo sie sich befanden.

Wenn er an Schülergruppen vorbeimusste, wurde er manchmal angepöbelt, ausgelacht und geschubst, Männer meinten oft, er solle lieber arbeiten gehen, aber die Frauen, die wurden meist schwach und kramten in ihren Portemonnaies, wenn er *Kalinka* oder *Laras Lied* aus Dr. Schiwago, *Quando Quando* oder *Carmen* spielte.

In die erste Klasse ging er nicht. Es gab dort nur wenige Sitzplätze, und sie waren selten besetzt, und außerdem war die erste Klasse direkt hinter dem Fahrer. Auch wenn der nicht zu sehen war, so konnte er ihn doch vielleicht hören. Und in der ersten Klasse saßen nicht die Spendierhosen. Es waren eher die, die selbst nicht viel zu haben schienen, die Niklas etwas zusteckten.

Anfangs unsicher und verlegen, hätte er viel darum gegeben, nicht allein zu sein, aber mit der Zeit wurde er selbstbewusster, zog den Balg des Bajans weiter auseinander, spielte laut und leidenschaftlich, sah den Leuten, die ihm etwas in die Mütze warfen, fest in die Augen und bedankte sich mit einem Kopfnicken. Nie wurde er aufdringlich. Er wünschte, Andrej hätte ihn so sehen können. Er wäre stolz auf ihn gewesen.

Niklas starrte immer noch auf den kleinen Zettel über seinem Bett. Er kannte jedes einzelne Wort in- und auswendig. Dr. Gero Warenka, flüsterte er. Was würde Andrej an seiner Stelle mit Dr. Gero Warenka machen?

4. Kapitel

Da bin ich!«, sagte die junge Frau mit todernster Miene, als Christine die Tür aufriss.

»Du? Hier?« Verdutzt strich Christine sich über die Haare, blinzelte und blickte dann auf den Koffer, der auf ihrer Fußmatte stand. Träumte sie? Sie war noch nicht ganz wach, hatte sich nur aus Tims Armen befreit, weil es an der Tür geklingelt hatte. Sie hatte die Post erwartet. Ein Paket. Nicht aber sie. Michaela. Unverkennbar. Groß und schlank, schwarzer Pagenkopf, schwarze, viereckige Brille und die roten Lippen. Und diese todernste Miene. Das war Michaela. Sie hatten sich seit einem Jahr nicht mehr gesehen.

»Schön.« Christine merkte, dass ihre Stimme kratzte. Sie hatte gestern Abend zu viel getrunken und zu viel geredet.

»Komm' ich etwa ungelegen?«, fragte Michaela, als sie ihren Koffer mit einem Fuß an Christine vorbei mitten in den Flur schob.

»Nein, natürlich nicht. Ich freue mich.« Sie küssten sich auf die Wangen. Christine fiel auf, dass Michaela ihr Parfüm nicht gewechselt hatte. »Ich war noch im Bett.«

»Das sehe ich.« Christines Haare standen zu Berge. Sie trug ein langes, zerknittertes T-Shirt. Ihre Beine waren nackt. »Und nicht allein, hoffe ich für dich.«

Christine schüttelte lachend den Kopf.

»Ist er eine gute Partie?«

»Er hat reiche Eltern.«

»Dann lass ihn nicht warten.«

»Was denkst du? Ich schmeiße ihn sofort raus und springe unter die Dusche. Geh solange in die Küche, ja?« Christine zeigte nach links. »Ich bin gleich bei dir. Es dauert nicht lange.«

Sie blickte Michaela nach, wie diese über den schmalen Flur ging, so wie sie immer ging, als balanciere sie auf einer gedachten Linie. Sie ließ den Riemen ihrer Tasche von der Schulter rutschen und stieß die Küchentür mit dem Fuß auf, als sei sie hier zu Hause. Michaela würde sich nicht daran stören, dass die Küche chaotisch aussah, dachte Christine. Für sie hatte eine Umgebung keine Bedeutung. Sie schien überall zu Hause sein zu können. Oder nirgendwo.

Christine schob den Koffer aus dem Weg. Er war schwer. Sie versuchte, den schlaftrunkenen, murrenden Tim aus ihrer Wohnung zu entfernen.

Sie konnte es kaum fassen, dass Tim Nebel sie gestern Abend bis nach Hause begleitet hatte und geblieben war. Ausgerechnet bei ihr. In ihrem Bett. Ein Typ wie er! Sie hatte ihn erst gestern im Simplicissimus, einer Studentenkneipe am Viehmarkt, kennen gelernt, wo er an der Theke stand. Flüsternd verabredeten sie, einander anzurufen, um ein neues Treffen auszumachen.

Aber bevor er verschwand, steckte er seinen Kopf kurz durch die Küchentür und rief Michaela ein »Hallo!« zu.

Christine hörte nicht, was ihre Freundin antwortete, aber sie fand, dass Tim sich zu viel Zeit mit der Begutachtung ihres Besuches ließ. Ungeduldig zog sie ihn am Ärmel zurück in die Diele und beförderte ihn schließlich mit einem Kuss hinaus.

Dann ging sie unter die Dusche. Sie freute sich wirklich, ihre alte Freundin wiederzusehen – und dazu mit Gepäck. Das war ein gutes Zeichen. Nur eben der Zeitpunkt war schlecht. Während das heiße Wasser auf Christine niederrann, hatte sie Zeit, an früher zu denken.

Vor vier Jahren hatte sie Michaela im Abendgymnasium in Euskirchen kennen gelernt. Drei Jahre lang, an vier Tagen in der Woche, montags bis donnerstags, hatten sie jeden Abend Seite an Seite gesessen und Deutsch, Mathe, Englisch und die Nebenfächer gebüffelt.

In vielem grundverschieden, hatten sie doch ein paar Gemeinsamkeiten entdeckt, die sie verbanden. Sie waren damals beide einundzwanzig Jahre alt gewesen, beide hatten sich vor langer Zeit mit ihren Familien überworfen. Michaela war bei ihrem Vater aufgewachsen, der von ihr nichts mehr wissen wollte. Beide wohnten sie in Blankenheim, Michaela bei einer Tante zur Untermiete, Christine in einer Einzimmerwohnung. Beide waren sie nie gut bei Kasse. Beide hatten seit vielen Jahren einen Job, der sie anödete. Michaela arbeitete seit ihrem sechzehnten Lebensjahr in einer Bäckerei, Christine war Bürokauffrau und hatte eine Stelle bei einer Versicherung.

Im dritten Semester bezogen sie eine gemeinsame Wohnung, um Geld zu sparen und sich an den Wochenenden bei den Hausaufgaben und Vorbereitungen auf die Klausuren helfen zu können. Ihrer Jobs wegen blieben sie in Blankenheim, obwohl der Bahnhof ungünstig lag, fünf Kilometer außerhalb der Stadt.

Die Unterführung zum Bahnhofsgebäude befand sich zwischen den beiden Gleisen. Sie war ramponiert, versifft und verschimmelt. Wenige Neonlampen, ein Lichtschacht. Besonders im Winter ein Abenteuer. Gemeinsam, fanden Christine und Michaela, war das nicht halb so gefährlich. Oft malten sie sich aus, was sie machen würden, wenn einer käme ... der würde nichts zu lachen haben. Christine lief ein Schauer über den Rücken, wenn sie Michaela zuhörte. Sie würde nicht zögern, bis zum Äußersten zu gehen. Sie hatte eine schwarze Seele.

Hinter dem Bahnhofsgebäude standen ihre Fahrräder, aneinandergekettet. Der Radweg führte an der Straße entlang, ging stetig bergauf und fiel erst zum Schluss steil ab, zur Stadt hinunter.

Als sie letztes Jahr endlich das Abitur in der Tasche hatten, fielen die Radtouren flach, und sie hatten ganz andere Sorgen. Besonders Michaela. Nun hatte sie es schwarz auf weiß. Trotz aller Plackerei waren ihre Noten nicht gut genug für ein Medizinstudium. Schon bei der Anmeldung war eigentlich klar gewesen, dass es kaum möglich war, in der Abendschule Noten zu bekommen, die für das Studium reichen würden. Aber gerade diese Aussichtslosigkeit hatte Michaela als persönliche Herausforderung gesehen. Das hatte sie angetrieben, all die Jahre. In München oder Hannover Tiermedizin studieren, das war ihr Mädchentraum.

Christines Ziel, das Studium der Betriebswirtschaften in Trier, war da eher realisierbar. Wochenlang versuchte sie der Freundin die Stadt Trier schmackhaft zu machen. Wenn nicht Tierärztin, so könnte sie doch dort wenigstens Tierarzthelferin werden, das kam doch ihren Wünschen ziemlich nahe. Sie hatten die gemeinsame Wohnung bereits gekündigt. Christine hatte ein Studentenappartement in Trier in Aussicht. Michaela nichts. Ihre Miene verfinsterte sich immer mehr.

»Wenn gar nichts geht, angeln wir uns eben einen reichen Studenten«, versuchte Christine sie an einem ihrer letzten Tage aufzumuntern, »oder noch besser einen Professor.«

Und sie wusste noch, als sei es gestern gewesen, wie Michaela sie daraufhin angeblickt hatte. Sekundenlang. Wortlos. Als hätte sie sie zu einem Mord aufgefordert. Schließlich hatte sie den Satz hervorgepresst: »Du kannst das ja machen, wenn du unbedingt von einem Mann abhängig sein willst. Für mich ist das nichts.« Danach hatte sie sich abgewandt, die Kühlschranktür aufgerissen und gesagt: »Wir haben keinen O-Saft mehr.«

Christine stellte das Wasser ab, schob den Duschvorhang auf und langte nach dem Handtuch. Sie hatte Michaela fast vergessen. Sie hatte die ersten beiden Semester in Trier hinter sich gebracht, sich gut in der kleinen, überschaubaren Universität eingelebt, alles ohne eine Nachricht von ihr. Nun war sie plötzlich da. Ohne Anmeldung. Und ihrem Gepäck nach zu urteilen, schien sie bleiben zu wollen.

Christine rubbelte ihre kurzen, blonden Haare trocken, stieg im Schlafzimmer in ihre Jeans und zog einen blauen Pullover über.

Michaela hockte mit einem Kaffeebecher in beiden Händen am Küchentisch, die Beine hochgezogen, die Füße auf dem Stuhlrand, und fragte: »Hast du ein Branchenbuch?«

»Klar.« Christine wandte sich zum Schreibtisch, der vor dem Fenster stand. Die Sonne schien auf eine Staubschicht. Sie riss einige Schubladen auf, ehe sie fündig wurde. »Hier. Was suchst du denn?«

»Tierärzte natürlich. Was sonst?«

»Du hast dich also entschieden? Das finde ich toll.«

»Kann ich solange hier wohnen?«, fragte Michaela, bereits in das Register vertieft.

»Natürlich.«

»Und dein Typ?«

»Ach«, winkte Christine ab. »Das geht schon. Ich kann auch zu ihm gehen.«

In den folgenden Tagen, während Christine in der Uni war, suchte Michaela nach einem Ausbildungsplatz. Jeden Abend kehrte sie ein wenig missmutiger zurück, verfluchte alle Tierärzte dieser Welt, verbreitete Endzeitstimmung und hatte überhaupt keine Lust auszugehen.

Sie legte die Füße auf den Küchentisch und kreuzte die Arme auf der Brust. »Ich bin den ganzen Tag herumgerannt. Für nix und wieder nix. Ich kann nicht mehr. Ich will nicht mehr. Geh du nur! Mach dir ruhig einen schönen Abend. Ich komme schon allein klar.«

Christine ging mit schlechtem Gewissen. Aber Tim nicht zu sehen, wäre zu viel verlangt gewesen. Sie war heillos verliebt. Manchmal fragte er nach Michaela, aus Höflichkeit, dachte Christine.

Dann kam Michaela eines Tages halbwegs gut gelaunt heim. Zumindest wollte sich der Tierarzt, bei dem sie sich vorgestellt hatte, wieder melden. Christine gratulierte ihr und machte ihr Hoffnung. Gerade als sie die Wohnung verlassen wollte, verkündete Michaela: »Ich komme mit.«

Sie gab Tim im Simplicissimus zur Begrüßung nicht einmal die Hand, orderte nur ziemlich unhöflich einen Tequila Sunrise. Der Thekenbereich war ein schmaler, langer Schlauch, an dessen Ende sich eine Art Saal mit Tischen und Stühlen anschloss. Während Christine in Tims Nähe blieb, setzte Michaela sich außer Sichtweite mit ihrem Cocktail an einen freien Tisch. Dass Tim immer wieder in Richtung Saal blickte, gehörte zu seinem Job.

Nach einer Weile kam Michaela in Begleitung eines jungen Mannes zurück, ging ohne ein Wort an Christine und Tim vorbei und verschwand aus der Kneipe. Christine freute sich für sie, die Bekanntschaft würde ihr gut tun und sie von ihren Sorgen ablenken.

Es war Tim, der sich über Michaelas Verschwinden aufregte. Er lief den beiden hinterher, verpasste sie und kehrte völlig aufgelöst zurück. »Ich habe den Typ hier noch nie gesehen.«

Als Michaela am nächsten Tag wieder auftauchte, meinte sie: »Das war vielleicht ein Langweiler.«

Nächte, in denen Michaela erst am nächsten Morgen erschien, kamen von da an häufiger vor. Auch Nächte, in denen Tim für Christine nicht zu erreichen war, nach Kneipenschluss etwas anderes vorhatte oder einfach untertauchte. Trotzdem dauerte es eine Weile, ehe sich bei Christine der Verdacht regte, dass das kein Zufall war, und noch länger, ehe sie Michaela und Tim zum ersten Mal zusammen sah. In der Fußgängerzone kamen sie auf sie zu, zu einem Zeitpunkt, als Michaela angeblich das zweite Vorstellungsgespräch bei dem interessierten Tierarzt hatte. Auch wenn die beiden versuchten, in einer Seitenstraße zu verschwinden, Christine hatte sie gesehen. Hand in Hand. Schulter an Schulter. Wie vom Donner gerührt war sie stehen geblieben.

Irgendwie war sie nach Hause gekommen. Sie wusste nicht mehr, wie. Auch was sie dort gemacht hatte, war ihr nicht bewusst. Sie wusste nur, dass Michaela am Abend nicht in ihre Wohnung kam und Tim nicht ans Telefon ging. Christine wählte seine Nummer bestimmt zwanzig Mal. An Schlaf war in dieser Nacht nicht zu denken.

Beim Frühstück fasste sie einen Entschluss: Sie würde nicht hier sitzen und warten, bis sie es ihr schonend beibrachten, sie würde Tim sofort aus ihrem Leben streichen und Michaela zur Rede zu stellen.

Als Christine am Nachmittag aus der Uni kam, lag Michaelas Koffer geöffnet auf dem Bett, die Schranktür stand ebenfalls offen. Sie packte.

»Das ist gut«, murmelte Christine erleichtert.

»Ich gehe zurück«, verkündete Michaela und faltete einen schwarzen Pullover sorgfältig zusammen.

»Nach Blankenheim?«

»Wohin sonst? Gott sei Dank kann ich bei meiner Tante wohnen.«

»Das ist gut«, wiederholte Christine laut. Michaela hatte ihr erzählt, dass sie wieder bei ihrer Tante in der kleinen Zwei-Zimmer-Wohnung im Anbau untergekommen war, nachdem sie allein in Blankenheim zurückgeblieben war. »Gehst du wieder in die Bäckerei?«

»Weiß nicht.«

»Schlecht war der Job nicht«, versuchte Christine sie zu trösten.

»Ich werde vielleicht in Köln studieren.«

»Du willst was?«, fragte Christine entsetzt.

Michaela suchte angestrengt nach einer passenden Stelle für den schwarzen Pullover im überfüllten Koffer. »Meine Noten waren besser als deine, hast du das vergessen?«

»Das meine ich nicht, aber ...«

»Hast du echt geglaubt, ich will so eine billige Arzthelferin sein?«

»Du wirst also wieder pendeln?« Christine dachte an die dunkle Unterführung am Bahnhof Blankenheim Wald und den langen Radweg in die Stadt, den Michaela in Zukunft ganz allein zurücklegen musste, es sei denn, Tim ... »Und Tim?«

»Ach, der!«, sagte Michaela abfällig, presste den Kofferdeckel herunter und begann am Reißverschluss zu zerren.

Christine atmete auf. Also war gar nichts gewesen zwischen den beiden? Sie verfluchte ihre Eifersucht. Die schlaflose Nacht. Den Entschluss.

»Warum studierst du nicht hier?«, fragte sie, als sie eine Leere in sich aufsteigen fühlte. Sie würde Michaela vermissen. Sie mussten reden. Unbedingt. Alles war nur ein Missverständnis.

»Hier? Um Gottes willen«, hörte sie Michaela sagen. Die Worte waren von einem Stöhnen begleitet, denn sie hob den schweren Koffer vom Bett, stellte ihn auf seine beiden Rollen und sagte: »Trier ist mir zu spießig.«

Christine sprang ein und half. Ihre Hände berührten sich am Griff des Koffers. »Mir gefällt es hier«, sagte sie lahm.

»Für dich mag das okay sein. Aber Köln, das ist doch was ganz anderes. Du kannst ja nachkommen, wenn du magst.«

Christine schüttelte den Kopf.

»Überleg es dir gut«, sagte Michaela mit finsterer Miene. Mit einem Ruck zog sie den Griff aus dem Koffer und wollte ihn aus dem Zimmer rollen. Die Räder verhakten sich im Flokati. Michaela zog die Fäden.

»Wann fährst du?«, fragte Christine.

Michaela sah auf die Uhr. »Jetzt.«

Als Christine vom Küchenfenster auf Michaela blickte, wie sie ihren Koffer Richtung Bahnhof zog, in ihrem unnachahmlichen Gang, fiel ihr ein, dass sie vergessen hatte zu fragen, was sie denn in Köln studieren wolle.

Für Tim Nebel war Michaelas Entscheidung, nach Köln zu gehen, ebenfalls völlig überraschend gewesen. Sie hatte sie zu einem Zeitpunkt verkündet, als er schon dachte, er hätte sie für immer verloren. Nur wegen seiner ewigen Besserwisserei. Allerdings verlangte sie einen hohen Preis.

Als Michaela eines Abends wieder im Simplicissimus aufkreuzte und er ihr wieder ihren Cocktail mixte, flüsterte er ihr ins Ohr: »Es gibt was zu feiern.«

»Schön für dich«, antwortete sie.

»Willst du nicht wissen, was?«

»Du wirst es mir gleich sagen, oder?«

»Nicht jetzt. Heute Abend bei mir, ja? Der Sekt steht kalt.«

Michaela zog eine Augenbraue hoch. »Sekt?«

Er nickte stolz. Er hatte eine Flasche aus der Bar mitgehen lassen.

»Ich bin gespannt«, sagte sie tonlos und sog mit spitzen Lippen am Strohhalm. Mit einem schlürfenden Geräusch ging der Tequila Sunrise zu Ende.

Als Tim am Abend mit der geöffneten Sektflasche und zwei Gläsern aus der Küche kam, lag Michaela auf dem Sofa. Sie hatte ihre Schuhe ausgezogen, ein Kissen in den Nacken gestopft und ihre langen Beine übereinandergeschlagen. Ihr roter Pullover reichte gerade bis zum Rockbund. Tim setzte sich neben sie.

»Es gibt wirklich gute Neuigkeiten«, begann er. »Ich habe mich an einem privaten Institut für Wirtschaftswissenschaften in Köln angemeldet, lange bevor ich dich kennen gelernt habe. Für mich ist der lockere Uni-Betrieb nichts, weißt du. Ich kann anscheinend mit der Freiheit, zu einer Vorlesung zu erscheinen oder nicht, nicht umgehen.«

»Aha«, machte Michaela.

»Bei mir hapert es an der Disziplin. Und an diesem Institut geht es streng wie in einer Schule zu, da werde ich gezwungen sein, zu lernen. Das brauche ich. Heute Morgen lag die Zusage endlich im Briefkasten. Im April geht's los.«

Michaela schloss die Augen.

Vielleicht kann ich sie überreden mitzukommen, überlegte Tim. Vielleicht wartet sie nur auf die Frage.

Gerade wollte er den Sekt einschenken, als Michaela ihm die Flasche aus der Hand nahm und neben sich auf den Boden stellte. Sie zog ihren roten Pullover hoch, legte die Finger um den Hals der Sektflasche, hob sie hoch, stellte die eisgekühlte Flasche auf ihren nackten Bauch und sah Tim an – so lange, bis er verstand. Die Sektgläser landeten auf dem Teppich.

Michaela ließ den Sekt in ihren Bauchnabel fließen, legte ihren Kopf zurück und schloss wieder die Augen. Tim ging in die Knie, beugte sich über sie und schlürfte den Sekt von ihrer Haut.

»Aber ohne dich ist das alles nichts mehr«, sagte er zwischen zwei Schlucken, und seine Lippen streiften ihren Bauch bei jedem Wort. Bevor sie nachgießen konnte, fragte er »Hast du Lust mitzukommen?«

Michaela seufzte.

»Es wird wunderbar werden, du und ich in Köln. Köln ist eine tolle Stadt«, schwärmte er.

»Ich weiß«, sagte Michaela.

»Jede Nacht Party.«

»Kein Bedarf.«

»Aber in Köln findest du garantiert einen Job, viel leichter als hier.«

»Wunderbar«, sagte Michaela.

»Oder du studierst auch. Du hast doch das Abi. Ja, genau, wir studieren zusammen.« Tim dachte in seiner Verliebtheit nicht darüber nach, wie schwer es für ihn gewesen war, in dem Institut einen Studienplatz zu bekommen, wie hoch die Studiengebühren waren, und ob sich Michaela überhaupt für sein Fach interessierte. Er wollte sie in seiner Nähe haben. Nichts anderes zählte. Er würde sie überzeugen. »Das ist spannender, als du denkst. Warte.« Er sprang auf, stolperte zu seinem Schreibtisch und kam mit einer Broschüre zurück. Er kniete wieder neben ihr, legte sie auf ihren nackten Bauch und begann darin zu blättern.

»Hör zu! Ich lese dir mal ein paar Themen vor. Hier. Zum Beispiel Logistik und Produktionsmanagement bei Professor Karl Weitknecht, Marketing-Instrumentarium bei Dr. Justus Mann ...«

»Au ja!«, stöhnte Michaela.

»Aber vielleicht ist eher Business-Englisch, -Französisch oder -Spanisch etwas für dich. Oder hier: Banking & Finance bei Dr. Warenka oder ...«

»Was?«, Michaela fuhr hoch.

»Bankgeschäfte und Finanzen«, übersetzte Tim und blickte auf.

»Zeig!« Sie riss ihm das Vorlesungsverzeichnis aus der Hand und überflog die Zeilen. Dann warf sie die Broschüre mit Schwung auf den Tisch. Sie rutschte über die Glasplatte und fiel an der anderen Seite herunter. Sie stieß Tim von sich, zog ihren Pullover runter und sprang vom Sofa. Sie stieg in ihre Schuhe, stöckelte ins Bad und knallte die Tür hinter sich zu.

Puh! Tim fragte sich entsetzt, was er verkehrt gemacht hatte. Es konnte die Übersetzung sein. Die hätte er sich sparen können. Natürlich wusste Michaela selbst, was Banking & Finance bedeutete. Es war ihm herausgerutscht. Andererseits, er hatte nicht ahnen können, dass sie so empfindlich darauf reagieren würde. Seufzend ließ er sich aufs Sofa fallen, schenkte sich einen Schluck Sekt ein, hob das Glas und sagte: »Frauen!« Während er trank, hörte er die WC-Spülung rauschen und das Wasser aus dem Hahn laufen.

Gleich, wenn Michaela wieder neben ihm stand, würde er sich entschuldigen. Dann wäre alles wieder gut, sie konnten dort weitermachen, wo sie eben aufgehört hatten. Sekt aus ihrem Bauchnabel.

Die Badezimmertür wurde aufgerissen. Tim hielt den Atem an, er hörte Schritte in der Diele. Sie geht, durchfuhr es ihn. Es war vorbei. Er hatte alles vergeigt. Er würde sie nicht wiedersehen. Ein Mädchen wie Michaela ließ sich nichts gefallen. Es machte kurzen Prozess.

Tim wartete auf das Geräusch der zufallenden Wohnungstür wie auf einen Schlag ins Gesicht. Doch Michaela trat vor ihn, blickte auf ihn herab, sodass ihre Brille auf ihre Nasenspitze rutschte.

»'tschuldige.« Tim schluckte schnell den Sekt herunter. »Ich wollte dich nicht belehren. Ich bin echt blöd. Natürlich weißt du selbst, was das ...«

»Ich komme mit.«

Ein paar Sekunden schwieg Tim, es hatte ihm die Sprache verschlagen. Dann stieß er hervor: »Wunderbar!« Anstatt aufzuspringen und ihr um den Hals zu fallen, blieb er auf dem Sofa kleben. Seine Gefühle schwankten zwischen Jubel und Sorge. Zwischenzeitlich waren ihm die ersten Bedenken wegen des Studienplatzes gekommen. Hoffentlich hatte er Michaela nicht zu viel versprochen. »So einfach ist das nicht. Ich werde sehen, was ich für dich tun kann, aber ...«

»Dann werden wir uns nie wiedersehen«, unterbrach Michaela ihn und drehte sich um, um zu gehen.

»Moment! Ich habe nicht gesagt, dass es nicht geht.«

»Dann verlasse ich dich!«

»Nein!«, rief Tim. »Ich tue, was ich kann. Ich werde mich für dich einsetzen, aber vielleicht klappt es trotzdem nicht sofort. Die Wartelisten sind lang, weißt du.«

Michaela wandte sich wieder Tim zu, machte zwei Schritte auf ihn zu, bückte sich zu ihm herab, schlang ihre Arme um seinen Hals und küsste ihn auf den Scheitel. »Wenn alles schief geht, dann bekomme ich den Platz eines gewissen Tim Nebel, ja?«

»Nein!«

»Wetten, dass doch?« Michaelas Frage hörte sich wie eine Drohung an.

»Und ich?«

Michaela antwortete mit einer Gegenfrage: »Wann fängst du an?«

»Offiziell erst im April, aber ich darf in diesem Monat schon mal reinschnüffeln.«

»Wann fährst du hin?«

»Ich wollte am Zehnten fahren.«

»Ich komme mit.«

5. Kapitel

Dr. Gero Warenka war ein erfolgreicher und gutaussehender Mann Anfang fünfzig, und bis vor Kurzem waren seine einzigen echten Probleme ein körperliches Handicap und das seltsame Hobby seiner Frau Kerstin gewesen.

Sein körperliches Handicap bestand darin, dass er nur einen Meter und einundsiebzig Zentimeter maß. Durch eine aufrechte Haltung, einen langgezogenen Hals, ein in die Luft gerecktes Kinn und das Tragen von Spezialschuhen mit unauffälligen Absätzen versuchte er, diesen Mangel so gut es ging wettzumachen. So kam er optisch auf nahezu 1,80 Meter. Immer noch viel zu wenig für einen Mann wie ihn, wenn man ihn gefragt hätte. Doch das tat niemand. Manchmal hatte er sogar den Verdacht, dass es niemanden außer ihn interessierte. Aber das änderte nichts an der Misere.

Sein kleiner Wuchs fiel bei praktischen Tätigkeiten auf, für die er eher eine Leiter oder einen Stock brauchte als andere. Schwierig war es auch im direkten Vergleich mit langen Mitmenschen, von denen es am Institut viel zu viele gab, und die in jedem Lehrgang weiter zu wachsen schienen.

Das war früher anders gewesen.

Als er noch jung war, war der Größenunterschied zu seinen Freunden und Kommilitonen gering gewesen. Aber jede Generation schien ein wenig länger werden zu wollen als die vorherige. Auch er hatte seine Eltern überragt. Doch das half ihm wenig. Die Eltern waren tot, und er musste sich weiter in einer Welt von jungen Riesen behaupten.

Lange Frauen waren ihm ein besonderer Gräuel. Eine Frau im Arm zu halten, zu der er hätte aufschauen oder sich auf Zehenspitzen hätte stellen müssen, um sie küssen zu können –

eine absurde Vorstellung. Dabei hatte er eigentlich ein gesundes Selbstbewusstsein. Aber alles hat seine Grenzen.

Im Gegensatz zu seiner Körpergröße trug er an dem Hobby seiner Frau eine gewisse Mitschuld. Er hatte es selbst unterstützt. Nach einem Workshop, den er ihr – nichts Böses ahnend – zum vorletzten Geburtstag geschenkt hatte, bildete Kerstin sich ein, Karten legen und aus ihnen lesen zu können. Die Vergangenheit, die Gegenwart und die Zukunft. Wenn er das gewusst hätte, hätte er ihr einen Gutschein für ein Diät-Wochenende geschenkt, Wasser und Schrot. Er hatte es schon hundertfach bereut. Der Workshop hatte sie verändert. Er hatte offenbar einen Nerv bei ihr getroffen. Dabei war ihre Ausstrahlung für ein Metier wie dieses völlig ungeeignet. Ihre Aura war nicht viel größer als ihr Brustumfang. Wer sollte ihren dubiosen Weissagungen Glauben schenken?

Klein, auffallend klein war sie schon immer gewesen, unter einssechszig. Leider war sie auch dick geworden mit den Jahren. Er, Warenka, war das nicht. Wäre er zwanzig Zentimeter größer, hätte er in jeder Hinsicht Gardemaße. Als er Kerstin kennen lernte, war sie eine zierliche Person mit mädchenhafter Figur gewesen. Aber es war nicht nur ihre Körperfülle, die ihn heute störte, und die Art, wie sie sie unter weiten, wallenden, glitzernden Gewändern, Stolen und sackartigen Jacken zu verbergen suchte – darüber würde er mit Wohlwollen hinwegsehen –, wenn nicht das geheimnisvolle Getue mit den Karten gewesen wäre. Weiße Magie nannte sie ihr Treiben, das sie für jede Kleinigkeit einsetzte.

Als zum Beispiel gut zwei Wochen zuvor, am 24. November, in die rosa Villa auf dem Hainbuchenweg eingebrochen und eine antike Wanduhr, ein wertloses Imitat, gestohlen wurde, hatte Warenka dies als Bagatelle angesehen, nicht persönlich, sondern auf die leichte Schulter genommen und als Zufall abgetan. Aus versicherungstechnischen Gründen hatte er eine Anzeige gegen Unbekannt gemacht, die Terrassentür austauschen lassen und war zur Tagesordnung übergegangen. Wie erwartet, ließ die Polizei ihre Ermittlungen erfolglos im Sande verlaufen. Die sichergestellten Fingerabdrücke waren in keiner Datei gespeichert gewesen. Eine Bagatelle, sagten sie, passiere jeden Tag überall. Auch der Fensterbauer war dieser Meinung.

Nicht so Kerstin, die hinter dem Vorfall schicksalhaft Abgründiges zu sehen glaubte. Was genau, wusste sie allerdings nicht. Angeblich habe es mit seiner Vergangenheit zu tun. Mit der sehr weit zurückliegenden Vergangenheit, die ihn nun einhole.

»Indem sie mir eine billige Uhr stiehlt, ich verstehe«, hatte Warenka süffisant erwidert.

»Das ist noch nicht alles, Gero«, mahnte Kerstin.

Warenka bat die Polizei, den Vorfall nicht an die Presse weiterzugeben. Er wollte keinerlei Aufmerksamkeit. Besonders nicht seitens der nicht-abbestellbaren Blättchen.

Elf Tage später, am 5. Dezember, lag Kerstins Lieblingsbaum, die alte Birke, die sie am Ende des Grundstücks vor den neugierigen Blicken des ungeliebten Nachbarn schützte, plötzlich mitten im Garten. Natürlich hielt sie das wieder für ein magisches Zeichen.

Sie war die Erste, die sie entdeckte. Es war Samstag. Während Warenka noch im Bett lag, machte sie zu esoterischen Klängen auf dem Balkon vor dem Schlafzimmer ihre Morgengymnastik. Er sah ihren auf- und abwippenden Schatten durch die wehende Gardine.

Ihr Schrei war nicht zu überhören. Warenka dachte, sie habe sich verletzt. Sie hatte ein Bandscheibenproblem und mutete sich manchmal zu viel zu. Er war zu ihr geeilt, um sie zu stützen. Mit ausgestrecktem Arm und bebendem Finger hatte sie halb über dem Balkongitter gehangen und hinunter in den Garten gezeigt. »Da! Da! Da!«

Und da lag sie, die mehr als zwanzig Jahre alte, wunderbar gerade und gleichmäßig gewachsene Birke, die er auf Kerstins Wunsch hin gepflanzt hatte. Niedergestreckt. Zunächst hatte er geglaubt, sie sei einfach umgekippt. Hatte es nicht letzte Nacht gestürmt? War der Stamm gerissen? Aber schon vom Balkon aus musste er erkennen, dass ein sauberer Sägeschnitt die Birke von der Wurzel getrennt hatte.

Und während er noch im Morgenmantel den Schaden in Augenschein nahm, sah er Kerstin im Esszimmer bereits die Karten legen.

»Deine Vergangenheit, Gero, sie holt uns alle ein!«, verkündete sie bei seiner Rückkehr.

»Es ist doch *dein* Baum.«

Sie überhörte seinen Einwand. »Was hast du getan?«

»Nichts habe ich getan«, behauptete er und wollte den Stich nicht wahrhaben, mit dem sich eine Erinnerung vage zurückmeldete.

»Und was wirst du als Nächstes tun?«

»Nichts, hörst du? Ruf einfach bei unserem Gärtner an. Er soll uns das Holz für den Kamin sägen und den Rest abtransportieren. Ich will das Teil nicht mehr sehen.«

»Und die Polizei?«

»Von mir aus auch. Und unseren Versicherungsfritzen. Ich habe keine Lust, das alles selbst zu bezahlen.«

Natürlich interessierte sich die Polizei eigentlich nicht für das Geschehene. Auch hier bat Warenka wieder um Diskretion in Richtung Presse. Eine Bagatelle. Nicht einmal Diebstahl. Ein Streich. Vielleicht eine Wette. Niemand sollte sich das Maul über die Warenkas zerreißen.

Heute war der 10. Dezember. Der Wecker schrillte. Dr. Gero Warenka fuhr hoch. Er war noch hundemüde und trotzdem froh, dass die Nacht vorüber war. Sein Seidenschlafanzug klebte an seinem Rücken. Er rieb sich mit beiden Händen durchs Gesicht und versuchte, seine konfusen Träume zu vertreiben.

Seine Frau Kerstin, die neben ihm auf dem Bauch lag, die Arme neben den Schultern angewinkelt, machte sich breit, als gehöre ihr das Bett allein. Er beneidete sie um ihren ruhigen Schlaf. Mehr noch, er missgönnte ihn ihr. Sie war es doch, die ihm mit ihrer verdammten Wahrsagerei den Schlaf raubte und an den Rand des Wahnsinns trieb. Stöhnend wälzte sie sich auf den Rücken, die Matratze bebte. Ihr Kinn fiel auf die Brust, sie öffnete den Mund und begann zu schnarchen. Warenka sah auf sie herab. Auf ihren Augenbrauen und Lidern waren noch Reste kohlschwarzer Schminke zu erkennen. Ihre Rundungen wölbten sich unter der Bettdecke. Ihre Füße reichten nicht annähernd bis zum Fußende.

Warenka seufzte. Es wurde Zeit aufzustehen. In der täglichen Hoffnung, Kerstin würde ihn wenigstens beim Frühstück mit ihren Künsten verschonen, schlug er vorsichtig die Decke beiseite, nahm seine Kleidung an sich und schlich, ohne Licht zu machen, ins Badezimmer.

Als er ins Esszimmer kam, saß sie aber bereits am gedeckten Frühstückstisch. Sie trug einen dunkelroten Seidenkaftan mit orientalischen Mustern, der sie noch unförmiger erscheinen ließ. Ihre Haare waren zu einem Knäuel hochgesteckt,

Augen und Augenbrauen schwarz angemalt. Wie eine Sängerin aus einem zweitklassigen Gospel-Chor, dachte Warenka. Hinter den Fensterscheiben war es noch Nacht.

»Morgen«, murmelte er und blickte auf seine Uhr. Der Zug, den er gewöhnlich jeden Morgen nahm, ging um 5.39 Uhr. Kerstin wusste nicht, dass sein erstes Seminar erst um elf Uhr begann und er immer fast drei Stunden zu früh im Institut war. Das musste sie auch nicht wissen.

»Die Bahn streikt, sagen sie im Radio«, verkündete Kerstin.

Warenka goss sich Kaffee ein, griff nach einer Scheibe dunklem Brot und klopfte sie mit der Handfläche auf seinem Teller platt, obwohl sie schon platt war. Sorgsam bestrich er sie mit Butter.

»Du wirst mit dem Auto fahren müssen.«

»Das werde ich nicht tun!« Er hasste es, weite Strecken mit dem Auto zu fahren. Anfangs hatte er gedacht, die Autofahrt sei schneller und einfacher, aber die Strecke Gerolstein-Köln und abends wieder zurück ermüdete ihn und ödete ihn bald an. Hinter dem Lenkrad konnte er nichts anderes tun als fahren, nicht telefonieren, nicht lesen, sich keine Notizen machen, sich nicht einmal in Gedanken vorbereiten. Tätigkeiten, die während einer Zugfahrt möglich waren. Außerdem wohnte er ideal. Von seinem Haus im Villenviertel am Hainbuchenweg brauchte er nur ein paar Minuten bis zum Bahnhof.

»Fragen wir die Karten«, hörte er Kerstin sagen.

Er hatte es geahnt. Schon griff sie zu ihrer Lesebrille, dem kleinen Päckchen und ihrem Lehrbuch. Sie mischte und mischte und schaute ihn dabei über die Ränder ihrer Brille prüfend an. Ihre schwarz angemalten Augen fixierten ihn bedrohlich. Er kannte diesen mystischen Blick, wenn sie sich auf die Suche nach seiner Seele machte, seinen tief verborgenen inneren Kräften, nach dem Ursprung seines Lebens schlechthin. Wenn er in ihr Fadenkreuz geraten war, dann wusste er nicht mehr, welchen Belag er wählen sollte, Wurst oder Käse.

»Sag Stopp!«, forderte sie ihn auf.

Sie legte die Zukunft mit einfachen Skat-Karten, wie sie in Tausenden von Kneipen dieser Welt gekloppt werden, das trug nicht gerade zu Warenkas Vertrauen in ihre Kunst bei. Auch nicht die Tatsache, dass Kerstin immer wieder in ihrem schlauen Buch blättern musste, um die gelegte Konstellation richtig deuten zu können.

»Stopp!«, sagte Warenka, kurz bevor alle Karten von Kerstins rechter Hand in ihre linke gewechselt hatten, und langte nach dem Marmeladenglas. Während er die rote, klebrige Masse auf sein Brot verteilte, legte Kerstin aus.

Immer nach dem gleichen Schema. Sie begann links und legte sechs Karten nebeneinander. Die zweite Reihe begann wieder links unterhalb der zuerst ausgelegten Karte, wobei nur das halbe Bild sichtbar blieb. Die dritte, vierte und fünfte Reihe folgten in der gleichen Weise. Die beiden letzten Karten wurden unten rechts in die sechste Reihe gelegt.

Schon während des Auslegens begann Kerstin mit der Deutung und stieß unheilvolle, spitze Schreie aus, von denen er nicht wusste, ob es Entsetzens- oder Freudenschreie waren. Er hatte sich daran gewöhnt. Nicht ganz. Er gab sich Mühe.

Heute erstarrte sie wieder mitten in der Bewegung, hielt lange inne, riss die Augen auf, schlug eine Hand vor den Mund und erstickte ein »Oh«.

»Was ist los?«, fragte Warenka ohne Regung.

»Warte mal!« Kerstin schlug ihr Lehrbuch auf und verglich das gelegte Bild mit Beispielen. »Du kannst nicht mit dem Auto fahren«, stieß sie aus und betonte jedes einzelne Wort.

»Also doch mit dem Zug.«

»Nein, auch nicht!« Kerstins Stimme überschlug sich.

»Soll ich ein Flugzeug chartern?« Warenka biss noch einmal ab, nahm einen weiteren Schluck vom Kaffee.

»Es geht alles nicht«, sagte Kerstin und schüttelte den Kopf so heftig, dass ihre Haare sich lösten.

»Ach, lass mich in Ruhe! Ich muss nach Köln. Das ist mein Job. Und du lebst nicht schlecht davon, wenn ich dich so ansehe.«

Sie registrierte den Vorwurf in ihrer Panik nicht. Schade, dachte Warenka, langte im Flur nach seinem Aktenkoffer und dem Autoschlüssel. In der Küche hörte er sie mit hoher Stimme »O Gott!« rufen. Zeit, dass er wegkam.

Als er vor der Garage stand, zögerte er, blieb kurz stehen, überlegte und kam zu dem Ergebnis, dass die Ankündigung des Bahnstreiks, die immerhin offiziell über den Sender gegangen war, höchstwahrscheinlich nicht das Ergebnis eines dubiosen Kartenbildes war. Vergebens zum Bahnhof laufen wollte er auf keinen Fall.

Die Hydraulik setzte das Garagentor langsam in Gang. Warenka bückte sich, um vorzeitig ins dunkle Innere zu gelangen. Mit dem Schlüssel wollte er die Zentralverriegelung öffnen. Es funktionierte nicht. Er musste wohl bald die Batterie erneuern. Er steckte den Schlüssel in die Fahrertür und öffnete sie. Er warf seine Aktentasche auf den Rücksitz. Als er den Zündschlüssel herumdrehte, blieb der Motor stumm und keines der blauen und roten Signallämpchen des Bordcomputers leuchtete auf. Warenka versuchte es ein paar Mal. Mit demselben Ergebnis. Wütend betätigte er den Hebel für die Motorhaube.

Er verstand nicht viel von Autos, aber genug, um zu sehen, dass ihm die Batterie abhanden gekommen war. Sauber abgeklemmt. Erst jetzt stellte er fest, dass die Verriegelung an der Motorhaube aufgebrochen war. Ebenso wie das Schloss des Garagentors, wie er bei näherem Hinsehen erkannte. Er blickte kurz zum Küchenfenster. Kerstin stand hinter der Gardine und beobachtete ihn. Er machte ihr per Handzeichen klar, dass er nun doch zum Bahnhof gehen werde.

Sie machte keine Anstalten, ihn zurückzuhalten. Sie ließ ihn einfach in sein Unglück rennen.

Warenka bekam den 5.55-Uhr-Zug mit knapper Not, nur weil dieser Verspätung hatte. Er verschwand in der ersten Klasse hinter dem Triebwagen, schaltete sein Laptop ein und nahm die Finger von den Tasten, als der Bildschirmschoner auftauchte.

Erst jetzt, da sein Atem ruhiger wurde und er sich dem Takt der rollenden Räder hingab, machte er sich die mögliche Bedeutung des Ereignisses bewusst. Kerstins Warnungen hatten mit dem Diebstahl der Autobatterie neue Nahrung bekommen, er spürte es deutlich. Und wenn es doch keine Zufälle waren? Wenn diese Anschläge einem Muster folgten? Wenn es da draußen jemanden gab, der ... wenn, wenn ... wie er diese Karten hasste!

Er war ohne sie in seinem Leben gut zurechtgekommen. Er war ein Mann der Tat. Er hätte auch ohne Karten vor zehn Jahren den Beruf gewechselt. Zu wechseln war keine Frage gewesen, jeder an seiner Stelle hätte das getan, das Angebot war einfach zu verlockend gewesen und außerdem genau zum richtigen Zeitpunkt gekommen. Ein Wink des Himmels, wenn er an so etwas glauben würde. Das tat er nicht. Es war die zweite Chance, die einem Mann wie ihm zustand, einem, der ohne Fehl und Tadel und nur ein einziges Mal schwach geworden war. Hoch erhobenen Hauptes hatte er seine Wirkungsstätte verlassen und dem Ruf nach Köln folgen können.

Auch wenn ihn die tägliche Reise Gerolstein-Köln und zurück viel Geduld und Nerven kostete. Es hatte sich gelohnt.

Nirgendwo anders als im Hörsaal seines Instituts, wenn er in seiner Eigenschaft als Dozent allein und in herausragender Position am Pult stand (auf einem kleinen Podest, das für die Studenten nicht sichtbar war) und referierte, war er so von sich und seinem Tun überzeugt. Er hatte einen guten Ruf. Seine Seminare waren gut besucht. Er war in der Lage, das Wissen, das er hatte, auch vermitteln zu können. Und sein Wissen war enorm, fundiert in der Theorie, geprägt von der Praxis. Er war ein Gewinn für das Institut, das war ihm mehr als einmal versichert worden. Und obendrein liebte er seinen neuen Beruf.

Wenn er dem Klang seiner eigenen Stimme nachspürte, wie sie voller Dynamik und Konzentration über die Köpfe der gelangweilten Studenten hinweg, die sich in den Bänken räkelten, den Saal füllte, gestattete er sich, ein wenig über sich hinauszuwachsen. Es war ein Rausch. Im Grunde hätte er diese Vorträge vor leeren Reihen halten können. Er war in Höchstform, in Augenblicken wie diesen. Er hielt sich für einen begnadeten Redner.

Heute fand er nicht zu seiner Form. Die Unsicherheit nach Kerstins Prophezeiung war geblieben und beschäftigte ihn noch, als er den Hörsaal betrat. Er konnte seinen Auftritt keinen Moment genießen und spürte die dürftige Resonanz besonders deutlich. Ganz gegen seine Gewohnheit sah er häufig auf die Uhr, die er vom Handgelenk gelöst und neben seine Unterlagen auf das Pult gelegt hatte. Noch drei Folien, dann konnte er sich zurückziehen.

Als er das nächste Mal von seinen Unterlagen hochsah, fiel sein Blick auf eine Studentin, die als Einzige in der ersten

Reihe saß, von ihm aus gesehen ganz rechts am Gang. Er schätzte sie auf Ende zwanzig, älter als die meisten anderen. Sie war bildhübsch mit ihrem schwarzen Pagenkopf. Und mit der modernen, schwarzen, viereckigen Brille und dem schwarzen Jackett ein wenig overdressed, wie er selbst. Ihre Lippen waren voll und feuerrot.

Wann immer Warenka in den nächsten Sekunden zu ihr hinübersah, trafen sich ihre Blicke. Er hatte sie zuvor noch nicht bemerkt. Sie notierte nichts, was ihn verwunderte. Vielleicht war sie zu gefesselt von seinen Worten, seiner Ausstrahlung, seinem Charme – es hätte Warenka nicht verwundert. Obwohl er heute nicht halb so gut war wie sonst, hing sie an seinen Lippen. Er hatte das Gefühl, er sprach für sie allein. Und das war kein schlechtes Gefühl. Jedenfalls vergaß er für diesen Moment Gerolstein und die rätselhaften Vorgänge in seinem Zuhause.

Kurz bevor die Seminarzeit vorüber war, erhob sie sich. Ohne Unterlagen mit sich zu führen – über einem Arm hing nur eine dunkle Jacke –, stöckelte sie vor der ersten Reihe entlang, als ginge sie über eine gedachte Linie, nicht ohne Warenka ein anerkennendes Lächeln zu senden. Ihr Rock war eng und schwarz und kurz. Er bedeckte allerhöchstens die Hälfte ihrer Oberschenkel. Ihre langen Beine steckten in schwarzen Strümpfen. Sie trug hohe Schuhe und bog mit einem kleinen Hüftschwung, der allein Warenka zu gelten schien, in den linken Gang ein. Er musste ihr nachsehen und unhörbar seufzen. Schlank war sie.

Als die Tür hinter ihr lautlos zugefallen war, unterbrach Warenka seinen Vortrag um ein, zwei Sekunden, in denen er ein letztes Mal Atem holte, ehe er sein übliches Ende ankündigte.

Schnell legte er seine Unterlagen zusammen und sah zu, dass er den Hörsaal verließ. Es sollte nicht zu der gefürchteten Nähe mit der neuen, der langen Generation kommen. Niemand würde je auf den Gedanken kommen, dass er floh. Er hatte Termine. Natürlich hatte ein Mann wie er Termine. Und dann war da noch die Idee, sie könnte draußen auf ihn warten. Ein schöner Gedanke. Aber die Gänge waren leer.

Warenka verschwand in seinem Büro, wo er zur Ruhe kam, wenn er auf seinem Ledersessel Platz genommen hatte. Ruhe, Zeit und ein joviales Lächeln bei einem Schwätzchen mit der Sekretärin, die ihm den Kaffee brachte, so wie er ihn mochte. Erst wenn die Flure des Instituts leergefegt waren, verließ auch Dr. Gero Warenka das Gebäude und machte sich auf den Weg zum Hauptbahnhof. Der 16.03er, das war sein Zug nach Hause. Jeden Tag in der Woche.

Doch an diesem Tag kam es anders.

Die Sekretärin, Frau Wagner, hatte aus irgendwelchen privaten Gründen, um die sie ein großes Geheimnis machte, um ein paar Tage Sonderurlaub gebeten, und ihre Vertretung, eine studentische Hilfskraft, die Jenny genannt werden wollte, ging ihm mit ihrem Geschwätz auf die Nerven. Keinen klaren Gedanken konnte er fassen. Er hielt es nicht mehr aus, ging früher, machte einen Umweg am Fort I und dem Friedenspark vorbei, über die Südbrücke auf die andere Rheinseite. Er lief am Ufer entlang über die Poller Wiesen, wo selbst im Winter die Drachen stiegen, unter der Deutzer Brücke her, ehe er im Bahnhof Köln-Deutz in seinen üblichen Zug stieg, erster Klasse selbstverständlich. Auch unterwegs hatte er nicht nachdenken können. Viel lieber hatte er sich ablenken lassen, von den bunten Containerschiffen, der Straßenbahn, einem Flugzeug im Landeanflug, dem Anblick des Doms und der Brücken. Postkartenidylle.

Wie häufig saß er in der ersten Klasse allein. Er kannte die Bahnstrecke auswendig. Das monotone Geräusch der Rollen auf den Schienen, das angenehme Schaukeln, die vorbeifliegende Landschaft und seine Gedanken machten sich selbstständig. Sie kreisten. Sie grasten seine Vergangenheit ab, nur für den Fall, dass Kerstins Karten die Wahrheit sagten.

Seit zehn Jahren war er nun Dozent. Sein Verhalten war in jeder Hinsicht untadelig. Er war unparteiisch, nur der Lehre verpflichtet, er bot keine Angriffsfläche, er war unantastbar. Und er achtete peinlichst darauf, dass es so blieb, weil ihm jene Geschichte eine Lehre gewesen war.

In seiner früheren Position war es leicht gewesen, sich Feinde zu schaffen. Er hatte damit leben müssen. Das Tagesgeschäft konnte grausam sein. Viele Kunden hatte er vor den Kopf stoßen müssen, seine fehlende Unterschrift konnte das Ende ihrer Träume und Hoffnungen sein. Nicht etwa freiwillig, aus reinem Pflichtbewusstsein hatte er das tun müssen. Er arbeitete schließlich nicht in einem Sozialamt. Sein Arbeitgeber war ein Wirtschaftsunternehmen, das Gewinne erzielen musste. Theoretisch konnte es jeder dieser armen Menschen auf ihn abgesehen haben.

Jeder, sagte sich Warenka und wusste doch, dass es nur einer sein konnte. Einer, an dessen Namen er nicht einmal zu denken wagte. Nie würde er über seine Lippen kommen. Er würde einfach nicht zulassen, dass er an die Oberfläche kam und der Deckel sich wieder öffnete.

Nach einer knappen halben Stunde hatte der Zug in Euskirchen einen Aufenthalt von vier Minuten. Gegen 17 Uhr durchfuhr er den Kaller Tunnel.

Als der Zug am nächsten Bahnhof länger als erwartet hielt, schaute Warenka beiläufig hinaus. Eine Handvoll Leute marschierte in Richtung Ausgang. Als Erste – Warenka beugte sich nach vorne, reckte den Hals, stand kurz auf und trat an die Scheibe – konnte das sein? War sie das? Die Studentin aus der ersten Reihe? Die Frisur, die schwarze Brille, dieser unverwechselbare Gang. Er kannte die Station, Blankenheim Wald.

In Blankenheim wohnt sie also, sagte er sich, und wenn sie die hohen Schuhe auszieht, ist sie kleiner als ich.

Zuhause würde er sofort online gehen und die Listen der Studierenden aufrufen und sehen, wie die Studentin hieß, die aus Blankenheim kam. Er würde sich ihre Unterlagen kommen lassen. Er würde ihre Zeugnisse einsehen, ihr Bankinstitut, ihre Krankenkasse, den Beruf der Eltern erfahren. Sicher kam sie aus gutem Hause. Bald würde die schöne Fremde für ihn einen Namen und ein Leben haben.

Als der Zug anfuhr, glaubte er Musik zu hören. Er blickte durch die Glastür, die die beiden Klassen voneinander trennte. Einer dieser schmutzigen Flegel schlenderte durch die Gänge und spielte auf einem Akkordeon grässliche Schnulzen. Ein junges, schmächtiges Kerlchen mit Schlägermütze, unter der lange, krause Haare hervorsahen. Der sollte arbeiten gehen, dachte Warenka, dann würde er auch Muskeln ansetzen. Angewidert musste er mitansehen, wie eine ältere Frau dem Jungen ein Geldstück zusteckte.

Drei Stationen weiter, Bahnhof Jünkerath, stieg der Junge aus, sprang mit langen Schritten über die gesperrten Gleise und wartete dort auf den Gegenzug. Trittbrettfahrer!

Selbstverständlich endete der Eifel-Express mit Dr. Gero Warenka an Bord in Gerolstein nicht wie im Fahrplan angekündigt um 17.46 Uhr, sondern sieben Minuten später. Vom Bahnhof nach Hause blieben Warenka noch zehn Minuten. Minuten der Ruhe vor Kerstin und ihren bohrenden Blicken und Fragen.

Sie hatte den Kaftan gegen ein buntes Leinenkleid getauscht. Ihre schwarz bemalten Augen vermieden es, ihn anzusehen. Warenka unterrichtete sie kurz und knapp über den Verlust der Autobatterie.

»Ich weiß«, sagte sie leise und deckte den Tisch für das Abendessen.

»Dann weißt du sicher auch, was zu tun ist. Ruf bitte morgen unsere Autowerkstatt an, außerdem die Polizei, und bestell den Schreiner für das Garagentor.«

»Schon geschehen. Die Polizei wird keine Infos an die Presse geben. Und du kannst morgen wieder das Auto nehmen, falls die Bahn streikt.«

Keine Vorwürfe, keine Beschwerden, keine Diskussionen. Warenka war erleichtert. Man schwieg eisern während der Linsensuppe mit Salciccia vom Bio-Bauern, selbstverständlich keine Dosenware, sondern selbstzubereitet – eines seiner Lieblingsgerichte. Ein Schuss toskanischer Aceto Balsamico gab der Suppe den letzten Pfiff. Das Essen stimmte ihn versöhnlich. Er lobte Kerstin, die so tat, als habe sie ihn bereits aufgegeben.

Beim anschließenden Espresso hatte die weiße Magie üblicherweise freie Fahrt. Heute machte Kerstin aber keinen Gebrauch von ihrem mühsam erkämpften Recht, und Warenka zog sich früher als gewohnt in sein Arbeitszimmer zurück, wo er vorgab, sich vorzubereiten und Klausuren zu korrigieren. Kerstin wusste nicht, dass er diese Arbeiten vor dem Beginn der Seminare erledigte. Sie musste es auch nicht wissen.

In der Hand einen Trester aus Maring an der Mosel, wanderte er an den Regalen seiner Bibliothek entlang. Er war stolz auf seine Sammlung. Er hatte sich noch nie von einem Buch getrennt, auch wenn er es nicht mehr benötigte. Sach- und Fachbücher, sie hatten alle ihre Geschichte und ihn auf seiner steilen Karriere nach oben begleitet.

Als er am Fenster wendete, fiel sein Blick auf einen abgegriffenen Wälzer, der seit Jahren ein Schattendasein hinter der Brockhaus-Enzyklopädie fristete, dick wie das Kursbuch der Deutschen Bahn, in Realität aber die *Baunutzungsverordnung* aus dem Jahr 1995.

Wie eine hohe Welle überrollte ihn mit ungeheurer Wucht die Vergangenheit. Schwarz wurde ihm vor Augen. Nichts hatte er mehr im Griff. Nichts konnte er sich mehr vormachen. Nichts verdrängen. Wie nach einem Schlag ins Genick verlor er für einen Moment das Gleichgewicht und sackte gegen das Bücherregal. Das Tresterglas rutschte zwischen seinen Fingern hindurch. Er konnte es nur knapp daran hindern, zu Boden zu fallen. Die lichtgelbe Flüssigkeit rann über seine Finger. Warenka fing sich wieder und torkelte hilflos zu seinem Sessel. Das Leder quietschte unter seinem Gewicht, sein Kopf schlug gegen die Lehne.

Irmscher!, dröhnte es in seinen Ohren. Herbert Irmscher!

Als wäre es erst gestern gewesen. Als wären zehn Jahre ein einziger Tag. Aber warum meldet er sich gerade jetzt? Oder besser, warum erst jetzt? Nach zehn langen Jahren der Stille?

Warenka wischte sich die Schnapsfinger am Hosenbein ab, griff zur Flasche und schenkte sich nach. Einen Doppelten.

In den ersten Wochen, nachdem er das Geschäft unter Dach und Fach gebracht hatte, war er regelmäßig nachts schweißgebadet aufgewacht, weil sich in seinen Träumen die möglichen Konsequenzen zu einer Apokalypse ausweiteten. Da war er bei jedem Telefonanruf zusammengezuckt, hatte die Post fieberhaft durchwühlt, ehe sie Kerstin in die Hände fallen konnte, hatte seine Kollegen belauscht und ausspioniert, immer und überall die Aufdeckung gewittert. Eine furchtbare Zeit. Aber es gab keine Aufdeckung. Sie fand nicht statt. So einfach war das. Bis heute wussten nur er selbst und dieser Kerl davon. Und – die Karten. Wie er sie hasste!

Und was nun? Geld war die Lösung. Geld konnte Warenka Irmscher anbieten. Bei Geld, da schlägt jeder ein. Irmscher auch. Der ließ sich garantiert kaufen. Warenka hatte noch keinen getroffen, bei dem das nicht funktionierte. Ein paar Tausender und die Sache war vergessen. Für immer und ewig. Er würde sich seine Ruhe was kosten lassen, sagte sich Warenka und öffnete den Tresor in seinem Schreibtisch. Er klemmte, und Warenka nahm den Schraubendreher zu Hilfe, der in einer der Schubladen lag. Er nahm die Geldscheine wie einen Fächer in seine Hand. Für einen wie Irmscher waren genügend Scheine da.

»Herbert Irmscher«, sagte Warenka erst leise vor sich hin, dann wiederholte er laut und drohend: »Herbert Irmscher.« Er klopfte mit dem Griff des Schraubendrehers jede Silbe auf die Schreibtischplatte, als wolle er den Namen dort einhämmern. Das schwammige Gesicht des Bauern tauchte wie eine Fratze vor seinen Augen auf.

»Herbert Irmscher, zieh dich warm an!« Eine Uhr, ein Baum, eine Autobatterie. Wie blöd war der eigentlich? Aber es passte zu ihm. Mit so einem wurde er leicht fertig. Ein dummer Bauer, der nur etwas vom Ackern verstand, sonst hätte er ihn damals nicht so einfach abfertigen können.

Es war nur ein kleiner Gedanke am Rande, als er sich fragte, was er tun sollte, wenn sich herausstellen würde, dass Irmscher es nicht war. Er fegte ihn beiseite.

Wenig später verließ er sein Arbeitszimmer und legte sich neben Kerstin schlafen. Er küsste sie flüchtig auf die Stirn. Sie bemerkte es nicht. Er war ihr dankbar, dass sie ihn auf die Gefahr aufmerksam gemacht hatte. Selbst wenn es ihre blöden Karten waren, die ihn gerettet hatten. Er leistete auch ihnen Abbitte und zog die Decke hoch bis zum Hals.

Alles wird gut, redete er sich ein, ich habe schließlich niemanden umgebracht.

Während er Kerstins gleichmäßigem Atem lauschte, wanderten seine Gedanken zu der Schwarzhaarigen, und ihm fiel ein, dass er vergessen hatte, die Liste in seinem Rechner nach ihr zu durchforsten. Es war auf der Schwelle zwischen Tag und Traum, dass er ein Leben für sie erfand. Reste eines langen Tages, der von der Suche nach Namen bestimmt war.

6. Kapitel

Etwas stimmte nicht im Forsthaus am Ende der Stromleitung.

Sonja Senger hatte sofort nach dem Wachwerden beschlossen, eine provisorische Garage für den Polo zu basteln. Ein Zelt. Sie hatte sich noch in Schlafanzug und Strickjacke, mit einer Taschenlampe ausgerüstet, in den Abstellraum unter der Stiege begeben und dort auf die Suche nach ein paar Holzlatten und einer Plane gemacht und sich dabei im Wiederaufspüren verloren geglaubter Dinge verzettelt.

Das Sichten und Sortieren drohte in eine Aufräumaktion umzukippen, als Davis Schutz suchend zwischen ihre Beine gelaufen kam. Zitternd am ganzen Körper. Leise knurrend. West, der graue Kater, erschien mit hochgestelltem Rückenhaar und verkroch sich in der hintersten Ecke. Leise miauend.

War eine Lawine im Anmarsch? Machten sie sich Sorgen um Sonjas Tatendrang?

»Frau Senger?«, hörte sie jemanden ihren Namen rufen.

Ein Blick auf die Uhr, es war fünf Minuten nach elf. Das könnte die Kartenlegerin sein, falls heute der 10. Dezember war. Seit sie nicht mehr im Dienst war, ging sie eher locker mit dem Kalender um.

Jemand stand in der Haustür, die Sonja offen gelassen hatte, damit ihre Haustiere nach Belieben aus- und eingehen konnten. Gegen das Tageslicht erkannte sie eine A-förmige Silhouette, auf der ein Ball saß. Sonja machte Licht in der Diele. Eine imposante Erscheinung füllte den Türrahmen, eingehüllt in einen bunten Poncho mit peruanischen Mustern, der ihr bis auf die Waden reichte. An den Füßen trug sie bunte, pelzgefütterte Stiefel mit Bommeln. Ihr dunkelbraunes

Haar war zu einem Zopf gebunden. Augenbrauen und Lidränder hatte sie mit einem breiten, pechschwarzen Kajalstrich nachgezogen. Sie hatte praktisch überhaupt keine Gesichtsfarbe und war eine Frau in den mittleren Jahren. War das der lukrative Auftrag?

»Frau Warenka?«

»Sie können Grazia zu mir sagen.« Grazia trat einen Schritt auf Sonja zu und mit ihr eine süße und schwere Parfümwolke. »Sie haben da was.« Sie griff in Sonjas ungekämmtes Haar. Energisch zog sie etwas Klebriges hervor und begutachtete es, ehe sie es in die Freiheit warf. »Das waren Spinnweben.«

Sonja schüttelte den Kopf, sie fuhr sich durch die Haare, ein paar weitere Spinnweben blieben an ihren Händen hängen. Sie pflückte sie ab und verrieb sie zu einem Knäuel.

Grazia beobachtete sie erwartungsvoll und ließ ihre überdimensionale Tasche aus Bast hin und her pendeln.

»Ich habe keine Probleme mit Spinnen«, beteuerte Sonja. Wenn sie sich dort aufhielten, wo sie hingehörten.

»Ich auch nicht.«

»Das ist schön. Kommen Sie.« Sonja führte Grazia in die noch ungeheizte Wohnküche, zeigte auf einen der Stühle, die um den Esstisch versammelt waren, und sagte: »Warten Sie einen Augenblick. Ich zieh mir schnell etwas an.«

Sie schloss die Tür, damit Davis und West in aller Ruhe die Flucht antreten konnten, und lief nach oben.

Als sie zurückkehrte – jetzt in Jeans und Pullover – warf Grazia gerade ihre Tasche auf den Tisch und schälte sich aus ihrem Poncho. Ein weites, buntes Leinenkleid mit Knitterfalten unter einer bunten Stola kam zum Vorschein und ein langes Seidentuch, das über der Brust auf theatralische Weise zusammengeknotet war. Grazia war eine Wolke aus Farben.

Ein Zeichen für ein sonniges Gemüt? Ihr fahles Gesicht erzählte eine andere Geschichte.

Grazia begrub einen Stuhl unter sich und zog die Basttasche zu sich heran. Sie holte ein Holzkästchen daraus hervor, groß wie eine Zigarettendose.

»Hier drinnen wird nicht geraucht«, protestierte Sonja. Sie selbst rauchte ihre Moods-Zigarillos mit Filter – eine am Abend vor dem Schlafengehen – draußen auf der ehemaligen Ofenbank, wenn sie den Tag Revue passieren ließ.

Grazia öffnete ungerührt das Kästchen und nahm ein Kartenspiel heraus. »Zunächst werde ich Ihnen die Karten legen, Frau Senger, damit Sie etwas Vertrauen zu mir fassen. Gratis. Wie versprochen.«

»Ich werde nach Stunden bezahlt. Und die Uhr läuft.« Sonja wurde bei dem Gedanken an die bevorstehenden Eröffnungen mulmig zumute. Sie wollte doch lieber nichts mit ihrer Vergangenheit zu tun haben. Es ging ihr gut, der Vergangenheit, da, wo sie war, verdrängt auf den Grund ihrer Seele. Und was ihr die Zukunft brachte, wollte sie eigentlich auch nicht wissen. Leben im Hier und Jetzt, hieß ihre neue Devise. Von einem Tag auf den anderen. Damit fuhr sie nicht schlecht. Das machte den Kopf frei von unnötigen Grübeleien.

»Selbstverständlich.« Grazia legte den Kartenstapel vor sich auf den Tisch.

Nachdem das geklärt war, fiel wenigstens der Zeitdruck von Sonja. Die Vortour nach Euskirchen und das Studium der Fahrpläne mussten warten. Der Polo ging vor. Hier stand eine richtige Garage für ihn in Aussicht. Bis zum Eintreffen ihrer neuen Mandantin hatte sie im Abstellraum weder Holzleisten noch eine Plane entdeckt. »Was möchten Sie trinken?«

»Tee?«, fragte Grazia zurück.

»Ich habe keinen im Hause. Aber Nescafé.« Den letzten schwarzen Teekrümel hatte Sonja im Jahr 2006 Bernd Wesseling geopfert für seine Lieblingsmischung, Rum mit Tee. Wenn Wesseling wüsste, was sie hier mit dieser Grazia veranstaltete, würde er sich von ihr distanzieren und die Kollegen in Euskirchen vorwarnen.

»Nescafé?« Grazia rümpfte erst ein wenig die Nase, dann stimmte sie zu.

Sonja wünschte, sie hätte Räucherstäbchen im Haus. Oder Kunstnebel. Wenn es draußen wenigstens dunkel wäre! Und der Wind die Fensterläden geheimnisvoll klappern ließe. Nichts dergleichen war der Fall. Grazia musste ganz allein für Stimmung sorgen.

Schnell und geschickt und ohne hinzusehen ließ sie die Karten von der linken in die rechte Hand gleiten, ohne dass unterwegs eine verloren ging. Sie war ein Profi. Sonja kehrte mit der Handkante das Pulver zusammen, das neben der Tasse gelandet war, und warf es in die Spüle, statt zurück in die Vorratsdose, weil sie Besuch hatte und sich beobachtet fühlte.

Grazia begann mit ihrer stoischen Mischerei von vorn und befahl irgendwann: »Sagen Sie bitte Stopp!«

»Stopp!«, sagte Sonja prompt.

Grazia legte die auf diese Weise ermittelten zwei Teile des Kartenspiels hintereinander, sodass der Stapel der linken Hand oben lag.

»Wo haben Sie das gelernt?«, fragte Sonja, drehte ihr den Rücken zu und setzte Wasser auf.

»Von meiner Mutter«, sagte Grazia bestimmt. »Kartenlegen erfordert eine gewisse Begabung, eine sichere Hand und ein Gespür für die Dinge zwischen den Welten. Kartenlegen ist eine Kunst.«

»Das sehe ich.«

»Ich trete auch im Fernsehen auf. Haben Sie schon einmal meine Astro-Sendung gesehen?« Grazia legte aus.

»Ich habe keinen Fernseher.«

»Ich berate in einschlägigen Fachzeitschriften.«

»Die lese ich nicht.«

Alle Karten lagen jetzt auf dem Tisch. Fünf Reihen mit je sechs Karten. In der sechsten Reihe lagen zwei Karten am rechten Rand. Grazias fleischige Hand schwebte zweimal beschwörend über dem Kartenbild im Kreis und wies auf den Stuhl gegenüber. »Wenn Sie sich nun bitte setzen würden!«

Sonja gehorchte mit Skepsis. Während Grazia das Bild der Karten schweigend studierte, ohne sich hereinbrechende Katastrophen anmerken zu lassen, spürte Sonja, wie die Luft im Forsthaus dicker wurde und sich aufheizte. Unruhig rutschte sie auf ihrem Stuhl hin und her. Sie war kurz davor aufzuspringen und Grazia zu bitten, das Szenario zu beenden. Als der Wasserkessel zu pfeifen begann, zuckte sie zusammen. Aber sie wagte nicht, sich zu erheben, ehe sie das Nicken von Grazia sah. So blieb der schrille Pfeifton in der Wohnküche hängen. Als einziges Geräusch.

Endlich hob Grazia den Kopf. »Sie können den Herd jetzt abstellen.«

Sonja gehorchte. Sie füllte zwei Kaffeebecher mit Wasser, stellte sie auf den Tisch, weit genug von den Karten entfernt.

Milch und Zucker und Löffel, sagte sie sich, dann werde ich es erfahren.

Grazia betrachtete Sonja lange. War es Erbarmen? Sorge? Mitleid? Nachsicht? Dieser Blick verhieß nichts Gutes, so viel war klar.

»Sie haben eine schlimme Zeit hinter sich«, sagte Grazia mit ihrer künstlichen Stimme, die sich anhörte, als käme sie von weit her.

Sonja nickte, schwieg und dachte: Wo sie recht hat, hat sie recht.

»Ich sehe nichts als Schicksalsschläge. Im persönlichen, seelischen, körperlichen, beruflichen und finanziellen Bereich.«

Sonja nickte und schwieg und dachte, sie selbst hätte es nicht besser formulieren können.

»Das ist nun vorbei«, verkündete Grazia triumphierend.

»Das wurde aber auch Zeit.«

Grazia zeigte auf die Herz-Dame. »Das sind Sie!«

Sonja beugte sich vor. Sie lag so ziemlich in der Mitte des Kartenbilds und hielt eine rote Rose in ihrer zarten Hand.

Dann wies Grazia auf ein Karo-Ass, das direkt über ihr lag, und erklärte: »Beruflich ergeben sich neue Perspektiven, wenn Sie beherzt zugreifen. Sie haben eine feste Anstellung in Aussicht. Dort werden Sie erfolgreich und zufrieden sein.«

»In Euskirchen?«, unterbrach Sonja ungläubig.

»Greifen Sie zu. Es ist eine Riesen-Chance. Und was die Liebe angeht ...« Grazia zeigte auf den Herz-König, der zwei Karten weiter lag, und lächelte mit den Mundwinkeln.

»Hören Sie mir mit der Liebe auf«, konterte Sonja.

»Es wird wieder einen Mann in Ihrem Leben geben.«

»Ach nee.« Sonja schaute aus dem Fenster. »Kenne ich ihn?«

»Ein Fremder.«

»Woher soll er denn kommen?« Reif lag überm Land. Schnee hing in der Luft. »Übers Land?«

Grazia rümpfte die Nase. »Sie müssen ihn finden.«

»Ich suche nicht.«

»Sie sollten es tun. Er wird Sie bereichern.«

Sonja horchte auf. »Meinen Sie das finanziell?«

Grazia überhörte den Einwand. »Es wird allerdings nicht auf gewöhnlichem Wege geschehen.«

»Das hätte mich auch gewundert«, sagte Sonja und fragte sich, welchen anderen Weg es denn gab, wenn nicht den gewöhnlichen.

»Er wird in der Zeitung stehen.«

»Eine Heiratsannonce?«

Grazia nickte und zeigte wieder auf den Herz-König. Eine Herz-Zehn und eine Herz-Neun lagen zwischen ihm und der Herz-Dame. »Es wird eine ideale Verbindung sein.«

»Das reicht.« Auch wenn jede Minute mit Grazia den Polo seiner verdienten Garage näher brachte, bei Liebesdingen hört die Freundschaft zu einem Auto auf. Sie würde niemals auf eine Annonce antworten, da konnte Grazia voraussagen, was sie wollte. Da würde sie eher zum Heiligen Antonius von Padua beten, von dem sie gehört hatte, dass er der Schutzpatron aller Heiratswütigen sei. Davon abgesehen, sie hatte sich gerade an das Alleinsein gewöhnt. Es gab Schlimmeres. »Wir sollten uns jetzt mal Ihrem Anliegen zuwenden.«

»Denken Sie an mich.« Grazia schob die Karten zusammen, stapelte sie, legte sie zurück in das Holzkästchen und verstaute dieses wieder in ihrer Basttasche. Dann faltete sie ihre dicken Hände vor sich auf dem Tisch. »So, wie zwischen Ihnen und dem Herz-König die Herz-Zehn und -Neun lagen, lagen in meinem Kartenbild die Herz-Sieben und die Karo-Dame zwischen mir und meinem Partner.«

Sonja rechnete. »Wie lange sind Sie denn verheiratet?«

»Zweiundzwanzig Jahre.«

»Nach zweiundzwanzig Jahren könnte die Liebe ein wenig abgekühlt sein, das wäre nur natürlich«, sinnierte Sonja.

Grazia schüttelte den Kopf. »Die Herz-Sieben ist eine der wichtigsten Karten im gesamten Bild. Eine Schlüsselkarte sozusagen. Die Karte der Untreue. Die Herz-Sieben steht für

Betrug. Die Karo-Dame für die falsche Freundin. Sie bricht in eine gute Ehe ein«, beteuerte sie.

»Also?«

»Es ist so sicher wie das Amen in der Kirche, mein Mann wird mich betrügen, wenn er es nicht sogar schon tut.«

»Mit der Karo-Dame?«

»Mit der falschen Freundin«, berichtigte Grazia sie. »Und nicht nur das: Sie wird ihn vernichten.«

»Okay«, sagte Sonja. »Gehen wir mal davon aus, dass alles stimmt. Haben Sie an das Foto von Ihrem Mann gedacht?«

Grazia kramte in ihrer Tasche, zog ihr Portemonnaie heraus und öffnete es. Sie entnahm ein Foto. »Hier. Das ist er.«

Dr. Gero Warenkas Passfoto zeigte einen Mittvierziger mit mittelblondem Haar. Seine Gesichtszüge waren gleichmäßig, und man hätte sie als schön bezeichnen können, wenn sie nicht so langweilig gewesen wären, nichtssagend. Warum Grazia ihn unbedingt behalten wollte, war Sonja schleierhaft. Wahrscheinlich die Macht der Gewohnheit.

»Wo soll ich anfangen?«, fragte Sonja.

»Ich habe den Verdacht, dass es sich bei der Geliebten um eine Kollegin handelt.«

»Ja, ja, der Arbeitsplatz ist ein Heiratsmarkt«, meinte Sonja. Es gab da einmal einen Kommissar ... ach, was.

»Der Arbeitspatz meines Mannes ist in einem Institut für Wirtschaftwissenschaften in Köln. Er ist Dozent.«

»An der Universität?«

»Nein, es handelt sich um ein privates Institut auf der Oberländerstraße in der Nähe des Rheinufers.«

»Wohnen Sie in Köln?«

»Nein, in Gerolstein.«

»Und wie kommt er von Gerolstein nach Köln?«, fragte Sonja weiter.

»Mit dem Zug, wenn nicht gerade gestreikt wird. Er fährt immer erster Klasse.«

Fein, dachte Sonja. Sie war noch nie in der ersten Klasse gefahren. Nun musste sie es.

»Morgens um 5.39 Uhr.«

»So früh?«, fragte Sonja entsetzt, als ihr einfiel, dass es reichen würde, wenn sie in Kall zustieg. Ein kleiner Zeitgewinn. Aber immer noch mitten in der Nacht.

»Und in Köln fährt er um 16.03 Uhr ab.«

Während Sonja die beiden Uhrzeiten auf einem Zettel notierte, sagte Grazia unvermittelt: »Ich danke Ihnen.«

»Nichts zu danken. Das macht pro Tag zweihundert Euro plus Spesen.« Der Honorarwunsch war aus der Luft gegriffen. Und er kam ihr ziemlich hoch vor. Sie hatte keine Ahnung, wie viel eine Privatdetektivin verlangen konnte. Sie hatte sich mit dem Berufsverband, den es sicher gab, noch nicht auseinandergesetzt. Notfalls würde sie mit sich handeln lassen.

Grazia nickte ungerührt. Und Sonja bereute, nicht dreihundert Euro gefordert zu haben, vermutlich hätte Grazia auch diese Summe abgenickt. Aber ehe sie der Versuchung erlag, eine Art Gefahrenzulage oder dergleichen zu verlangen, erhob sie sich und demonstrierte damit das Ende der Veranstaltung.

»Das ist noch nicht alles.« Grazia breitete ihre Hände fächerartig auf dem Tisch aus, sodass die Daumennägel aneinanderstießen. »Wir sind in letzter Zeit das Ziel von Anschlägen.«

»Verübt von dieser Karo-Dame?«

Grazia zuckte ratlos mit den Schultern. »Es wurde in unser Haus und in unsere Garage eingebrochen und ein Baum in unserem Garten gefällt.«

»Und wann war das?«

»Am 24. November wurde eine antike Wanduhr gestohlen, am 5. Dezember meine Birke gefällt, und heute Morgen erst wurde die Batterie aus dem Auto meines Mannes ausgebaut. Und das ist bestimmt erst der Anfang.«

»Haben Sie vielleicht Feinde?«

»Ich nicht«, versicherte Grazia. »Ich nicht.«

Haben wir nicht alle irgendwo eine Leiche im Keller, fragte Sonja sich.

»Ich nicht«, wiederholte Grazia, als könne sie Gedanken lesen.

Du auch, dachte Sonja, und ihre Lippen bewegten sich automatisch dabei.

»Höchstens die Karo-Dame«, behauptete Grazia. »Vielleicht werden wir auch erpresst.«

»Sind denn schon Geldforderungen gestellt worden?«

»Noch nicht.«

Sonja hüstelte, der Fall war irgendwie noch keiner. Sie suchte nach einem Weg, Grazia loszuwerden und sah mit übertriebener Armbewegung auf ihre Uhr.

Grazia verstand und erhob sich. »Ich will nur wissen, mit wem er mich betrügt.«

Kaum war die Bedrohung verschwunden, kehrten Davis und West zurück und nahmen das Forsthaus wieder in Besitz. Sonja zog ihren weiten Wintermantel an und setzte ihre Neuerwerbung auf den Kopf, einen dunkelgrauen Topfhut aus Filz mit einer schmalen Krempe, den sie in Bad Münstereifel in einem kleinen Fachgeschäft entdeckt hatte. Sie hatte sich sofort in ihn verliebt. Den oder keinen. Außerdem, den typischen Miss-Marple-Hut, den sie lange gesucht hatte, schien es nicht zu geben. Die alte Dame hatte eine ganze Galerie verschiedener Hüte ihr Eigen genannt.

Der Topfhut war Sonjas erster Hut. Und heute war der erste Tag, an dem er ausgeführt wurde.

Der Polo brachte Sonja ohne großes Aufheben nach Gemünd zur Haltestelle des Schienenbusses. Das Studium des Fahrplans war ernüchternd. Die Bahn fuhr nur im Sommer. Der früheste Zug setzte sich erst nach zehn Uhr in Bewegung. Und das Ganze nur sonntags. Der Schienenbus war demnach nicht für den berufstätigen Menschen, sondern für den Touristen ersonnen. So weit, so gut.

Sonja stieg wieder ein, klopfte auf das Lenkrad und sagte: »Wir müssen weiter bis Kall, mein Kleiner. Streng dich an.«

Als ein Mann humpelnd die Fahrbahn kreuzte, musste sie an HK Gregor denken und sein künstliches Damenbein mit Strumpf. Sie fragte sich, ob er inzwischen brauchbare Auskünfte von den Orthopäden oder Krankenhäusern in der Umgebung bekommen hatte. Das Bein kam ihr viel spannender vor als die Karo-Dame. Bei nächster Gelegenheit hielt sie am Straßenrand und tippte die Nummer der Polizei Schleiden in ihr Handy. Sie ließ sich mit Gregor verbinden. Doch der war einsilbig. Er beantwortete ihre Fragen mit einem kurzen Nein.

»Schade«, bedauerte Sonja. »Was machen wir denn da?«

»Wir?«

Ein Auto mit der Attrappe eines magentaroten Telefons auf dem Dach fuhr an ihr vorbei. Das Telefon wackelte bedenklich, als der Wagen über eine Straßenschwelle fuhr. Und während Sonja sich noch wunderte, dass diese Firma es immer noch wagte, Reklame für ihr dubioses Unternehmen zu machen, kam ihr der entscheidende Gedanke. »Ja, genau das ist es, Gregor«, rief sie in ihr Handy.

»Was?«

»Es könnte doch sein, dass dieses Bein von einem Autodach gefallen ist und ein ordentlicher Bürger es in den Papierkorb gesteckt hat. Es gibt solche Typen.«

»Wollen Sie mich veräppeln?«, fragte Gregor nüchtern.

»Nein! Überhaupt nicht! Das würde ich nie tun. Fragen Sie doch mal bei Strumpf-Fabrikanten nach. Schließlich trug das Bein einen Strumpf.«

»Da kann ich auch gleich einen Schuh-Fabrikanten fragen.«

»Genau! Welche Marke ist der Schuh?«

»Kann man nicht mehr erkennen, ist zu ausgetreten. Die Schuhgröße ist etwa 39. Aber wie soll das Bein auf das Dach gekommen sein?«, fragte Gregor ungläubig.

»Das ist doch ganz einfach, Gregor. Es war eine Reklame für Strümpfe, ein Modell, und das Auto fuhr mit dem Bein auf dem Dach spazieren, ehe es durch einen dummen Zufall herunterfiel, ohne dass der Fahrer es bemerkte.«

»Nicht schlecht«, sagte Gregor zögernd. »Könnte sein.«

»Sehen Sie! Es lohnt auf jeden Fall einen Versuch. Viel Glück«, wünschte sie ihm, während das Auto mit dem Telefon nach rechts abbog.

Am Bahnhof von Kall löste Sonja Senger am sich selbst erklärenden Fahrkartenautomaten eine Hin- und Rückfahrkarte nach Euskirchen für den Eifel-Express. Die Bedienung des Automaten setzte ein abgeschlossenes Studium der Mathematik und Geografie oder wenigstens den Ingenieur im Maschinenbau voraus, ohne dass dieser Umstand irgendwo erwähnt wurde. Erst als Sonja den Fahrschein in der Hand hatte, fiel ihr auf, dass sie für die zweite Klasse bezahlt hatte, obwohl ihr dank Grazia die erste zustand. Reine Gewohnheit.

Der 14.40er kam fünf Minuten zu spät. Sonja bestieg einen Waggon und fand einen Platz in einem Viererabteil. Verglichen mit dem Bahnhofsgebäude wirkte der Zug ultramodern. Die Farbzusammenstellung: alles silbergrau bis auf die blauen Polster der Sitzplätze und die roten Türen. Der Komfort: Klimaanlage, Kopfstützen, ein Abteil für großes Gepäck, Fahrräder und Kinderwagen, Halogenspots an der Decke, ein WC, unverständliche Durchsagen und digitale Anzeigetafeln und schließlich ein sich selbst erklärender Fahrkartenautomat. Kälteeinbrüche nach dem Öffnen der Türen wurden durch gläserne Trennwände gemildert.

An jedem Ende eines Waggons befand sich ein Triebwagen. Über den Motoren waren zwei Reihen Sitzplätze erhöht angebracht und über zwei Stufen zu erreichen. Eines dieser beiden Abteile war für die erste Klasse reserviert und durch eine Glastür von der zweiten Klasse getrennt. Soweit Sonja erkennen konnte, war die erste Klasse nicht besetzt. Der dunkle Vorhang hinter einer weiteren Glastür, hinter der der Lokführer seinen Dienst tat, war zugezogen.

Kaum hatte Sonja die Besichtigung abgeschlossen, fuhr der Eifel-Express in einen Tunnel. Die Innenbeleuchtung, die ständig in Betrieb war, fing nur annähernd die Dunkelheit auf. Das Dröhnen in den Ohren und der feucht-kalte Tunnelgeruch trotz Klimaanlage waren nach ein paar Sekunden vergessen. Der Zug neigte sich in eine Linkskurve, Bahnhofsschilder flogen vorüber, zu schnell, als dass Sonja hätte lesen können, was darauf stand.

Abgesehen von Überlandleitungen, vereinzelten Windrädern am Horizont, kahlen Hecken und niedrigen Zäunen war die hügelige Landschaft von Feldern, Wiesen und Sträuchern geprägt, von einzeln stehenden Bäumen und verstreut liegenden, kleinen Ansiedlungen. Kamine gaben Rauchzeichen von sich. Wir leben noch. Ein Hauch von Reif lag über allem und hatte die übliche Grünpalette in ein grau-weißes Meer verwandelt. Wälder tauchten am Horizont wie Klippen auf.

Sonja gab sich dem monoton rhythmischen Geräusch, dem Herzschlag des Zuges, hin. Das Schaukeln und Rumpeln wirkten wie eine sanfte Massage, das Quietschen in den Dehnungsfugen und das gedämpfte Gemurmel der Mitreisenden waren beruhigend. Die Heizung unter ihrem Sitz bollerte. Der ungewohnte Hut schien schwerer und schwerer zu werden. Sonjas Augenlider sanken auf Halbmast. Das Kinn entspannte sich. Ihre Hände öffneten sich. Der Puls wurde ruhiger. Keine Frage, so eine Zugfahrt konnte therapeutisch sein, wenn man es zuließ. Und die Behandlung war inklusive. Wo gab es das heute noch?

Sonja fuhr hoch, als jemand lachte, ein Handy irgendwo klingelte und eine blecherne Frauenstimme den nächsten Halt ankündigte: Mechernich. Sonja blinzelte. Die Fahrradständer waren an diesem Bahnhof zur Abwechslung blau, und das Bahnhofsgebäude glänzte mit einer Art Kirchenfenster. Ansonsten herrschte auch hier Bahnhofsarmseligkeit.

Am Bahnsteig wartete ein einsamer Fahrgast. Sonja war schlagartig hellwach. Die Frisur! Er trug die Lederjacke und den grünen Schal. Das kleine Akkordeon hing vor seiner Brust. Alles Dinge, die Sonja auf der Rückbank seines Autos hatte liegen sehen. Das war niemand anderes als der Struwwelpeter von der B 265. Das Auto, mit dem er vor ein paar Tagen zwischen Hergarten und Vlatten von der Straße abgekommen war, war wohl noch in Reparatur. Der Junge selbst schien sich guter Gesundheit zu erfreuen. Als er mit einem großen Schritt in einem anderen Waggon verschwand, lehnte Sonja sich beruhigt zurück.

Der Zug fuhr an. Eine junge Frau ließ sich Sonja gegenüber in den Sitz fallen, schaltete ihren MP3-Player an und kehrte ihren Blick nach innen. Musik plärrte aus dem Headset.

In Satzvey hielt der Eifel-Express nicht. Die Umrisse der hellen Burg schimmerten durch eine Reihe Zypressen.

Die Hügel, die vorbeizogen, wurden mit jedem Kilometer flacher, flach wie die Po-Ebene, bis der Zug schließlich fast pünktlich am Bahnhof von Euskirchen zum Stehen kam.

Fünf Bahnsteige und zwei Unterführungen, abgestellte Güterwaggons, ein Bahnhofsgebäude und ein Tower. Das hatte fast etwas von einer Großstadt. Nur der Trubel fehlte. Im heruntergekommenen Bahnhofsgebäude erwarteten sie ein Ticketbüro, McDonald's, ein Kamps-Stehcafé, sich selbst erklärende Fahrkartenautomaten, Schließfächer und sogar eine Bahnhofs-Buchhandlung. In der Ticket-Verkaufsstelle fragte Sonja eine Angestellte nach dem Kriminalkommissariat.

»Meinen Sie die Polizei?«, fragte die junge Frau zurück und blickte zu Sonjas Hut auf. Sonja nickte. Der Hut wackelte. »Sind Sie mit dem Auto?«

»Nein, zu Fuß.«

»Macht nix. Wenn Sie aus dem Gebäude herauskommen, halten Sie sich bitte rechts. Sie gehen am Busbahnhof vorbei über die Oststraße, immer geradeaus. Dann kommen Sie an eine Kreuzung und biegen rechts in die Kölner Straße. Etwa fünfhundert Meter von hier. Können Sie gar nicht verfehlen. Es steht groß Polizei dran.«

Fünfhundert Meter waren leicht zu Fuß zu bewältigen. Aber das machte die neue Dienststelle für sie kaum attraktiver. Sie bat um einen Fahrplan, um in Ruhe die Zeiten und Haltepunkte dieser Lebensader der Region studieren zu können. Nicht nur, um jeden Tag von Kall nach Euskirchen und zurückzukommen, der Herr Doktor und die Privatdetektivin könnten vielleicht ab und zu mal zusammen reisen. In der ersten Klasse, versteht sich.

Sonja erhielt einen kleinen Faltplan, der zwar ausführlich, aber in so winziger Schrift gehalten war, dass der Verkehrsverbund Rhein-Sieg gratis Lupe und Lineal hätte beilegen müssen.

Auf dem Bahnhofsvorplatz waren auch der Busbahnhof und ein Taxistand eingerichtet. Linker Hand führte ein Durchgang direkt zu Gleis 1 oder durch eine Unterführung zu den Gleisen 2 bis 5. Alles sah sehr renovierungsbedürftig aus.

Die Straßen von Euskirchen waren weihnachtlich geschmückt. Nach ein paar Metern in Richtung Kriminalkommissariat blieb Sonja stehen und spielte mit dem Gedanken, sich das Vorgespräch mit Roggenmeier zu schenken. Zu einer anderen Zeit hätte sie sich glatt geweigert, in Euskirchen den Dienst anzutreten. Und zu einer anderen Zeit hätte sie auch Köln nicht um Vergebung gebeten. Aber diese andere Zeit war gerade nicht aktuell.

Das mühsame Studium des Faltplans im aufkommenden Wind ergab, dass sich eine Weiterfahrt nach Köln nicht mehr lohnte. Vor 16 Uhr würde sie dort nicht eintreffen, und ehe sie das Institutgebäude gefunden hätte, wäre der Lehrbetrieb längst eingestellt. Der nächste Zug zurück nach Kall fuhr erst in einer halben Stunde. Euskirchen war ein Verkehrsknotenpunkt der besonderen Art.

Der Fahrplan des gesamten ÖPNV in NRW ist – vereinfacht ausgedrückt – überwiegend nullsymmetrisch, das bedeutet, dass sich die Züge auf den Linien mit Stundentakt zu den Minuten :59 und :29 begegnen, auf den Linien im Zweistundentakt nur zur Minute :59. Die Abfahrtszeiten der Gegenrichtung sind durch Spiegelung der Ankunftszeiten um die Minute :58,5 zu errechnen. Auf einzelnen Linien ist der Symmetriezeitpunkt um wenige Minuten nach hinten oder nach vorne verschoben.

(Auszug aus dem Kursbuch der Deutschen Bahn.)

Und nun? Sonja faltete den Plan zusammen und beschloss das Kursbuch als Entscheidungshilfe anzusehen.

Das Gebäude der Kreispolizeibehörde fand sie auf der Kölner Straße hinter einem verzinkten Schlossgitter. Es war ein zweistöckiger Zweckbau, der unter seinem Dach das Kriminalkommissariat beherbergte. Drei unbestückte Fahnenstangen ragten in den Himmel. Sonja ging über den Innenhof an einem halben Dutzend stolzer, glänzender Streifenwagen vorbei und stand zögernd zwei Meter vor dem Eingang. Ein Kollege in Uniform, der gerade herauskam, fragte sie, ob sie jemanden suche.

»Ja und Nein«, antwortete sie vage.

»Das ist hier kein öffentliches Gelände zum Spazierengehen.«

»Sehe ich so aus, als ginge ich spazieren?«

Der Kollege musterte sie und zuckte mit den Schultern.

Sonja zeigte auf das Gebäude. »Welche Fenster gehören denn zum Kriminalkommissariat?«

»Die liegen auf der Rückseite.«

»Hat man von da eine gute Aussicht?«

»Dafür interessiert sich normalerweise niemand.«

»Ich mich aber.«

»Hören Sie mal, wollen Sie sich da länger aufhalten?«

»Ja, genau.« Einmal ausgesprochen, hörte es sich nicht schlecht an.

»So, so.«

»Ich bin Kriminalkommissarin.«

»So, so«, wiederholte der Kollege. Er glaubte ihr kein Wort. »Dann wissen Sie sicher auch, wie der Chef da heißt?«

»HK Roggenmeier. Ob mit e oder a, oder i oder y, das weiß ich leider nicht.«

»Mit e und i.«

»Ach, was?«

»Und wer sind Sie, wenn ich fragen darf?«

»Und Sie?«

Er deutete auf das kleine Namensschild, das über dem Revers der Brusttasche seines khaki-farbenen Hemdes angebracht war. Um es lesen zu können, hätte sie sich ihm soweit nähern müssen, dass er die Aktion als Zudringlichkeit hätte deuten können. Eine Handvoll Kollegen lungerten außerdem in der Eingangshalle herum. Weiteres Aufsehen wollte sie vermeiden.

»Senger, Sonja Senger«, sagte sie in sicherer Entfernung.

»Ich bringe Sie hoch.«

HK Roggenmeier war ein drahtiger Endfünfziger, der die Tür aufriss, als der Kollege klopfte.

»Schmidt! Sie sind das! Wen bringen Sie mir denn da?«

»Eine gewisse Frau Senger. Sie sagt, sie sei Kommissarin und ...«

»Ah! Frau Senger!« Roggenmeier schickte Schmidt weg. Er hatte einen Händedruck, der fast ein Verbrechen war. »Ich habe Sie erst nächste Woche Montag erwartet.«

»Ich weiß. Aber ich war gerade in der Nähe, und da dachte ich ...«

»Ah, ich verstehe, ein weihnachtlicher Einkaufsbummel. Sie wollen sicher Ihr neues Büro sehen.«

Unsichtbar für ihn probierte Sonja die Finger ihrer rechten Hand aus. Sie waren lädiert, aber intakt.

»Kommen Sie.«

Sie folgte Roggenmeier über einen langen, schmalen Flur. Die Türen zu den Büros standen offen. Er blieb in jeder Tür kurz stehen und erklärte, um welche Abteilung es sich handelte. Es saßen sich jeweils zwei Kollegen gegenüber. Man stand auf und begrüßte sie. Man war freundlich. Sonja fühlte sich willkommen. Und während die vielen Namen und Tätigkeitsbereiche von einem Ohr zum anderen ohne Halt durchmarschierten, merkte sie, wie sehr sie die Arbeit in einem Team vermisst hatte. Die Möglichkeit, über den Gang nach nebenan zu gehen und Fragen zu stellen, Kaffee zu trinken, die kleinen Feiern, das Gespött. Wesseling hatte wirklich ein gutes Werk getan.

»Ihr Arbeitsplatz wird hier in diesem Raum eingerichtet«, sagte Roggenmeier und riss eine Tür am Ende des Gangs auf. Ein Raum mit zwei Fenstern. Zwei voll ausgestattete Schreibtische standen sich gegenüber, ein dritter war vor Kopf dazu gestellt worden. Er war leer. Roggenmeier wies mit dem Zeigefinger auf den freien Tisch. »Sie bekommen natürlich einen PC und Telefon und eine Lampe und einen Stuhl und alles andere, was Ihnen zusteht.«

»Wunderbar«, sagte Sonja. »Ich hoffe, dass das Bewerbungsgespräch nächste Woche zu Ihrer Zufriedenheit ausfallen wird.« Roggenmeier zog die Stirn kraus. »Ich werde jedenfalls alles geben.«

»Ja, ja, das wäre schön«, sagte Roggenmeier nachdenklich.

»Es wird doch eines geben, oder?«

»Sicher«, sagte er.

Hier stimmte etwas nicht. Wesseling hatte ihr etwas verschwiegen. Sonja hob die Hand zum Abschied, um auf diese Weise Roggenmeiers Zangengriff zu entgehen. »Ich muss los, mein Zug geht gleich. Also bis zum Siebzehnten.«

Ein wenig irritiert, aber auch beschwingt von den neuen Eindrücken trat sie den Rückweg an. Im Bahnhof gönnte sie sich bei McDonald's einen saftigen Burger, ließ sich auf einer Bank am Gleis nieder und sprang sofort wieder hoch, weil sie nass, kalt und klebrig war. Ein Geruch nach Teer, Öl und Verbranntem lag in der Luft.

»Wo wollen Sie denn hin?«

Sie drehte sich um. Ein alter Mann saß auf der Nachbarbank. Einen Gehstock hatte er zwischen die Beine geklemmt.

»Nach Kall«, antwortete Sonja mit vollem Mund.

»Der kommt um 15.30 Uhr, falls er pünktlich ist.«

»Ich weiß.« Sonja winkte mit dem Faltplan und biss erneut herzhaft zu. Wenn man Hunger hatte, schmeckten diese Dinger gar nicht schlecht.

»Der endet dort, deswegen kann ich den nicht nehmen. Ich muss nämlich bis Dahlem.«

»Und wann geht Ihr Zug?«, fragte Sonja höflichkeitshalber.

»16.41 Uhr, falls er pünktlich ist.«

»Und da sitzen Sie jetzt schon hier? Ist das nicht viel zu kalt und zu langweilig?«

»Nein, nein«, beteuerte er. »Ich warte doch hier auf meine Frau! Sie ist hier einkaufen, wissen Sie.«

Sonja wischte sich mit der Serviette den Mund ab. Sie verstand und lächelte ihm freundlich zu. »Und Sie haben sich gedrückt?«

Der Mann lächelte nicht zurück. »Nächstes Mal gehe ich mit. Ich lasse sie nicht wieder allein einkaufen.«

»Machen Sie sich keine Sorgen. Sie wissen doch, wenn Frauen einkaufen, das kann dauern.«

Der Mann nickte. Es war eher ein unwillkürliches Zittern, an dem auch der Oberkörper und die Arme beteiligt waren.

»Sie wird schon noch kommen«, sagte Sonja und blickte in den grauen Himmel. Bis auf Schutzdächer über den Gleisen war der Bahnhof offen. Irgendetwas fehlte da oben. Es dauerte eine Weile, ehe sie wusste, was es war. »Es gibt ja gar keine Stromleitungen hier.«

»Kann ja nicht. Die Strecke ist verdieselt«, sagte der Mann. Auf Sonjas verwunderten Blick hin erklärte er: »So ist der offizielle Fachausdruck. Das sind nämlich alles Dieseltriebwagen, wissen Sie. Die Dieselmotoren erzeugen Energie, die durch einen Generator in elektrische Energie umgewandelt wird, damit die Lampen brennen.«

»So, so.« Sonja warf Serviette und Burgerkarton in einen Papierkorb und trat an die Bahnsteigkante. Nach einem Gewirr von Schienen, Weichen und Signalen verliefen zwei einsame Gleise schnurgerade von Euskirchen in Richtung Eifel, bis sie eins mit dem Horizont wurden. So weckte man Fernweh.

Der Mann war ihren Blicken gefolgt und erklärte: »Ab hier fährt der Eifel-Express meist nur mit zwei Waggons weiter. Der dritte wird abgekoppelt und hier irgendwo abgestellt. Die Fahrgäste, die in die Eifel wollen, müssen umsteigen.« Er kannte sich aus. Und gab sein Wissen gerne weiter. »Die Strecke ist manchmal nur eingleisig.«

»Ist das nicht gefährlich?«, fragte Sonja.

Er hob einen Finger und lauschte einer unverständlichen Durchsage. »Ihr Zug kommt.«

Laut Anzeigetafel hätte er längst da sein müssen.

»Ich hab' nur Bahnhof verstanden«, sagte Sonja, erhob sich und verabschiedete sich.

Unter Schnauben, Pfeifen und Zischen fuhr der rote Zug in den Bahnhof ein. Der schnittige Führerstand hinter der schwarz getönten Scheibe, der direkt auf Sonja zukam, schien geisterhaft unbemannt. Die Türen teilten sich und glitten zur Seite, Fahrgäste traten ins Freie. Sonja bahnte sich eine Gasse und stieg zu. Die Luft war feuchtwarm. Die Klappsitze in dem Bereich, in dem Fahrräder abgestellt werden konnten, waren besetzt. Eine übermütige Jungengruppe lärmte und alberte dort herum. Sonja erwog eine Sekunde, um Ruhe und angemessenes Verhalten zu bitten. Aber sie musste für die Bande nichts als eine ältere, grauhaarige Frau sein, von der sie sich nichts sagen ließen. Man würde ihr die Polizistin nicht abnehmen. Der Schaffner, heutzutage Zugbegleiter, glänzte durch Abwesenheit. Die anderen Fahrgäste ertrugen die Belästigung mit stoischem Gleichmut. Sie schienen darin geübt. Anders Sonja.

Nach einem Blick durch die Glastür in die erste Klasse entschied sie, notfalls Grazia die Strafe aufs Auge zu drücken, und betrat fast ehrfürchtig das Abteil. Sie wurde bitter enttäuscht. Dieser angeblich privilegierte Ort – reserviert für Besserverdienende – war unspektakulär und unterschied sich von der zweiten Klasse nur durch das Angebot an freien Plätzen. Die Polster waren vielleicht einen Tick weicher und sauberer. Und es war ruhiger. Die Luft war besser. Aber unter den missbilligenden Blicken der im Gang stehenden Fahrgäste hinter der Glastür meldete sich Sonjas Gewissen. Es ist dienstlich, verteidigte sie sich, ich muss das tun. Sie rutschte ans Fenster und schaute hinaus, um den Blicken zu entgehen.

Der alte Mann hockte noch auf seiner Bank. Irgendetwas an ihm war bedrückend. Die Art, wie er in sich zusammengesunken war, sein graues Gesicht, umrahmt von grauem Haar, der abgegriffene Gehstock zwischen seinen Beinen. Als säße er schon ewig da, als warte er schon ewig da. Vergebens.

Als der Zug anfuhr, winkte Sonja ihm zu, für den Fall, dass er den Kopf noch einmal hob. Das tat er nicht.

7. Kapitel

Unauffällig hatte Niklas nach dem zweiten Zeichen die Zeitungen, die an seiner Tankstelle verkauft wurden, studiert. Seine Tat war es nicht wert, gedruckt zu werden. Wieder hatte er dem Onkel keinen Artikel als Beweis liefern und sagen können: Sieh mal, das war ich.

Als Niklas ihm fünf Tage später sein drittes Zeichen vorführte und dazu die Autobatterie, die er erst am Morgen aus Warenkas Auto ausgebaut hatte, aus dem Kofferraum holte, sie mit gestreckten Armen hoch über seinen Kopf stemmte und triumphierend um ihn herumtänzelte und rief: »Na, was sagst du nun?«, da trat der Onkel verächtlich gegen den linken Hinterreifen seines Autos und fragte: »Na und? Hast du eine neue Batterie für deine olle Kiste da?«

Niklas verstaute die Batterie sofort wieder im Kofferraum, schlug den Deckel zu, als der Onkel eine Hand in seinen Ärmel krallte, ihn zu sich heranzog und ihm ins Gesicht brüllte: »Was soll das sein, he?«

»Das ist eine Autobatterie«, sagte Niklas trotzig.

»Das sehe ich.«

»Sie gehört nicht mir, sie gehört *ihm.*«

Ihre Nasenspitzen berührten sich, Niklas roch seinen abgestandenen, scharfen Atem, als er hervorstieß: »Wem?«

»Meinem ... meinem ... meinem Erbfeind«, flüsterte Niklas stockend.

Der Onkel stieß ihn von sich »Ich bin's leid. Geh mir aus den Augen. Hau ab! Pack deinen Kram und verschwinde! Ich will dich hier nicht mehr sehen!«

Anstatt in sein Auto zu steigen und davonzufahren, reagierte Niklas wie in Trance. Er holte das Bajan vom Rücksitz, lief in sein Zimmer und verbarrikadierte sich. Er machte kein Licht. Er ließ sich in der Lederjacke auf sein Bett fallen. Er legte die Finger auf die Knöpfe, zog den Balg kaum auf, wiegte sich hin und her, ein bisschen zu schnell für den Takt. Und während er dabei aus dem Dachfenster in die Dunkelheit starrte, begleitete er summend die Melodie. Ein russisches Kinderlied, das erste Lied, das er von Andrej gelernt hatte. Das erste Lied, das er hatte auswendig spielen können.

Und er dachte dabei an Warenka, den er heute Morgen zum ersten Mal erblickt und der gar nicht ausgesehen hatte wie ein Erbfeind.

Im eleganten, schwarzen Wollmantel, mit rotem Schal und einem Aktenkoffer in der Hand war er zu Fuß davongeschritten, weil er sein Auto nun nicht mehr benutzen konnte. Er war schlank und nicht besonders groß und hatte ein harmloses, glattes Gesicht mit einer richtig spitzen Nase. Er ging schnell, unnatürlich gerade und aufrecht und reckte das Kinn in die Luft. Was für ein eingebildeter Lackaffe, dachte Niklas. Warum kam er nicht gleich hoch zu Ross? Einen Erbfeind hatte er sich anders vorgestellt: groß, muskulös, kahl geschoren, brutal.

Im Schritttempo war Niklas diesem Warenka mit dem Auto in den Ort gefolgt, um zu sehen, was er tat. Sein Ziel war der Bahnhof. Dort war er in den ersten Waggon eines bereitstehenden Zuges in Richtung Köln gestiegen.

Niklas wartete nicht, bis er abfuhr, sondern kehrte zur rosa Villa auf dem Hainbuchenweg zurück und hielt am Straßenrand Wache. Er ließ den Motor laufen, weil er fror. Nicht lange, und die Dicke in ihren bunten Gewändern kam herausgeweht. Im Gegensatz zu ihrem Mann bemerkte sie sofort, dass das Garagentor aufgebrochen worden war und brauchte auch nur halb so lange, ehe sie wieder herauskam.

Sie drückte das Tor herunter, rieb ihre Handflächen gegeneinander und sah sich um. Sie war blass, und die dicken, schwarzen Striche über ihren schwarz bemalten Augen waren fast zu einem einzigen Balken zusammengezogen. Niklas war sich sicher, sie ahnte etwas. Als ihr Blick sein blaues Auto streifte, drehte er sich um, als wolle er gerade aus der Parklücke fahren. Vor und zurück.

Im Laufe des Tages kam ein Mann im Blaumann mit einer neuen Autobatterie, einer, der das Schloss des Garagentors auswechselte, und die Polizei. Warenka könnte also morgen das Auto wieder nehmen ...

»Ich bin's leid! Geh mir aus den Augen! Hau ab! Pack deinen Kram und verschwinde! Ich will dich hier nicht mehr sehen!« Niklas hörte die Worte des Onkels wieder ganz deutlich, als hätte er sein Zimmer betreten und stünde direkt neben ihm.

Er hielt einen Moment inne, wechselte die Tonart, improvisierte ein Paar Takte in Moll, ehe er die Finger wieder von den Knöpfen nahm und die Hände zur Seite fallen ließ. Er hatte keine Kraft zu spielen. Es kam ihm sinnlos vor. Alles Augenwischerei.

Denn vom Hof gejagt zu werden, war für ihn das Schlimmste auf der Welt. Wieder abgeschoben zu werden, so wie damals, als man ihn einfach ins Heim steckte. So wie jedes zweite Wochenende, wenn er auf den Hof zu Besuch kam und am Sonntagabend wieder seine Sachen packen musste. Nicht noch einmal. Dieses Mal nicht. Ins Heim konnte er nicht zurückkehren. Daran war nicht zu denken. Andrej war wie vom Erdboden verschluckt. Wohin sollte er gehen? Es gab keinen anderen Ausweg. Er musste etwas unternehmen, ob er wollte oder nicht. Irgendetwas.

Im Heim hatte man Niklas beigebracht, wie man seine Gefühle in den Griff bekommen und Aggressionen kanalisieren und sich von ihnen distanzieren kann. Viele seiner Kumpel hatten sich dafür die Seele aus dem Leib gelaufen. Andere hatten bei der Selbstverteidigung Mut und Selbstbewusstsein getankt. Niklas' und Andrejs Weg war immer die Musik gewesen. Lächeln, den Dingen aus dem Weg gehen und musizieren.

Aber die Hass- und Wutgefühle waren dadurch nicht verschwunden, er beherrschte sie nur. Ziemlich gut sogar.

Wie lange noch? Der Onkel provozierte ihn. Jeden Tag ein bisschen mehr stichelte er herum. Er war einer der Menschen, für die man anstellen konnte, was man wollte, er war nie zufrieden. Nie wäre etwas genug. Nie gut genug. Nie! Nie!

Was sollte er tun? Sofort morgen früh könnte er hinter Warenka herfahren. Die Arbeit in der Tankstelle einfach sausen lassen. Anhalten, wo sein Erbfeind anhält, aussteigen, wo er aussteigt, hingehen, wo er hingeht. Und dann ... es würde ihm etwas einfallen. Es war seine letzte Chance.

Ein Donnerschlag.

Die Scheibe des Dachfensters zersplitterte. Ein schwarzer Gegenstand landete mit einem dumpfen Knall vor Niklas' Füßen, schlidderte über die Holzdielen, ehe er vom Kleiderschrank zurückgeschleudert wurde.

In einem Reflex hatte Niklas die Beine angezogen, sich aufs Bett zurückfallen lassen, das Bajan schützend zwischen Knie und Brust gepresst. Er wartete ab, bis das Klirren des Glases verstummt war, ehe er sich zögernd erhob. Er war unverletzt, aber sein Herz schlug bis zum Hals. Wenn er wie sonst auf dem Stuhl unter der Schräge gesessen hätte, dann wäre er getroffen worden. Womöglich am Kopf. Seine Lippen zitterten. Seine Augenlider flatterten.

Er legte das Bajan beiseite, beugte sich herunter und griff in der Dunkelheit nach dem Gegenstand, der in den Glasplittern lag. Er umfasste ihn mit der rechten Hand. Er war rau und schwer, und Niklas spürte einen stechenden Schmerz.

Es war ein Stein. Ein viereckiger Pflasterstein. Als er ihn in die linke Hand legte, sah er, dass die rechte blutete. Blut und Lehmspuren klebten zwischen den Fingern und in der Handinnenfläche.

Mühsam stand er auf. Ihm war schwindlig. Glassplitter knirschten unter seinen Schuhen, als er ans Fenster trat und durch das zerklüftete Loch in der Fensterscheibe hinunter auf den Hof blickte. Da standen sein Auto, der alte Trecker des Onkels, ein abgekoppelter Anhänger und das Fahrrad der Tante, der Kehrbesen daneben. Ein friedliches Bild, wenn er nicht zum Schluss noch den Onkel entdeckt hätte, der breitbeinig direkt unter seinem Fenster stand und zu ihm hochsah.

»Verschwinde!«

Schnell zog Niklas seinen Kopf zurück. Der Pflasterstein wog schwer in seiner linken Hand, in der rechten klopfte der Schmerz.

Niklas legte den Stein auf die Fensterbank und wusch seine Hände in der kleinen Kabine, die der Onkel ihm eingerichtet hatte. Blut und Lehm vermischten sich mit dem eiskalten Wasser und flossen in den Ausguss. Er trocknete seine Hände ab. Die Blutstreifen im dunklen Handtuch waren kaum zu erkennen. Zwei kleine Schnittwunden hatte er sich an den Fingerkuppen zugezogen, eine lange und tiefe am Handballen. Schlecht für einen Akkordeonspieler.

Er rollte einige Blatt Toilettenpapier ab und zerknüllte sie in der verletzten Hand, damit sie das Blut aufsaugen konnten. Er presste seine Hand zu einer Faust, der Schmerz wurde erträglich. Niklas schloss die Augen und atmete tief durch. Das Loch in seinem Bauch wurde größer als das Loch im Fenster. Und die Kälte in seinem Inneren größer als die in seinem ungeheizten Zimmer.

8. Kapitel

Zur Feier des Tages trug Dr. Gero Warenka einen Hut. Einen schwarzen Hut mit einer breiten Krempe. Der Hut sollte seine Autorität unterstreichen. Anstatt nach Köln zu fahren und sich bis zum Beginn seiner Seminare in sein Büro zu setzen, stieg er an diesem Morgen bereits in Dahlem aus. Ein schmaler Bahnsteig zwischen Berg und Tal im Nirgendwo.

Warenka war der Einzige, der kurz nach sechs Uhr morgens ausstieg. Er bahnte sich eine Gasse durch die wenigen Zusteigenden. Als der Zug den Bahnhof verlassen hatte, sah er, dass auf dem gegenüberliegenden Bahnsteig niemand wartete. Das Bahnhofsgebäude war nicht mehr in Betrieb.

In Dahlem kannte er nur die Filiale der Sparkasse, die um diese Zeit noch geschlossen war. Es hatte damals nur schriftlichen Kontakt gegeben, und die Unterlagen, denen er die Anschrift hätte entnehmen können, befanden sich an seinem ehemaligen Arbeitsplatz. Unsicher, welchen Weg er einschlagen sollte, blieb Warenka stehen.

Die Schranken öffneten sich. Feuchte, kalte Luft und Frühnebel hingen über Dahlem, und das gelbe Licht der Straßenlaternen machte den Ort unwirklich. Ein Geruch nach Holzfeuer und Schnee hing in der Luft.

Er wandte sich in Richtung Ortsmitte. Nach ein paar Schritten begegnete er einem jungen Paar. Hand in Hand wollten sie gerade die Straßenseite wechseln, als er sie ansprach.

»Irmscher?«, wiederholten sie gleichzeitig. Während er den Kopf schüttelte, sagte sie: »Sie müssen zurück und direkt hinter der Schranke den Berg hochgehen. Der erste Hof auf der rechten Seite, der gehört den Irmschers.«

Warenka machte kehrt. Eine schmale Straße schlängelte sich den Berg hinauf. Er war außer Atem, als ein Vierkanthof im Nebel auftauchte. Ein grünes Hoftor. Eine Klingel. Ein Name. Irmscher.

Warenka drückte gegen das Tor. Es gab nach, und er betrat zögernd den Innenhof. Kerstins Warnungen arbeiteten in seinem Kopf. Ein Hund war das einzige Lebewesen, das er fürchtete. Als keiner zu bellen begann oder sich auf ihn stürzte, ging er zügig hinüber zum Wohngebäude, das rechter Hand lag. Neben der Haustür hinter zwei Fenstern brannte Licht. Er sah eine Gestalt hin und her gehen.

Die Irmschers frühstücken, dachte Warenka, ich werde ihnen den Appetit verderben.

Er trat nah an das linke Fenster heran und spähte hindurch. Dass die Verhältnisse da drinnen ärmlich waren, wunderte ihn nicht. Zwei Männer und eine Frau saßen an einem Tisch. Warenka fragte sich, welcher der Männer Herbert sei. Beide waren im fortgeschrittenen Alter. Die Frau auch. Auf der bunten Tischdecke standen eine Thermoskanne, ein Brotkorb, ein Teller mit Wurst oder Käse, ein Marmeladenglas. An einem dünnen, schmucklosen Adventskranz brannten zwei Kerzen. Sie unterhielten sich nicht. Sie waren damit beschäftigt, Brote zu belegen. Als die Frau einen bunten Kaffeebecher zum Mund führte, entdeckte sie Warenka, ließ den Becher erschrocken sinken und stieß ihren Ellenbogen in die Seite des Mannes neben ihr.

Gut, dachte Warenka, hoffentlich sitzt der Schreck tief.

Er hämmerte gegen das Fenster, mit der ganzen Faust, sodass die Scheibe klirrte. Die drei starrten ihn an, als sei er ein Gespenst. »Bin ich nicht«, flüsterte Warenka. »Ich bin echt. Ich bin gekommen, euch Mores zu lehren, also macht mir auf.«

Er zeigte mit dem Daumen Richtung Haustür. Die drei blickten sich gegenseitig an. Wer von ihnen würde sich trauen? Einer der beiden Männer schob endlich den Stuhl zurück und stand auf. Es dauerte lange, ehe Warenka seine schlurfenden Schritte, das Drehen eines Schlüssels und schließlich das Schaben der Haustür hörte.

»Herbert Irmscher?«, fragte er den Mann, der in Arbeitshose, schmutzig-weißem Unterhemd und verdrehten Hosenträgern vor ihm stand. Und nickte. Sein schwammiges Gesicht zeigte keine Regung.

»Ich bin Dr. Gero Warenka«, rief er unüberhörbar, damit die anderen beiden sofort wussten, mit wem sie es zu dieser frühen Stunde tun hatten. Seine Stimme fand ein hohles Echo im leeren Hof.

Herbert Irmscher blickte einen kurzen Augenblick über Warenka hinweg. Als der seinem Blick folgte, nahm er einen Schatten wahr. Den Schatten eines davonlaufenden Menschen, wenn er sich nicht täuschte. Wer weiß, welches Gesindel hier hauste, wen er noch alles mit seinem frühen Besuch aufgeschreckt hatte.

Er konzentrierte sich wieder auf Irmscher, der keine Anstalten machte, ihn hereinzubitten. Warenka drängte sich ungeduldig an ihm vorbei. Er hatte nicht ewig Zeit. Die Tür zur Küche stand offen. Warenka trat ein und an den Tisch. Irmscher folgte ihm, setzte sich wieder an seinen Platz und schnitt seine Brotscheibe auf dem wackligen Frühstücksbrett in der Mitte durch, als gäbe es nichts Wichtigeres auf der Welt.

Warenka legte seinen Hut auf den Tisch, stellte seinen Aktenkoffer ab, knöpfte seinen Mantel auf. »Wo ist die Uhr?«, fragte er. Das war die Sicherheitsfrage, das Passwort, ohne das nichts lief.

»Ich hole sie«, sagte Irmscher prompt, stützte sich an der Tischkante ab und wollte aufstehen. »Auch die Batterie?«

Warenka drückte ihn auf seinen Stuhl hinunter und zog aus der Anzugjacke seine Brieftasche. Er breitete sechs lilafarbene 500-Euro-Scheine wie einen Fächer aus und legte sie mitten auf den Tisch zwischen Brotkorb und Marmeladenglas.

»Das Geld gehört Ihnen«, erklärte er.

Gespannt sah er in die Gesichter. Keine Regung. Niemand griff zu. Niemand stellte eine Frage. Waren Waren dreitausend Euro nicht genug? Warenka legte noch zwei 500-Euro-Scheine dazu. Eine welke Frauenhand wurde ausgestreckt. Irmscher presste sie auf den Tisch, dass sie blau anlief, und sah seiner Frau grimmig ins Gesicht. Erst nachdem Warenka zwei weitere 500-Euro-Scheine herausgerückt hatte, nickte Herbert Irmscher, ließ die Hand der Frau los, strich das Geld selber ein und legte es unter sein Frühstücksbrett, das nun nicht mehr wackelte.

»Möchten Sie vielleicht einen Kaffee?«, fragte die Frau.

»Danke, nein«, sagte Warenka, setzte seinen Hut wieder auf und hob den Aktenkoffer hoch. »Ich will nie wieder von Ihnen hören.«

Die beiden Irmschers nickten heftig, der andere Mann blickte ratlos von einem zum anderen und doch durch alle hindurch.

»Ich müsste dies hier nicht tun«, fügte Warenka hinzu, »denn das Geschäft von damals interessiert heute niemanden mehr. Es ist längst verjährt, aber ich will Ihnen entgegenkommen.« Man hing an seinen Lippen. »Nur dieses eine Mal«, drohte er. »Ich bin nicht erpressbar, vergessen Sie das nicht. Beim nächsten Mal kommt der Staatsanwalt.«

Die beiden Irmschers nickten andächtig. Der andere nicht.

»Einen guten Appetit wünsche ich!«, sagte Warenka und hoffte, dass ihnen jeder Bissen im Halse stecken blieb. Rattenpack!

»Warten Sie, ich hole schnell die Uhr und die Batterie«, sagte Herbert Irmscher, als er mit Warenka hinaustrat. Bis auf ein Licht hinter einem kleinen Dachfenster am Ende des Hofs, in einem Anbau, lag alles im Dunkeln.

»Nein«, winkte Warenka ab. »Die können Sie behalten.«

Um nur fünftausend Euro ärmer und aller Sorgen ledig, lief Dr. Gero Warenka beschwingt den Berg hinunter. Sein Hut war wieder im Aktenkoffer verschwunden. Er war nicht für die Augen anderer bestimmt. Schon gar nicht für die Schwarzhaarige.

Ihr hatte sein erster Gedanke gegolten, als er heute Morgen wach geworden war. Er freute sich auf sie. Die Mission Irmscher hatte ihn belastet, zugegeben, doch die war jetzt erledigt. Der Preis hatte sich im Rahmen gehalten. Er hätte noch nachlegen können.

Er hörte Schritte. Warenka drehte sich um. Ein Mann folgte ihm. Sie waren vielleicht hundert Meter voneinander entfernt. Es war die Zeit, in der die Berufstätigen aufbrachen, also wunderte er sich nicht weiter, dass er nicht der Einzige war, der den Weg ins Tal nahm.

Auf dem Bahnsteig stand eine Handvoll Leute. Ein gutes Zeichen, dann musste bald ein Zug eintreffen. Nichts wie weg aus diesem trostlosen Kaff. Die Bahnhofsuhr ging richtig. Schon in fünf Minuten, wie Warenka nach einem Vergleich seiner Armbanduhr mit dem Aushang feststellte, würde er auf dem Weg nach Köln sein. Auf dem Weg zu der Schwarzhaarigen. Er ging ein Stück vor, bis zu der Stelle, wo der Triebwagen mit der ersten Klasse halten würde, und blickte zurück in Richtung Bahnhofsgebäude.

Wohin der Mann vom Berg sich gestellt hatte, wusste er nicht. Im gelben Licht der Laternen sahen alle gleich aus. Wattierte, dunkle Winterjacken. Resignierte Gesichter. Der Zug ließ auf sich warten. Das Geläut der Schranken wollte sich nicht in Gang setzen.

»Der Zug kommt planmäßig zehn Minuten zu spät«, mäkelte ein Mann herum, der neben ihm stand.

Warenka zuckte mit den Schultern.

»Keiner sonst kann sich das leisten. Die haben halt das Monopol.«

»Sie sagen es.« Warenka ging ein paar Schritte auf und ab, um dem Gespräch zu entgehen, aber der Mann war hartnäckig und folgte ihm. Er trug eine gefaltete Zeitung unter dem Arm.

»Ich weiß gar nicht mehr, wann zuletzt noch mal einer pünktlich war. Die kriegen das einfach nicht hin. Und Ausreden haben die. Mal sind die Weichen vereist, dann liegen Blätter auf den Schienen, dann gibt es Stellwerkprobleme oder einen Triebwagenschaden, mal steht eine Kuh auf dem Gleis, mal sitzt dem Lokführer was quer. Und erst die Preise. Kostet ein halbes Vermögen, mit dem Zug zu fahren. Und dann diese ganzen Streiks!«

»Sie sagen es«, wiederholte Warenka zusehends genervt.

»Kein Wunder, dass sich immer wieder mal einer aus lauter Verzweiflung vor einen Zug wirft.« Als Warenka nicht antwortete, fuhr er fort: »Andererseits, die Gewerkschaft tut gut dran, zum Streik aufzurufen. Wenn sie den Tarifvertrag unterschreiben würde, wäre das ihr Todesurteil. Dieser Mehdorn ist und bleibt eine einzige Katastrophe«, sagte der Mann. »Wissen Sie eigentlich, woher der kommt?«

»Nein.« Warenka ergab sich, er sah keine Möglichkeit, diesem Mann zu entkommen, ohne den Bahnsteig zu verlassen.

»Von Berufs wegen ist er bloß ein Maschinenbauingenieur. Er war lange ein hohes Tier bei Airbus und RWE. Dass er nun die Bahn kaputt macht, haben wir dem Schröder zu verdanken.«

»Dem Schröder?«, fragte Warenka scheinbar interessiert.

Das Geläut der Schranken setzte ein, ein Aufatmen ging durch die Reihen, aber Warenkas Verfolger meinte: »Wenn das mal nicht der Gegenzug ist.«

Er war es nicht, und Warenka war erleichtert, in der ersten Klasse verschwinden zu können. Dankbar stellte er fest, dass der Schwätzer ihm dorthin nicht folgte. Es hätte ihn auch gewundert. Warenka war wie immer der Einzige, der sich dieses Privileg gönnte. Platz und Ruhe. Er brauchte die Distanz einfach für sein Wohlbefinden.

Er legte den Mantel ab und ließ sich bewusst nicht in Fahrtrichtung nieder. Mit einer gewissen Genugtuung zog er es vor, durch die Glastür die Mitreisenden in der zweiten Klasse zu beobachten, die keinen Platz gefunden hatten und sich in den Gängen festhielten.

Ein junger Mann lehnte mit seinem Rucksack an der Tür. Als der Zug anfuhr, drehte er sich um. Vor seiner Brust trug er ein zusammengezurrtes Akkordeon. Er trug eine alte Lederjacke und einen grünen Schal. Unverhohlen stierte er Warenka mit großen, tiefliegenden Augen an, als sei dieser ein seltenes Tier im Zoo. Das Pickelgesicht eines Teenagers, dachte Warenka. Einen Friseur hatte er auch schon lange nicht gesehen.

Obschon Warenka versuchte, seinen lästigen Zuschauer zu ignorieren, fühlte er sich unbehaglich unter dessen Blick. Eine Frechheit. Eine Zumutung. Die Sitzposition zu wechseln, hielt er für unangemessen. Das hatte er nicht nötig. Er zog stattdessen sein Laptop hervor, schaltete es ein und fragte sich, warum die Tür zwischen den beiden Klassen aus Klarglas war. Was hatte man sich dabei gedacht? War noch niemand auf die Idee gekommen, die Erste-Klasse-Reisenden vor missgünstigen Blicken zu schützen? Milchglas würde reichen. Wenn er beruflich nicht so ausgelastet wäre, würde er sich dafür einsetzen.

Zwei Stationen weiter, als der Eifel-Express am Bahnhof Blankenheim Wald hielt, hatte Warenka Gelegenheit einen Blick auf den Bahnsteig zu werfen. Die Schwarzhaarige war nicht unter den Wartenden. Er hätte sie sofort erkannt.

Gestern hatte er im Institut im Rechner die Namensliste seiner Studenten und Studentinnen aufgerufen. Niemand wohnte in Blankenheim. Auch niemand von der Warteliste. Zwei oder drei Studenten kamen aus der Eifel. Einer sogar aus Trier. Ein gewisser Tim Nebel, aber der hatte im letzten Moment gekniffen und seinen Platz jemand anderem überlassen. Sie wird jemanden in Blankenheim besucht haben.

Bis Köln würde sich nun nicht mehr viel ereignen. Den hartnäckigen Blick des jungen Mannes hinter der Glastür nahm er aus den Augenwinkeln wahr. Warenka stellte das Laptop neben sich, schlug die Beine übereinander und zupfte an der Bügelfalte seiner Hose. Er trug Kniestrümpfe, weil er es hasste, wenn zwischen Hosenbein und Socke nackte Haut zum Vorschein kam. Kleider machen eben doch Leute. Auch die Schwarzhaarige schien sich darüber im Klaren zu sein. Ihre Kleidung war tadellos gewesen. Wenn auch der Rock für andere vielleicht eine Idee zu kurz war.

Sie war schon da, als er den Hörsaal betrat. Wieder ganz allein in der ersten Reihe. Wieder ganz außen, auf dem vorletzten Platz links. Einen Atemzug lang hielt Warenka auf ihrer Höhe inne, sah durch die lange, leere Stuhlreihe hindurch bis zu ihr und auf den kurzen, schwarzen Rock und die schwarzen Strümpfe. Er sah mehr als ein Knie. Ihre Jacke lag neben ihr. Sie strich ihren Pony zurück und blickte ihn aufmerksam an. In Hochform betrat Warenka daraufhin die Bühne.

Es war wie beim ersten Mal. Sie notierte nichts und verließ den Hörsaal, kurz bevor er seinen Vortrag beendet hatte.

Wir sehen uns, dachte er, als die Tür hinter ihr zufiel.

In seinem Büro zog er die Kaffeetasse näher zu sich heran. Er hatte heute mehr Zeit als sonst, denn er wollte wieder den Zug nehmen, den, den sie letztes Mal in Blankenheim verlassen hatte. Er malte sich aus, was er tun würde, wenn er sie träfe. Er würde sie ansprechen. Er hatte das Gefühl, sie wartete darauf. Sie hätten über eine Stunde Zeit füreinander. Für sie würde er sogar auf die erste Klasse verzichten. Oder noch besser; sie überreden, sich zu ihm zu setzen. Er würde mit großzügiger Geste alle anfallenden Kosten übernehmen, falls ein Zugbegleiter käme. Das würde ihr sicher gefallen. Er würde sie ein wenig ausfragen, Interesse an ihr zeigen, das sollte seine Wirkung tun. Es musste ihr schmeicheln, wenn ein Mann wie er ihr seine Zeit opferte.

Er lehnte sich zurück. Er war sich seiner Sache sicher. Man sagte ihm Charme nach und eine gewisse Wirkung auf Frauen. Beides hatte er noch nicht bewusst eingesetzt. Es reichte ihm zu wissen, dass er könnte, wenn er wollte. Bisher. Auch traf er nicht so viele kleine Frauen. Studentinnen waren tabu. Eigentlich. Er war sich der Rechte und Pflichten in seiner Position bezüglich Abhängiger bewusst. Aber die Schwarzhaarige war eine Ausnahme. In jeder Beziehung. Eine, für die diese Regel nicht galt. Überhaupt keine Regel. Eine Frau wie sie traf man nur einmal im Leben.

Es klopfte an seiner Tür.

Er nahm einen Schluck Kaffee und setzte die Tasse auf seinem Schreibtisch ab. Er schmeckte nicht wie sonst. Ungehalten über die Störung rief er: »Ja, bitte«, lehnte sich in seinem Sessel zurück und setzte eine gelangweilte Miene auf. Die Türklinke wurde heruntergedrückt.

Und dann ging alles ganz schnell. Warenka flog aus seinem Sessel in den Stand, als sie um die leicht aufgeschobene Tür blickte.

»Darf ich?« Die vollen, roten Lippen leicht geöffnet, die viereckige, schwarze Brille auf der Nasenspitze, den Pony bis auf die Augenbrauen, aus der Pagenfrisur hatten sich ein paar Haare gelöst. Sie schien ein wenig atemlos.

»Selbstverständlich«, versicherte er, war mit zwei Schritten bei ihr und riss die Tür auf. »Kommen Sie herein.«

Kaum stand sie in seinem Büro, drückte er die Tür hinter ihr zu. Sie war einen Kopf größer als er. Aber das lag nur an ihren hohen Schuhen, sagte er sich. Hoffentlich kam jetzt keiner. Einen Kaffee für sie, so gerne er würde, konnte er nicht kommen lassen. Dann wäre es in Sekunden durchs ganze Haus.

Er wies auf den Stuhl vor seinem Schreibtisch und wollte warten, bis sie saß, ehe er sich selbst niederließ. Doch sie blieb einfach da auf der Stelle stehen. Ihre Jacke war offen. Warenka ging an ihr vorbei, so dicht, dass er ihr Parfüm einatmete. Er rang um Fassung und fand schließlich auf dem Rand seines Sessels Halt.

Sie zog ihren Rock ein wenig hoch, als sie sich auf seinen Schreibtisch schob, keinen halben Meter neben ihn. Er sah zu ihr auf, aber in den Augenwinkeln hatte er den Anblick ihrer knapp bedeckten Oberschenkel.

»Was kann ich für Sie tun?«, fragte er. Sein Mund war trocken. Seine Stimme klang heiser. Um seine Hände zu beschäftigen, griff er nach dem Kugelschreiber, nahm ihn nervös von der rechten Hand in die linke, ehe er ihn weglegte. Die gleiche, hilflose Behandlung erfuhr sein Terminkalender. Mit todernster Miene sah sie auf ihn herab und schwieg.

»Besuchen Sie eines meiner Seminare?«, fragte Warenka unsinnigerweise.

Sie nickte.

»Ich habe sie vorher noch nicht gesehen.«

»Ich fange auch offiziell erst im nächsten Semester an, aber ich wollte schon mal ein bisschen reinschnüffeln, wenn Sie gestatten.«

»Selbstverständlich. Gerne. Ich freue mich über Ihr Interesse. Sagen Sie mir Ihren Namen?«

»Michaela.« Sie sagte es, ohne die Lippen zu bewegen.

Warenka schluckte. »Michaela, und wie weiter?«

Sie ließ die Frage offen.

Als Warenka die Pause ungemütlich lang vorkam, fragte er: »Gibt es Probleme, Michaela?«

»Ja«, sagte sie leise und wippte mit den Füßen. Keinen halben Meter neben den Armlehnen seines Sessels. Er müsste nur die Hand ausstrecken. »Mir fehlt Literatur.«

»Wir haben eine Bibliothek nebenan.«

»Ich weiß.«

»Ich kann Ihnen nur empfehlen, sich dort umzusehen.«

»Das habe ich getan«, meinte sie und legte ihre Hände auf ihre Oberschenkel. Warenka sah aus den Augenwinkeln ihre lackierten Fingernägel, zehn dunkelrote Punkte. »Sie ist wirklich sehr umfangreich. Ich komme nicht weiter.«

Warenka räusperte sich erleichtert. »Wenn es das ist. Da kann ich helfen. Ich zeige Ihnen gern die Bücher, die meine Seminare betreffen, sie befinden sich nämlich im Handapparat und ...«

»Wann?«, unterbrach sie ihn.

Warenka glaubte eine Dringlichkeit aus dieser Frage herauszuhören. Sofort, hätte er am liebsten gesagt, wir haben noch Zeit, ehe unser Zug geht. Aber er rief sich zur Mäßigung und Besonnenheit und öffnete seinen Terminkalender. Er blätterte und tat, als suche er eine letzte freie Minute.

»Morgen, um die gleiche Zeit?«, fragte er schließlich.

Sie nickte.

»Gut. Ich erwarte Sie also in der Bibliothek, Michaela. Es wird nicht lange dauern.«

In dem Augenblick, in dem sie vom Schreibtisch rutschte, sah Warenka taktvoll weg und zum Fenster hinüber. Sein Büro befand sich im Parterre. Ein Gesicht tauchte auf und wieder ab, als sei jemand hochgesprungen, um in das Zimmer zu spähen. Vielleicht nicht zum ersten Mal. Das Gesicht eines Mannes, umrahmt von langen, krausen Haaren. Ein Gesicht, das Warenka schon irgendwo gesehen hatte. Er war versucht aufzustehen, um nachzusehen, als er ihre Stimme hörte.

»Das ist reizend von Ihnen.« Sie stand bereits in der Tür.

Warenka erhob sich, trat auf sie zu und streckte ihr die Hand entgegen. »Gerne. Bis morgen also?«

Seine Hand verharrte unberührt in der Luft, bis Warenka begriff, dass Michaela nicht die Absicht hatte, ihre hineinzulegen. Schwungvoll öffnete er die Tür und sah ihr nach, wie sie über den Flur Richtung Ausgang davonging, in dieser unverwechselbaren Art und ohne sich noch einmal umzublicken. Und ihre Beine schienen bei jedem Schritt, mit dem sie sich von ihm entfernte, länger zu werden.

Er seufzte.

»Herr Dr. Warenka?« Jenny stand neben ihm. Er wusste nicht, wie lange schon. Ihrem spöttischen Lächeln nach zu urteilen, hatte sie mehr gesehen, als gut für ihn war. »Wer war das denn?«, fragte sie. »Die hab ich hier noch nie gesehen.«

»Das müssen Sie auch nicht. Sie sind ja auch nur eine Vertretung«, speiste Warenka sie ab, um jede Spekulation zu unterbinden.

»Ph!«, machte Jenny. »Hier sind Ihre Kopien!«

Er nahm den Stapel an sich, war mit zwei Schritten in seinem Büro und knallte die Tür zu. Die Papiere warf er in hohem Bogen auf seinen Schreibtisch. Er konnte sich nicht erinnern, Kopien angefordert zu haben. Diese Jenny war vorlaut und für den Job ungeeignet. Sobald Frau Wagner aus dem Urlaub zurück war, den sie ganz plötzlich und ungeplant beantragt hatte, würde er das zur Sprache bringen.

Auf der Suche nach Michaela ließ Warenka seine erste Klasse zunächst links liegen. Er wechselte in Euskirchen den Waggon. Geistesabwesend starrte er durch die Fenster und auf den roten Nothammer, der über einer Scheibe hing, deren Sollbruchstelle mit einem roten Punkt gekennzeichnet war. *Missbrauch strafbar*. Warenka hoffte, er würde nie in eine Situation kommen, in der er den Hammer aus seiner Verplombung reißen musste. Am meisten fürchtete er die Panik, die unter den Mitreisenden ausbrechen würde.

Er blickte auf die Uhr. Kurz bevor der Zug den Bahnhof Blankenheim Wald erreichte, stellte er sich an eine der Türen. Er wollte der Erste sein. Er musste sie sehen. Warenka stieg aus, Michaela nicht. Heute also nicht. Ein vergeudeter Tag.

Missmutig begab er sich in den ersten Waggon und schob mit dem Aktenkoffer einen Fahrgast beiseite, der ihn auf dem Weg in die 1. Klasse behinderte. Der Mann leistete Widerstand, stemmte sich gegen ihn und starrte ihn herausfordernd an. Mit gerötetem Gesicht, das übersät von roten Pickeln war, und von langen, krausen Haaren eingerahmt wurde.

Wenn das mal nicht der Junge von heute Morgen war, dachte Warenka zornig. Jäh durchfuhr ihn ein anderer Gedanke: War das nicht auch der Junge, der vor seinem Fenster herumgesprungen war? Aber nein! Unmöglich! Er fantasierte. Er sah Gespenster!

Warenka zwängte sich durch die Glastür und ließ sich in Fahrtrichtung fallen. Als sich hinter ihm die Tür noch einmal öffnete und ein Fahrgast eintrat, drehte er sich nicht um.

9. Kapitel

»Das ist ganz bestimmt ein *red herring*«, erklärte Sonja ihren beiden Haustieren, während sie sich ein Frühstück bereitete.

Sie beobachteten sie aufmerksam, als hätten sie verstanden, es gäbe gleich Fisch in die Näpfe.

»Das ist nichts zu essen, Leute, das ist die Bezeichnung für ein Ablenkungsmanöver.«

Davis und West hielten ihre Ansprache ebenfalls für ein Ablenkungsmanöver und machten sich in der Nähe ihrer Futterstelle parat.

»Diese Bezeichnung stammt aus dem 19. Jahrhundert, als flüchtige Kriminelle geräucherte Heringe auslegten, um durch den Geruch Spürhunde abzulenken und auf eine falsche Fährte zu locken. Verstanden?«

Davis und West waren mit allem einverstanden, Hauptsache Sonja fing endlich an, Futterdosen zu öffnen.

»Oder es ist ein MacGuffin. Ihr fragt euch jetzt sicher, ob man den wenigstens fressen kann.«

Davis und West waren auf das Wort Fressen konditioniert. Sie fixierten Sonja mit geweiteten, starren Pupillen, West schluckte, Davis begann zu speicheln.

»Kann man nicht, Leute. Ein MacGuffin ist ebenfalls ein Begriff. Und zwar für Objekte oder Personen, die eine Handlung in einem Thriller auslösen oder vorantreiben, ohne selbst von größerer Bedeutung zu sein. Okay?«

Das Interesse ihrer Haustiere an Informationen dieser Art hielt sich in Grenzen. Unruhig tippelten sie von einem Bein auf das andere.

»Ach, ihr denkt immer nur an das eine.«

Nachdem die Futternäpfe gefüllt waren und das schmatzende Geräusch in der Wohnküche das einzige war, dozierte sie weiter: »Es war übrigens kein Geringerer als Alfred Hitchcock, der diesen Begriff erfunden hat. Es gibt da eine hübsche Geschichte und zwar hat mal einer im Zug ...« Miss Marple klingelte auf der Anrichte. »Moment, gleich geht's weiter. Ja?«

Bernd Wesseling kam wie üblich ohne Umschweife sofort auf sein Anliegen zu sprechen: Er wolle sich kurz versichern, ob Sonja den Dienst in Euskirchen auch wirklich anzutreten beabsichtige.

»Selbstverständlich!«, behauptete sie entrüstet. »Ich bin bereits mit dem Zug in Euskirchen gewesen und habe dort die Lage gepeilt.«

»Gefällt dir das Gebäude?«, fragte Wesseling.

»Hm«, machte Sonja.

»Hast du mit Roggenmeier gesprochen?«

»Das Kommissariat ist nur fünfhundert Meter vom Bahnhof entfernt«, lenkte Sonja ab. »Die bewältige ich zu Fuß. Das ist eine Kleinigkeit für mich.«

»Was ist mit deinem Auto?«, fragte Wesseling. Er klang besorgt.

»Es geht ihm nicht gut.

»Je nun.«

»Weißt *du* wenigstens, was oder wer ein MacGuffin ist?«

»Ich gehe grundsätzlich nicht zu McDonald's.«

»Ach, du bist genau wie Davis und West. Das ist nichts zu essen.«

»Oh, ich verstehe. Ein Mann, also«, spekulierte Wesseling. »Hat er was verbrochen?«

»Nein«, sagte Sonja.

»Dann kann ich ihn nicht kennen.«

Sonja resignierte. Nicht einmal ein Staatsanwalt, der von Gesetzes wegen mit Lug und Trug beschäftigt ist, kannte sich im kriminellen Vokabular aus. Das war der Niedergang der Kultur.

»Soll ich dich vielleicht am Montag nach Euskirchen fahren?«, erkundigte sich Wesseling.

»Mal sehen, das ist ja noch lange hin.«

»Nächste Woche ist es soweit.«

»Wie bitte?«, fragte Sonja entsetzt.

»Ja, dann ist der 17. Dezember.«

»O je!« Sie hatte sich mental und moralisch überhaupt noch nicht auf das Datum eingestellt. Sie musste ihren Kleiderschrank unbedingt nach passender Garderobe durchsuchen. Sie hatte die Kleiderordnung in den letzten Monaten etwas schleifen lassen. Und sie musste dringend zum Friseur. Und überhaupt.

Eines war Sonja aber klar. Es war nicht die Hilfsbereitschaft, die Wesseling zu diesem Angebot trieb, er wollte sicher gehen, dass sie ihren Dienst wirklich antrat. Das war Nötigung, fand sie. Andererseits reizte sie der Gedanke, anstatt zu Fuß und allein im eleganten Audi in Begleitung eines renommierten Staatsanwalts in Euskirchen auf dem Dienstparkplatz vorzufahren. Dann wüsste gleich jedermann, was die Uhr geschlagen hatte.

»Gut. Hol mich ab. Das kann nicht schaden«, stimmte sie zu.

»Dann werde ich am Montag gegen neun Uhr bei dir sein«, sagte er und fragte: »Was ist denn nun ein MacGuffin?«

»Grazia«, antwortete Sonja.

Stille am Ende der Leitung.

»Alias Kerstin Warenka.«

Stille am Ende der Leitung.

Sonja sah Wesselings Gesicht vor sich. Hochgezogene Augenbrauen. Skeptischer bis argwöhnischer Blick. In knappen Worten berichtete sie von ihrem neuen Auftrag und ihrer Ahnung, dass es bei der Beschattung des Dr. Gero Warenka vermutlich gar nicht um seine Affäre ging.

»Verzettele dich nicht«, riet er, als sie geendet hatte.

»Das ist nicht meine Art.«

»Je nun.«

Wesselings Ratschlag noch im Ohr, machte sie einen Plan für den Tag. Schön der Reihe nach. Eine alte Frau ist ja kein D-Zug. Laut Fahrplan ging der nächste Zug von Kall nach Köln erst um 10.40 Uhr, falls er pünktlich war.

Die Untersuchung ihres Kleiderschranks musste bis zum Abend warten. Ihr weiter Wintermantel sollte das Darunter kaschieren, der neue Topfhut die zerzauste Frisur. Ihre Haustiere waren versorgt. Die versprochene Geschichte zum MacGuffin interessierte sie sowieso nicht.

Im Wetterbericht sprachen sie gerade von einer stabilen Inversionslage. Oben warme, unten kalte Luftströme. Bis auf Weiteres kein Regen. Kein Schnee. Hoch Bernhilde sei dafür verantwortlich. Sonja schaltete das Radio aus. Es konnte losgehen. Sie dachte sogar daran, das Handy einzupacken.

Das *Private Institute for Applied Economics* auf der Oberländerstraße lag in der Nähe der Südbrücke recht idyllisch zwischen Rhein, Römer- und Friedenspark mit dem dazugehörigen Fort I. Obwohl Kölnerin, hatte es Sonja in diesen Teil der Südstadt nie verschlagen. Weder dienstlich noch privat.

Um 12.30 Uhr stand sie vor der verschlossenen Tür mit dem Schild *Ingrid Wagner, Anmeldung & Sekretariat* und verfluchte Wesseling, den Störenfried. Wenn er nicht angerufen hätte, dann wäre sie vielleicht rechtzeitig hier gewesen. Sonja hörte Schritte hinter der Tür, sie wurde aufgeschlossen, und eine Frau tauchte im Türrahmen auf.

»Sind Sie *Frau Wagner*?«, fragte Sonja.

»Nein, die Vertretung. Frau Wagner hat Urlaub.«

Eine kleine, energische Person im Mantel erschien. Blond. Mitte zwanzig. Hübsch.

»Guten Tag«, sagte Sonja artig. »Ich möchte gern zu Herrn Dr. Warenka.«

»Er ist in seinem Seminar«, sagte die Vertretung, sah vorwurfsvoll auf ihre Armbanduhr und musterte dann Sonjas Hut eingehend. Er war nicht besonders modisch, das wusste Sonja selbst. Das war das Ziel gewesen.

»Wo?«

»In Raum 008.«

»Danke, Frau ...«, sagte Sonja und wollte sich abwenden.

»Jenny Pützer. Da können Sie jetzt aber nicht einfach reingehen«, entrüstete sie sich.

»Nein?«

»Ich habe zwar längst Feierabend, aber ich kann Ihnen vielleicht weiterhelfen, wenn es nicht zu lange dauert.«

»Bestimmt«, sagte Sonja und stellte ihre Tasche zwischen die Füße. »Erzählen Sie mir etwas über ihn?«

»Wer sind Sie, wenn ich fragen darf?«, fragte Pützer skeptisch.

Sonja war auf diese Frage vorbereitet. »Journalistin. Ich schreibe einen Bericht über die Professoren und Dozenten dieser Stadt. Herrn Dr. Warenka habe ich per Zufallsgenerator auserwählt.«

»Wenn das so ist. Was wollen Sie denn wissen?«

»Persönliches und Dienstliches«, sagte Sonja. »Alles, was interessant ist.«

»Ich weiß nicht viel über ihn. Er ist schon seit zwölf Jahren hier«, begann Pützer.

Sonja bückte sich, holte einen Notizblock aus ihrer Tasche und notierte. »Wo arbeitete er vorher?«

»Das weiß ich nicht. Aber ich weiß, dass er verheiratet ist, keine Kinder hat und in der Eifel wohnt.«

»Er ist verheiratet?«, fragte Sonja und tat erstaunt. »Ich habe gehört, dass er hier eine Freundin hat.«

»Nein!«, entrüstete sich Pützer. »Das wüsste ich. Wie gesagt, er ist sehr korrekt.«

»Wie alt ist er?«

»Anfang fünfzig.«

»Ist er beliebt?«

»Ich glaube schon. Ich persönlich komme gut mit ihm zurecht.«

»Hat er irgendwelche ... Vorlieben oder Macken?«

Pützer überlegte kurz. »Nein. Er ist immer sehr korrekt.«

Sie wiederholte sich. Und wenn Warenka Macken hätte, würde sie sie nicht erwähnen. Eine sehr loyale Person, dachte Sonja, die ideale Mitarbeiterin. »Würden Sie mir wohl die Anschrift und Telefonnummer von Frau Wagner geben?«

Jenny Pützer kannte beides auswendig. Frau Wagner wohnte nicht weit vom Institut. Die Aussage der Vertretung war so dürftig gewesen, dass es sich lohnen würde, die Sekretärin zu interviewen.

»Haben Sie etwas dagegen, wenn ich gleich ein paar Studenten befrage?«, fragte Sonja.

»Ich weiß nicht ...«

»Danke, Frau Pützer. Das war's auch schon.«

Pützer schien erleichtert. »Sein Seminar ist in einer Viertelstunde zu Ende. Dann bringt er seine Unterlagen ins Büro und geht in die Stadt zu Tisch. Er isst nicht hier im Casino. Wenn er Hunger hat, sollten Sie ihn aber besser nicht stören.«

Aha, dachte Sonja. Eine Macke hat er doch.

»Um Punkt 14 Uhr kommt er zurück in sein Büro. Das liegt den Gang hinunter auf der rechten Seite. Sein Name steht dran. Er hat dann eine Stunde Zeit bis zu seinem nächsten Seminar. Sie müssen aber klopfen.«

»Natürlich werde ich klopfen«, versprach Sonja. »Ich bin gut erzogen.«

Pützer schloss die Bürotür von außen ab und verschwand in ihren Feierabend.

Solche Dienstzeiten hätte ich gern, sagte sich Sonja. Vielleicht gab es in Euskirchen eine halbe Stelle, die zu besetzen war. Das wäre geradezu ideal. Genügend Freiraum, um weiter als Detektivin tätig zu sein. Und Freiraum, um gar nicht tätig zu sein.

Sie studierte die Aushänge am Schwarzen Brett. Seminare und Kolloquien waren dort aufgelistet, Zimmer und Fachbücher wurden gesucht und angeboten. Nebenbei erfuhr Sonja, dass die Institutsbibliothek im Nachbargebäude untergebracht war.

Noch fünf Minuten bis zum Ende der Veranstaltung. Als die Gänge sich langsam mit Studenten, Studentinnen und Dozenten zu füllen begannen, suchte Sonja nach einem Gesicht, das zu dem Foto passte, das Grazia ihr überlassen hatte. Als ihr das nicht gelang, sprach sie einige Studenten an. Und sie bekam wertvolle Auskünfte.

»Der Warenka ist unnahbar.«

»Der Warenka ist nicht der Größte.«

»Was für ein Langweiler. Er mag ja Ahnung haben, aber seine Seminare sind einfach ätzend.«

»Ich mag ihn nicht. Er ist eingebildet und hochnäsig.«

»Typisch kleiner Mann. Genau wie Nicolas Sarkozy«, sagte eine Studentin.

»Gibt es eine Carla Bruni?«, fragte Sonja nach.

»Nee!«, antwortete die junge Frau lachend. »Nicht unter uns. Das wüsste ich. Das wäre das Gesprächsthema im Institut. Hier bleibt so leicht nichts geheim.«

»Wissen Sie was?«, meinte ein Student, der schon jetzt kein einziges Haar mehr auf dem Kopf hatte. »Man könnte glatt auf die Idee kommen, da bilde sich statt der Achse des Bösen die Achse der kleinwüchsigen Männer, denken Sie nur, Berlusconi, Prodi oder Putin ...«

»Aber, aber«, widersprach Sonja. »Übertreiben Sie da nicht ein wenig? Warenka ist doch nur ein kleiner Dozent.«

»Mit der gleichen Neigung zu Dominanz. So wie Prodi, der ist nur einsvierundsiebzig, Berlusconi einseinundsiebzig, Putin einssiebenundsechzig, Sarkozy einsfünfundsechzig. Viel mehr wird der Warenka auch nicht haben.«

Sonja war beeindruckt. »Sie wissen aber gut Bescheid.«

Mit ausladender Geste gab ihr der Student zu verstehen, dass er das für Basiswissen hielt. Er selbst war knapp einsneunzig, schätzte Sonja. Er hatte also gut reden.

Die Mittagspause nutzte Sonja, um Frau Wagner, die Sekretärin des Instituts, die in der Nähe des Chlodwigplatzes wohnte, aufzusuchen.

Hinter ihrem Sonderurlaub schien sich eine Krankheit zu verbergen, von der sie vermutlich bei ihrem Arbeitgeber kein Aufheben machen wollte. Sie öffnete die Tür im Morgenmantel und wirkte lethargisch und desorientiert, als stehe sie unter Medikamenten oder Drogen. Mit einer Journalistin hätte sie nicht gesprochen, das spürte Sonja sofort, deswegen gab sie sich als Polizistin zu erkennen und erging sich in vagen Andeutungen. Sie sei einer Betrügerin auf den Fersen, deren Opfer sie, als verantwortliche Sekretärin, vielleicht geworden sei. Sie rannte eine offene Türe ein.

Während Frau Wagner unruhig wie ein eingesperrtes Tier durch ihre Wohnung lief, kam nach und nach ans Tageslicht, dass ein Fehltritt, den sie zutiefst bereute, es ihr vermutlich unmöglich machte, Herrn Dr. Warenka jemals wieder ins Gesicht zu schauen. Sie war eine treue Seele.

»Ich habe mich erpressen lassen«, gestand Frau Wagner stockend und fuhr sich nervös durchs Gesicht.

»Von wem?«, fragte Sonja und lief hinter ihr her.

Frau Wagner fegte die Frage mit einer fahrigen Geste beiseite. »Es ging um einen Studienplatz. Die Studienplätze in unserem Institut sind heiß begehrt.«

»Das kann ich mir denken. Aber – womit konnte man Sie erpressen, ich meine, Sie sind nur eine Sekretärin, verstehen Sie mich nicht falsch, aber, ich meine ...«

Frau Wagner fuhr zu ihr herum. »Es ging nicht um Geld.«

»Oh, Entschuldigung.«

»Mein Mann ...«

»Ihr Mann?«, wiederholte Sonja. »Wo ist er?«

»Ich habe ihn rausgeworfen.«

»Das war gut«, sagte Sonja vorschnell.

Frau Wagners Blicke sagten das Gegenteil. »Ich habe es nur für ihn getan. Er wollte unbedingt, dass eine ganz bestimmte junge Frau studiert. Ein Bekannter von ihr war angeblich bereit, auf seinen Platz zu verzichten. Normalerweise geht das nicht. Es gibt Wartelisten. Mein Mann wollte auch die Studiengebühren bezahlen. Ich sollte das arrangieren.«

»Und Sie haben es getan?«

Frau Wagner bückte sich, hob einen Flusen vom Boden auf und sagte vor sich hin: »Und wozu? Der Dreckskerl!«

»Wie heißt denn diese Frau?«, fragte Sonja.

»Das möchte ich lieber nicht sagen.«

Dr. Gero Warenka stand vorne hinter dem Pult und unterbrach seinen Vortrag, als Sonja den Hörsaal verspätet betrat und ihr die Tür mit einem lauten Knall aus der Hand fiel. Allgemeines Zusammenzucken. Geschätzte dreißig Köpfe wandten sich ihr zu. Sie steuerte die erste Reihe an, wo reichlich Platz war. Unversehens geriet sie ins Stolpern und konnte sich im letzten Augenblick aufrecht halten. Allgemeines Kichern. Sie blickte zurück. Nichts hatte ihr im Wege gestanden. In der ersten Reihe rückte sie den Stuhl am Gang mit lautem Schaben zurecht, sackte laut seufzend darauf nieder, ließ ihre Tasche zwischen ihre Füße fallen, diese kippte um, das Handy fiel heraus, und ein Stift rollte davon. Sonja bückte sich, sammelte beides ein, legte dann die Hände in den Schoß und lächelte unter ihrem Hut in die Runde.

»Wenn ich jetzt fortfahren dürfte«, sagte Dr. Gero Warenka ungehalten.

Sonja nickte gnädig. Die Studenten auf den Gängen hatten ihn ganz richtig beschrieben. Sie hatte dem nichts hinzuzufügen, und sein Gesicht entsprach dem Foto. Er war in der Tat kein griechischer Held.

Der Vortrag war gespickt mit Fremdwörtern, die Sonja nie gehört hatte, und die sie sich, trotz ihrer Fremdsprachenkenntnisse, nicht erklären konnte. Gelangweilt blickte sie die leere erste Reihe entlang, erst am anderen Ende saß jemand. Eine schwarzhaarige, schmale Frau mit schwarzer Brille, die angestrengt nach vorne sah. Ganz im Gegenteil zum Rest der Anwesenden in den übrigen Reihen, die mit allem Möglichen beschäftigt waren. Handys wurden bedient, Papiere ausgetauscht, es wurde getuschelt, oder man verschlief ganz einfach die Vorstellung. Einige schrieben sogar mit. Sonjas Augenlider wurden schwer. Jetzt einen Kaffee!

Nach einer nicht enden wollenden Zeit, Dr. Warenka sprach immer noch, erhob sich die Schwarzhaarige plötzlich, stolzierte vor der ersten Reihe einher. Ihr Blicke und der des Professors trafen sich.

Keine Frage, die Frau hatte schöne, lange Beine, die in schwarzen Strümpfen steckten. Ihr Rock war verdammt kurz. Die Absätze ihrer Schuhe waren deutlich zu hoch. Doch sie konnte sich das alles leisten.

Dieser Meinung schien auch der Professor zu sein. Für diese Frau unterbrach Warenka gern ein weiteres Mal seine Rede, dieses Mal mit einem nahezu wehmütigen Blick und leicht geöffnetem Mund.

Vor Sonja angekommen, bog die Frau mit einem kleinen Hüftschwung in den Gang ein und verschwand lautlos hinter der Tür.

Nun hielt Warenka auch nicht mehr viel an seinem Rednerpult. Er kam zu einem schnellen Ende und verließ die Veranstaltung, ehe die Studenten sich aus ihren Stühlen geschält hatten.

Mit den Worten »Keine Zeit« fertigte Warenka Sonja ab, als sie kurz darauf an seine Bürotür klopfte, um ihn zu interviewen. Er schloss die Tür ab und verließ das Gebäude. Draußen bog er nach rechts ab. Er trug nichts in seinen Händen außer einem Schlüssel. Sonja folgte ihm in angemessenem Abstand.

Sie sah, wie er ein Nebengebäude betrat. Die Schwarzhaarige wartete draußen nicht auf ihn, stellte Sonja bedauernd fest. Es hätte sie nicht gewundert. *Bibliothek* stand auf einem Messingschild neben dem Eingang. Vielleicht trafen sie sich zwischen den Regalen. Sonjas Blicke wanderten am Gebäude entlang. Sie stutzte. Zwischen zwei parkenden Autos sprang ein junger Mann ganz ungeniert mit den Händen an der Fensterbank aus dem Stand hoch, wieder und wieder, wie ein Yo-Yo, um in das Gebäude hineinsehen zu können. Seine langen, krausen Haare wippten im Takt.

Sonja war mit einigen Schritten bei ihm. »Warum gehen Sie nicht hinein?«

Sein Adamsapfel hüpfte, als er auf dem Boden landete. Sein grüner Schal hatte sich auf seiner Schulter verheddert. Er setzte zum Weglaufen an, als Sonja eine Hand in den Ärmel seiner abgewetzten Lederjacke krallte. Entsetzt starrte er auf ihre Hand und versuchte sie abzuschütteln. »Lassen Sie mich los.«

»Sofort. Wenn Sie mir sagen, was sie da drin gesehen haben«, befahl Sonja.

»Ich denke nicht daran.« Trotzig sah er ihr in die Augen.

War das nicht der junge Mann, der kurz vor Hergarten verstört am Straßenrand gesessen hatte? Der kleine Musikant mit den Pickeln im Gesicht? Struwwelpeter? Entsetzt ließ Sonja ihn los. »Wie kommen Sie denn hierher?«

»Und Sie?«, fragte er zurück und reckte das Kinn in die Luft.

»Ich bin Privatdetektivin, das wissen Sie doch. Ich bin überall. Und was gibt es da drinnen zu sehen?«

»Nichts«, sagte er.

»Hören Sie, ich bin vielleicht schon ein bisschen älter, aber springen kann ich noch. Und zwar ziemlich gut. Außerdem kann ich einfach hineingehen und nachsehen.«

»Dann gehen Sie doch.«

Sonja seufzte. »Dieser Warenka ist da drin, nicht wahr?«

Er nickte.

»Haben Sie mit dem ein Problem?«

Er schüttelte den Kopf.

»Ist er allein?«

Er schüttelte den Kopf.

»Die Schwarzhaarige ist bei ihm?«, fragte Sonja.

Er nickte.

»Und die beiden lesen nicht, stimmt's?«

Er schüttelte den Kopf.

»Ist das Ihre Freundin?«

»Meine Freundin?«, stieß er hervor und blies seine Wangen auf. »Um Gottes willen. Sind Sie verrückt? Wie kommen Sie denn darauf?«

»Okay. Lassen wir das.« Sonja wollte auf offener Straße keine Szene machen. Sie trat zurück auf den Bürgersteig und hielt nach seinem blauen Auto Ausschau. Das Kennzeichen würde sie nicht noch einmal zu notieren vergessen.

Der junge Man half ihr unfreiwillig dabei, da er Hals über Kopf davonrannte und am nahegelegenen Straßenrand in eines der dicht an dicht geparkten Autos sprang. Sonja konnte das Nummernschild erst erkennen, als der Wagen die Parklücke verlassen hatte. Er war in Euskirchen gemeldet. Es gab keinen Grund, den Fahrer daran zu hindern, wie ein Irrer davonzubrausen. In ein fremdes Fenster zu sehen, war nicht strafbar, wenn es sich um einen öffentlichen Raum handelte. Und um die Geschwindigkeitsübertretung sollten sich andere kümmern.

Sonja schaltete ihr Handy ein und gab die Kombination aus Buchstaben und Nummern des Kennzeichens der Polizei in Schleiden durch. Dieses Mal war Gregor sofort in der Leitung.

Nachdem er die Angaben aufgenommen hatte, sagte er mit einer gewissen Genugtuung: »Ihr Tipp war übrigens ein echter Flop, Frau Kollegin.«

Sonja stutzte. »Wovon sprechen Sie?«

»Von dem Bein auf dem Auto.«

»Ach!«

»Ja«, sagte Gregor. »Schade um die Zeit, die ich damit vergeudet habe und Schade um das Image der Schleidener Polizei.«

»Wieso? Hat man Sie ausgelacht?«

»Wenn es das nur wäre!«

»Tut mir leid«, sagte Sonja und musste ein Kichern unterdrücken. Die Vorstellung von einem Gregor, der mit einem Kunstbein plus schwarzem Seidenstrumpf mit Spitzen unterwegs ist und es Strumpf-Fabrikanten unter die Augen hält, amüsierte sie. »Ich werde mal nachdenken, vielleicht fällt mir noch was Besseres ein.«

»Nein, lassen Sie mal, ich glaube, ich will das nicht«, sagte Gregor.

»Tun Sie das nicht«, warnte Sonja.

Gregor hörte nicht auf sie, sondern wechselte das Thema: »Ich rufe Sie zurück, sobald ich den Halter des KFZ ausfindig gemacht habe. In fünf Minuten etwa.«

Noch bevor Sonja den Kölner Hauptbahnhof erreicht hatte, gab Gregor bekannt, dass der Halter des blauen Autos ein gewisser Niklas Nowak war, wohnhaft in Dahlem. Er sei bisher nicht aufgefallen.

»Dabei kann es bleiben«, sagte Sonja, »wenn er dem Professor nicht aus Eifersucht an den Kragen geht.«

»Wie bitte?«

»Das kann ich Ihnen jetzt auf die Schnelle nicht erklären. Danke, und machen Sie es gut, ja?«

»Moment! Moment! Ist Ihnen etwa nichts mehr zu dem Bein eingefallen? Ich hätte schwören können, dass ...«

»Ich überlege ja. Sie muss es doch vermissen. Ich würde das jedenfalls tun, wenn ich eines hätte.«

»Ja, Sie.«

»Nein. Im Ernst. Es sei denn, ich hätte es selbst weggeworfen, weil es mich nervt oder quält.«

»Ja, Sie«, wiederholte Gregor.

»Vielleicht hat sie ein neues und viel schöneres. Oder sie will nie wieder eines haben. Dann suchen wir eine Frau im Rollstuhl oder eine, die mit Krücken unterwegs ist.«

Gregor beanstandete das »Wir« nicht mehr, registrierte Sonja mit Genugtuung. Ermutigt ging sie einen Schritt weiter und sagte: »Oder ... oder einen Transvestiten.«

Rauschen am anderen Ende der Leitung.

»Gregor?«

Um 16.03 bestieg Sonja den Zug Richtung Trier, den Warenka laut Grazia angeblich immer nahm. Nach einem Blick in die erste Klasse musste sie feststellen, dass das heute nicht der Fall war. Die Schwarzhaarige hatte ihn wohl aufgehalten.

Sonja wandte sich ab, fand in der zweiten Klasse einen Platz in einem Viererabteil und musterte ihre Mitreisenden. Eine Weile versuchte sie den Anlass ihrer Reise, ihre Gewohnheiten, Familienbezüge und Gespräche zu entschlüsseln, auch die einseitigen am obligatorischen Handy.

Da war das junge Pärchen, das eisern schwieg und wohl gerade in einer tiefen Krise steckte, da war die Schülerin, die eifrig SMS versendete, da waren zwei Freundinnen, die sich lange nicht gesehen hatten und in Erinnerungen schwelgten, da war die ältere Dame mit Einkaufstüten, die allein in einem Abteil saß und bei deren Anblick Sonja der wartende Mann vom Euskirchener Bahnhof wieder einfiel. Einen Augenblick überlegte sie, sich zu ihr zu setzen und ein Gespräch zu beginnen, aber dann besann sie sich, sie war hier nicht zum Vergnügen, sie befand sich auf einer Dienstreise.

Grazias Karten hatten zumindest in einer Beziehung nicht gelogen: Warenka hatte tatsächlich eine Affäre. Und es gab einen Betrogenen, Niklas Nowak. Wie weit würde er gehen? Verschmähte Liebe hatte schon ganze Familiendynastien zerstört. Er sollte sich ein Mädchen in seinem Alter suchen, harmlos wie er selbst, keine Diva. Gegen den aalglatten Schönling Warenka hatte er mit seinen Pickeln und seiner ganzen Armseligkeit keine Chance. Aber das musste er selbst herausfinden. Der Gedanke an seinen Liebeskummer nahm Sonja mit. Vielleicht war er deswegen damals von der Straße abgekommen. Hoffentlich kam er nicht noch einmal vom Wege ab.

Ehe die Zuggeräusche Sonja wieder einlullen konnten, passierte der Eifel-Express mit lautem Getöse den Kaller Tunnel, das Signal zum Aufbruch. Sie rückte ihren Hut zurecht, stellte sich an eine der Türen und betätigte sicherheitshalber den Drücker. Typisch Bahn. Dem Reisenden die Illusion zu vermitteln, er könne irgendetwas beeinflussen. Irgendwann wollte sie einmal durchfahren bis ans Ende der Strecke. Heute nicht.

Da Sonja nicht im Zug hatte telefonieren wollen, wie andere es ungeniert taten, um Standorte, Ankunftszeiten und Befindlichkeiten auszutauschen, informierte sie Grazia erst vom Forsthaus aus über den Stand der Dinge und versprach, den Namen der Geliebten in den nächsten Tagen nachzuliefern.

»Tausend Dank«, sagte Grazia mit unnatürlicher Stimme und wollte sich gerade verabschieden, als Sonja fragte: »Wo war Ihr Mann denn vor zehn Jahren beschäftigt?«

Kerstin schien überlegen zu müssen, ehe sie antwortete. »In Euskirchen. In der Hauptgeschäftsstelle der Kreissparkasse. Wieso?«

»Er war ein Banker?«, fragte Sonja erstaunt.

»Er war Entscheidungsträger«, klärte Grazia sie auf.

»Und was hat er entschieden?«

»Da fragen Sie mich zu viel. Das Meiste war ja geheim. Ich glaube, es ging um Immobilien. Er durfte nicht drüber reden, wissen Sie.«

»Kann sein, dass er es bald muss«, sagte Sonja.

»Wieso?«

Sonja antwortete mit einer Gegenfrage: »Warum hat er denn den Beruf gewechselt?«

»Es stand in den Karten«, sagte Grazia.

»So wie die Affäre?«, fragte Sonja

»Genau.«

»Haben Sie mit ihm darüber gesprochen?«

»Ich habe ihm beides angedeutet«, sagte Grazia vage.

Das reicht, dachte Sonja. Warenka schien auf die Karten zu hören. Erst der Berufswechsel und jetzt die Affäre. Grazia hatte vielleicht den Wunsch in sein Bewusstsein gepflanzt. Er musste ihn nur noch in die Tat umsetzen. Vielleicht hatte er vorher schon damit geliebäugelt, sich aber nicht getraut. Hatte Grazia noch nichts von *self-fullfilling prophecy* gehört?

Nachdem das Telefongespräch beendet war, inspizierte Sonja in ihrem Schlafzimmer den Kleiderschrank. Er war besser ausgestattet, als sie es in Erinnerung hatte. Sie probierte die infrage kommenden Teile aus, hängte sie auf Bügeln am Fensterrahmen auf und stellte einen Fensterflügel auf Kipp. Erstaunt stellte sie fest, dass sie sich auf den Tag zu freuen begann. Auch, weil sie Wesseling wiedersehen würde.

Für heute Abend aber war zunächst »Beine hoch und Ruhe im Forsthaus« angesagt. Sie kochte sich eine Tütensuppe mit 85 Prozent Gemüse, versorgte ihre Haustiere und leerte den Aschekasten des grünen Kachelofens. Bevor sie die Samstagsausgabe des Kölner Stadt-Anzeigers dem Feuer übergab, blätterte sie ihn kurz durch und überflog die Weltpolitik, das Regionale und die Kleinanzeigen.

Immobilien? Kein Interesse. Nein, sie würde hier bleiben, an diesem sicheren Ort, in ihrem Forsthaus am Ende der Stromleitung.

Autos? Bald musste sie den Polo ersetzen. Welche Marke sollte es dann sein? Welche konnte sie sich leisten? Ein Franzose kam nicht infrage. VW hatte sich in den Schlagzeilen nicht mit Ruhm bekleckert, Ford und Opel kamen ihr nicht ins Haus. Wie wäre es mit einem kleinen Italiener? Hatten die aber nicht Probleme bei schlechtem Wetter? Sie blätterte weiter.

Bekanntschaftsanzeigen? Ein neuer Partner? Für sie? Auf keinen Fall. Aus dem Alter war sie raus. Oder? Sie legte die Seiten auf ihren Ohrensessel. Gleich, wenn der Ofen brummte, würde sie sich einen Spaß machen und lesen, was so auf dem Heiratsmarkt sein Unwesen trieb. Die Immobilien zerknüllte sie, legte trockene Zweige aus einem kleinen Vorrat darüber und steckte alles in Brand. Vom Holzstapel hinterm Haus holte sie so viele Scheite herein, wie sie tragen konnte.

Es war stürmisch draußen. Die Wolken am Himmel zogen schnell nach Osten. Gleich würde es zu regnen beginnen. Es war nicht kalt genug für Schnee. Der Mond war nicht zu sehen. Von Sternen keine Spur. Ein Abend, an dem sie froh war, nicht irgendwo dienstlich unterwegs sein zu müssen. Ein Abend, den sie am besten hinter dem Ofen verbrachte und die Wärme genoss, die schläfrig machte. Mit einem kleinen Glas Rotwein in der Hand.

Die Phase, in der sie Wein unabhängig von Wetter und Tageszeit trank, war lange vorbei. Sie war stolz darauf, fragte sich manchmal sogar, warum sie einem Mann jemals nachgetrauert hatte, dessen vorzügliche Weinvorräte so schnell aufgebraucht waren. Der neue Wein, kein Franzose, schmeckte allerdings nach Bahndamm Südseite. Gut, dass sie nur eine Flasche gekauft hatte.

Davis und West lagen nebeneinander auf ihren Stammplätzen und schlossen die Augen, als Sonja die Bekanntschaftsanzeigen außer Reichweite auf die Fensterbank legte, es sich in ihrem Ohrensessel bequem machte und die Füße auf den Hocker legte.

Aber die Bekanntschaftsanzeigen auf der Fensterbank sandten störende Signale aus. Sonja kam nicht zur Ruhe. Grazias Worte »Er wird Sie bereichern« geisterten ihr durch den Kopf. Sie konnte sich nicht dagegen wehren und griff schließlich nach der Zeitung.

Die Rubrik *Heiraten* war knapp und kurz. Lediglich drei Institute boten ihre Dienste an. Die Agentur Eifelherz sprang ihr sofort ins Auge. *Ein diskreter Klick zum Glück.* Einen Augenblick lang erwog Sonja aufzustehen und ihr Notebook einzuschalten, aber die Vorstellung, sich aus einem Katalog einen Herrn aussuchen zu müssen oder selbst in einem Katalog eingereiht und von Unbekannten angeklickt zu werden, ließ sie erschauern. Auf keinen Fall reizvoll genug, um sich noch einmal zu erheben.

In der Rubrik *Er sucht sie* war mehr los. Hier priesen sich die Herren der Schöpfung als dynamisch, humorvoll, reiselustig, schlank, pfiffig, sportlich oder Rentner an. Auf der Suche nach einem altersgemäßen Pendant las sie quer und stellte entsetzt fest, dass Siebzigjährige keine Probleme damit hatten, sich nach einer Zwanzigjährigen zu sehnen.

Und es kam noch besser. Bald ertönte lautes Gelächter aus dem Forsthaus am Ende der Stromleitung. Und der Wind trug es über die Felder. Hasen und Füchse spitzten die Ohren, aufgescheuchte schwarze Vogelschwärme suchten nach einem neuen Schlafplatz.

10. Kapitel

Gestern hatte Niklas den Zeitpunkt verschlafen, Warenka im Auto von Gerolstein irgendwohin zu verfolgen. Um ihn abzupassen, hätte er spätestens um Viertel vor fünf starten müssen. Es war aber schon Viertel nach sechs, als er endlich in seinem Auto saß. Aber auf einen Tag mehr oder weniger kam es nicht an. Morgen würde er, noch während der Wecker klingelte, aufstehen. Egal, wie gemütlich warm es unter seiner Decke, egal, wie kalt und feucht es in seinem Zimmer war.

Er hatte im Hof die Frontscheibe seines Autos nur notdürftig freigekratzt und wollte gerade den Zündschlüssel drehen, um zur Arbeit zu fahren, als dieser Warenka höchstpersönlich in den Hof marschierte. Ungläubig sah Niklas durch die zerklüftete, eisfreie Stelle. Da lief ihm die Beute direkt vor die Füße. Einfacher ging es wirklich nicht. Niklas konnte sein Glück kaum fassen.

Obwohl es noch dunkel war und der Hut, den der Mann trug, ihn irritierte, erkannte er Warenka sofort. Niklas duckte sich hinter sein Lenkrad, schob die Fahrertür lautlos auf, und während Warenka zum Wohnhaus schritt, kontrollierte er erst einmal, ob dessen Auto draußen vor dem Hoftor geparkt war.

Das war nicht der Fall. Dann musste er wieder den Zug genommen haben. Zeitlich kam das hin. Kurz nach sechs Uhr hielt immer ein Zug aus Trier in Dahlem. Obwohl Warenka das nicht nötig hatte. Die Autobatterie war doch ersetzt worden, Niklas hatte es selbst gesehen. Er konnte nicht verstehen, warum jemand Zug fuhr, wenn er ein funktionierendes Auto hatte. Und so ein edles dazu. Aber so war es.

Danach war Niklas ebenfalls zum Wohnhaus geschlichen und hatte durch das Küchenfenster gelinst. Was Onkel, Tante, Vater und Warenka in der Küche zu bereden hatten, hatte er natürlich nicht verstehen können. Aber er hatte die Geldscheine gesehen, die den Besitzer gewechselt hatten. Sie waren lila. Es waren echte 500er-Scheine. Jede Menge. Es war sonnenklar, Warenka kaufte den Onkel. Die Tante hatte große Augen gemacht, voller Gier auf das Geld gestarrt. Sein Vater hatte verdattert daneben gesessen. Ihm war offensichtlich wieder alles egal gewesen. Dabei ging es doch um ihn! Nur um ihn! Um *seine* Ehre! Um den Erbfeind der Familie! Wieso sackte *er* das Geld nicht ein? *Ihm* stand es doch zu und niemand anderem.

Als Warenka den Hof verließ, war Niklas ihm zu Fuß ins Tal gefolgt und mit ihm in den gleichen Zug gestiegen. Er hatte ihn nicht mehr aus den Augen gelassen: Und es hatte sich gelohnt. Er hatte genug gesehen: Warenka im Institut mit der langen Schwarzhaarigen, die viel zu jung für einen alten Knacker wie ihn war, Warenka in der Bücherei mit ihr, Warenka in der ersten Klasse mit ihr und erst dieser Abschiedskuss. Und die Schwarzhaarige? Auch von ihr hatte er genug gesehen. Wie sie auf Warenkas Schreibtisch gesessen hatte, wie sie sich in der Bücherei von ihm unter den Rock fassen ließ, wie sie ihm in der ersten Klasse erlaubte, seine Hand unter ihr Jackett auf den Rücken zu legen. Er könnte ihr Vater sein. Wahrscheinlich hatte er sie auch gekauft.

Zu allem Übel hatte Niklas noch die Privatdetektivin wiedergetroffen. Die hatte ihm gerade noch gefehlt. Sie hatte ihn erwischt, als er gerade versuchte, von außen in die Bücherei zu sehen. Ob die Schwarzhaarige seine Freundin sei, hatte sie tatsächlich gefragt, so weit kam das noch!

Niklas war wütend. Wütend auf die ganze Welt. Auf Warenka, die Schwarzhaarige, die Detektivin, den Onkel, den Vater, sein Auto, das Wetter, sogar auf sich selbst. Er hatte das Auto über die Straße gejagt, nicht links und nicht rechts geschaut und sich auf dem Hof in sein eiskaltes Zimmer zurückgezogen. Er hatte nichts getan, einfach nichts, nicht nachgedacht, nicht einmal gespielt. Er hatte keinen Hunger und keinen Durst, er wollte nichts sehen und nichts hören. Er wusste nicht ein noch aus.

Als er sich gegen Abend etwas beruhigt hatte und zu seinem Auto ging, um das Bajan zu holen, tauchte wie üblich der Onkel aus dem Stall auf.

»Pass auf, Junge.«

»Nenn mich nicht immer Junge!«, fuhr Niklas ihn an.

»Schon gut. Ich hab's mir überlegt. Besser, wir lassen den Kerl in Ruhe.«

»Was?« Niklas traute seinen Ohren nicht.

»Es ist doch so, Junge.« Der Onkel steckte die Hände in seine weite Arbeitshose, die vor Dreck stand. »Es ist doch eine uralte Geschichte. Wozu sie aufwärmen? Besser wir denken gar nicht mehr dran.«

Er hatte sich also nicht getäuscht. Der Onkel hatte sich von Warenka kaufen lassen. Erst vor zwei Tagen hätte er Niklas am liebsten vom Hof gejagt und mit dem Pflasterstein umgebracht, jetzt, nachdem er das ganze Geld kassiert hatte, wollte er nichts mehr davon wissen. Der Onkel konnte ihm nichts vormachen. Und der neue Traktor war nicht zu übersehen. Fett und grün und glänzend prangte er im Hof.

»Hast du verstanden?«, bohrte der Onkel nach und zerrte an Niklas' grünem Schal.

»Ja, ja. So schwer ist das ja nicht. Ich bin ja nicht blöd«. Niklas befreite sich aus seinem Griff.

»Ich wusste es, du bist ein guter Junge.« Der Onkel schlug ihm dreimal mit der Hand auf die Schulter, so fest, dass Niklas jedes Mal einknickte. »Auf dich kann ich mich verlassen. Gib mir die Waffe zurück und das Fernglas.«

Niklas riss den Kofferraumdeckel hoch und schlug eine der beiden Wolldecken auf. Der Onkel drückte Waffe und Fernglas an seine Brust, wie verloren geglaubte Schätze. »Und wo sind die Uhr und die Batterie?«

Niklas zeigte auf die andere Wolldecke.

»Am besten, du wirfst sie weg. Vergiss das Ganze. Ich reparier dir auch das Fenster. Versprochen. Und du wolltest doch immer eine Heizung haben, oder?«

Niklas nickte misstrauisch.

»Kriegst du, mein Junge, kriegst du. Ich fange sofort an.«

Niklas presste die Kofferraumtür herunter, heftiger als nötig. Wütend stemmte er seine Hand gegen das Blech, das, dünn wie es war, nicht viel Widerstand bot.

»Guter Junge«, brummte der Onkel und latschte in Richtung Werkstatt. »Guter Junge.«

Niklas blickte ihm nach. Was bildete der Onkel sich ein? Glaubte er, dass man das Loch in seinem Bauch so einfach zukleben könnte wie das Loch in seinem Fenster, und dass gegen die Kälte in seinem Inneren ein geheiztes Zimmer helfen würde? Nein, das ging nicht. Schluss. Aus. Es war vorbei. Niklas wollte kein guter Junge mehr sein. Nie mehr. Er hatte es endlich kapiert. Egal, was er tat, Gnade in den Augen des Onkels würde er nie finden. Solange es den Onkel gab, konnte er sich auf dem Hof nicht mehr sicher fühlen. Er war eine jener schrecklichen Figuren, für die man machen konnte, was man wollte, es war nie gut genug. Nie! Schon morgen käme er vielleicht auf eine ganz andere Idee. Und dann? Hielt er ihn für nichts als eine Marionette an seiner Hand? Da verrechnete er sich. Das war er nicht. Nicht mehr.

Nein, Niklas sah plötzlich klar. In diesem Moment. Die Zeit der hilflosen, kindischen Streiche war vorbei. Die Zeit des Gehorsams auch. Das Blatt wendete sich gerade. Wenn er wollte, wenn er konnte, wenn er es schaffte, dann war er nun am Zug.

Er würde *nicht* aufhören, Warenka zu quälen, er würde einfach weitermachen, brutaler als je zuvor. Aber nicht auf eigene Rechnung. Er würde den Spieß umdrehen und den Onkel mit dessen eigenen Waffen ans Messer liefern.

Auf der Fensterbank lag der Pflasterstein. Niklas hob ihn auf. Seine Finger konnten ihn kaum umfassen. Er wog schwer in seiner Hand. Entfernung, Beschleunigung, Höhe, Zeitpunkt, ebenfalls ungewisse Faktoren. Niklas wanderte in seinem Zimmer auf und ab mit festem, entschlossenem Schritt. Die Holzdielen unter seinen Arbeitsschuhen knarrten. Die Scherben waren zusammengekehrt. Das Loch im Fenster hatte er mit einer Plane notdürftig zugeklebt. Seine Schnittwunden waren fast verheilt. Vielleicht sollte er vorher irgendwo trainieren. Irgendwie würde es gehen. Wer will, der kann.

Aber dann meldete sich eine Stimme in seinem Inneren zu Wort, die sagte: Du schaffst das nicht ... Du traust dich nicht ... sieh Dich an ... du bist ein Schwächling ... sieh dir deine Ärmchen an ... du hast dich immer gedrückt ... du bist nur ein kleiner Musikant ... und nicht einmal ein besonders guter. Und sie lachte ihn aus, so laut, dass Niklas sich die Ohren zuhielt.

11. Kapitel

Dr. Gero Warenka musste dringend ein Wort mit Jenny Pützer reden. Sie war ihrem Job als Vertretung der Sekretärin offensichtlich nicht gewachsen. Sein Seminar war keine öffentliche Veranstaltung, in die Hinz und Kunz respektlos nach Belieben hineinplatzen konnte. Wozu stand groß und breit *Anmeldung* an der Tür des Sekretariats?

Nach der unverschämten Vorstellung, die diese Frau mit Hut ihm vor zwei Tagen geboten hatte, hatte er fast den Faden verloren. Fast hätte er sich eine Blöße gegeben. Das durfte er nicht zulassen. Seine Studenten warteten nur darauf. Selbstverständlich waren sie angetan von dieser Unterbrechung gewesen. Kein Wunder. Sie waren für jede Ablenkung dankbar. Wenn Michaela nicht gewesen wäre, hätte er sie zurechtgewiesen und seinen Vortrag auf der Stelle abgebrochen. Aber in ihrer Anwesenheit wollte er lieber den Souveränen spielen.

»Jenny, in mein Büro«, schnauzte er, nachdem er die Tür zum Sekretariat aufgerissen hatte, »ich muss mit Ihnen reden!« Ohne eine Antwort abzuwarten, ging er in sein Zimmer und ließ sich in seinen Sessel fallen. Er streckte die Beine aus, betrachtete eingehend die Bügelfalte seiner Hose und kam zu dem Ergebnis, dass es Zeit wurde, dass Kerstin die Reinigung wechselte.

»Ich auch, Herr Dr. Warenka.« Jenny erschien im Türrahmen. Kess stemmte sie die Hände in die Hüften. »Eine Frau hat sich vorgestern nach Ihnen erkundigt.«

Warenkas Herzschlag setzte aus. Auf der Stelle vergaß er seine Bügelfalte und ließ seine Füße auf den Boden fallen. War sie es gewesen? Michaela? Hatte sie nach ihm gefragt?

Ging es ihr wie ihm? Konnte sie es nicht abwarten, ihn wiederzusehen? Hatte sie Sehnsucht nach ihm? So wie er nach ihr? »Wie sah sie aus?«, stieß er hervor.

»Eine etwas ältere Grauhaarige«, kicherte Jenny und schlug eine Hand vor den Mund. »Mit einem seltsamen Hut auf dem Kopf«. Warenka winkte ab. Er war enttäuscht. »Wegen der wollte ich sowieso mit Ihnen reden.«

»Sie sagte, sie sei Journalistin.«

»Von welcher Zeitung?«

Jenny machte eine Schnute und zuckte mit den Schultern. »Das habe ich vergessen zu fragen.«

»Was wollte sie wissen?«

Jenny zierte sich. Warenka erhob sich, trat näher an sie heran und legte ihr mit väterlicher Geste eine Hand auf die Schulter. »Nun?«

»Na ja.« Jenny grinste. »Sie wollte wissen, wie Sie denn so sind.«

»Und was haben Sie geantwortet?« Warenkas Daumen lag auf Jennys Schultergürtel.

»Nett, habe ich gesagt, was denn sonst?«

Er nickte gnädig.

»Und beliebt. Stimmt ja auch. Und ich habe ihr extra verboten, Sie zu stören.«

Seine Hand ließ von ihr ab. »Wenig erfolgreich, wie ich erfahren musste. Sie ist in mein Seminar geplatzt und hat sich benommen wie ein ...«

»Das tut mir leid. Wenn ich das gewusst hätte. Übrigens wollte sie auch wissen, ob Sie hier im Hause vielleicht eine Freundin haben und ob ...«

»Unverschämtheit!« Warenka trat ans Fenster, steckte die Hände in die Hosentaschen und sah hinaus. Er versuchte sich zu beruhigen. Es gelang ihm nicht.

Und wenn die ganze Welt sich gegen ihn verschwören würde, er würde von Michaela nicht lassen. Er sah die Begegnung mit ihr als Belohnung an. Er hatte sie verdient. Sie hatte ihn völlig aus der Bahn geworfen und Gefühle in ihm geweckt, die er lange nicht mehr gehabt hatte, von denen er kaum mehr etwas geahnt hatte. Seine Ehe war nicht schlecht, aber zur Gewohnheit geworden. Seitdem Kerstin sich dem Kartenlegen verschrieben hatte, war die Harmonie auf dem Prüfstein. Und seit der Begegnung mit Michaela, dachte Warenka oft, dass ein Leben zu lang für eine einzige Beziehung war. Auch wenn Kerstin die Beständigkeit liebte, er war bereit für Neues.

So wie damals, als er den Beruf wechselte. Der Neubeginn hatte seine Tage mit neuem Sinn erfüllt. Ein Segen, dass er nicht gezögert, sondern die Gelegenheit beim Schopf ergriffen hatte. Er war ein Kämpfer. Keiner, der sich einschüchtern ließ. Das hatte er gerade erst wieder bewiesen. Mit Bravour hatte er die gierigen Irmschers in ihre Schranken gewiesen.

Und er war ein Mann in den besten Jahren. Er hatte noch Chancen. Das war unübersehbar. Sogar bei einer jungen Frau wie Michaela. Warum sollte er darauf verzichten? Selbst wenn er müsste, er könnte es nicht mehr. Keine Frage, er war verliebt wie ein Siebzehnjähriger. Zwischen Hoffen und Bangen, ob sie ihn erhörte.

Wenn er vorsichtig vorginge und diskret, konnte nichts geschehen. Keine Treffen mehr im Institut oder in der Bibliothek, das würde er zur Bedingung machen. Jenny würde für ihn schweigen, sie würde alles für ihn tun. Er wusste, dass sie heimlich für ihn schwärmte.

In diesem Zustand konnte ihn auch keine noch so dubiose Journalistin verunsichern. Garantiert gehörte ihre Frage nach einer Freundin zu denen, die man einem attraktiven Mann wie ihm immer stellte.

»Das finde ich auch«, hörte er Jenny sagen.

»Wie bitte?«

»Ich finde auch, dass das eine Unverschämtheit ist«, wiederholte Jenny. »Ich finde, das geht niemanden etwas an.«

Warenka fuhr herum. »Was soll das heißen?«

Jenny errötete und trat einen Schritt zurück. »Nichts. Ich meine ja nur.«

»Jenny, ich wäre Ihnen dankbar, wenn Sie solche Frauen in Zukunft auf der Stelle wieder herausbefördern würden.«

»Sie meinen Frauen wie die Journalistin?«

»Selbstverständlich, wen sonst?«

»Ja. Natürlich. Ich konnte ja nicht wissen ...«

»Wenn ich noch einmal ...«

»Das wird nicht geschehen, das verspreche ich Ihnen, Herr Dr. Warenka.«

»Gut, ich verlasse mich auf Sie.«

»Das können Sie.«

Warenka nickte und winkte Jenny hinaus.

Nichts und niemand sollte seinem neuen Liebesglück im Wege stehen. Es gab keinen Grund, wertvolle Zeit verstreichen zu lassen. Er musste sich ranhalten. Michaela war ein Magnet. Viele Studenten versuchten sich ihr zu nähern. Alle ließ sie abblitzen. Vielleicht war der Richtige nicht dabei? Eine Frage der Zeit, bis er in ihr Leben treten würde? Nein, er war schon in ihr Leben getreten. Mit ihm. Und sie ahnte es.

Als der Zug am späten Nachmittag in Blankenheim hielt, standen beide auf. Aber Warenka verabschiedete Michaela nicht wie sonst mit einem Kuss auf die Wange, sondern er nahm seinen Aktenkoffer, folgte ihr durch die Abteilungstür und stieg mit ihr aus. Es fiel kein Wort, als sie nebeneinander die Unterführung hinabstiegen und durch das Bahnhofsgebäude, das mit schwarzen Schindeln verkleidet war, liefen. Es war eine stille Übereinkunft: Heute würde er mit ihr gehen.

Eines der vielen geparkten Fahrräder war ihres. Ein schwarzes Hollandrad. Sie schloss es auf. Im Damensitz, mehr ließ ihr enger Rock nicht zu, setzte sie sich auf den Gepäckträger und nahm Warenkas Aktenkoffer auf den Schoß. Unentschlossen wandte Warenka den Blick von ihren langen Beinen, umfasste mit beiden Händen die Handgriffe des Lenkers, sodass die Stelle am Ringfinger, an der er bis vor kurzem seinen Ehering getragen hatte, sich deutlich abzeichnete. Ein blasser, schmaler Streifen.

Warenka stieg auf. Die Sattelhöhe war genau richtig für ihn, seine Füße erreichten knapp die Pedale, die mit roten Lederschlaufen ausgestattet waren wie ein Rennrad. Er war ewig nicht Rad gefahren. Das verlernt man nicht, redete er sich ein, das ist wie Schwimmen.

Michaela legte eine Hand um seinen Bauch. Zehn rote Punkte leuchteten ihm entgegen. Er verspürte einen leichten Druck in der Magengegend. Das lag nicht an ihrem Griff, er war nervös, wusste nicht, ob er den Berg schaffen würde, der sich vor ihm aufbaute. Als sie Kopf und Schulter an ihn lehnte, durchlief ihn ein wohliger Schauer.

Warenka steckte einen Fuß durch die Schlaufe, setzte sich auf den Sattel, machte den Rücken krumm, um mehr Kraft zu haben und stieß sich ab. Es kam ihm fast unwirklich vor, dass Michaela die Last war, die er zog. Wenn er nicht den langen Mantel trüge, wäre er schneller. Er begann zu schwitzen.

Rechts vom Bahnhofsgebäude begann ein Radweg in die Stadt. Immer der Straße entlang. Sie passierten eine Brücke, die über die Gleise führte. An der Bushaltestelle stand niemand. Sie fuhren unter der Bundesstraße hindurch und erreichten Blankenheimerdorf. Es ging stetig bergauf, und mehr als einmal dachte Warenka daran, anzuhalten und nach Luft zu schnappen. Er wurde langsamer mit jeder Umdrehung. Aber er durfte keine Schwäche zeigen. Nicht vor Michaela. Lieber würde er tot vom Rad fallen.

»Es wird leichter für dich sein, wenn du den Mantel ausziehst«, rief Michaela gegen den Wind.

Zögernd nahm Warenka das Angebot an und fragte sich, während er die Füße aus den Schlaufen zog und sie über den Boden schleifen ließ, bis er zum Halten kam, ob Fürsorge oder Erbarmen in ihrer Aufforderung lag. Er klemmte die Fahrradstange zwischen die Beine und zog den Mantel aus, faltete ihn sorgfältig und legte ihn über den Lenker. Bei einem Blick über die Schulter sah er, wie Michaela ihn musterte. Im Nadelstreifenanzug machte er eine komische Figur, fürchtete er und reichte ihr sein Jackett, krempelte die Ärmel seines weißen Hemdes hoch, lockerte die Krawatte und zog das Hemd aus der Hose, gerade so weit, dass es nicht heraushing. So gefiel er sich besser. Die elegante Schweizer Uhr an seinem Arm machte sich gut. Sportlich kam er sich jetzt vor, verwegen und vor allem jung. Die eisige Kälte, die durch den dünnen, verschwitzten Hemdstoff nach ihm griff, spürte er nicht.

»Jetzt geht's aber weiter«, sagte er und rieb sich die Hände, gab Michaela über ihre vollgepackten Arme hinweg einen Kuss und beobachtete, wie sie die Augen dabei nicht hingebungsvoll schloss, sondern über ihn hinwegsah.

»In der Brusttasche ist mein Handy, verlier es nicht«, flüsterte er. Vom goldenen Füller und dem Feuerzeug, an denen sein Herz hing, weil sie Erbstücke waren, mochte er nicht reden. Es gab so vieles, über das er mit Michaela nicht reden mochte, weil er fürchtete, sie könnte ihn spießig finden. Ein Handy gehörte sicher nicht dazu. Es war ausgeschaltet. Er war nicht erreichbar. Kerstin glaubte, dass er in einer Konferenz war. In weiser Voraussicht hatte er angekündigt, dass dies nun öfter vorkommen könne. Es stünden Veränderungen im Institut an. Sie solle sich keine Sorgen machen. Nichts auf der Welt war wichtiger, als das, was nun kommen würde.

Michaela legte wieder ihre Hand auf seinen Bauch, ihre Finger schoben sich durch eine Lücke zwischen zwei Hemdknöpfen, und er steckte seine Füße durch die Schlaufen.

Metternich stand an der Klingel des Fachwerkhauses auf der Ahrstraße am Fuße der Grafenburg. Schräg gegenüber lag das Museumscafé. Michaela öffnete mit einem Schlüssel.

»Michaela Metternich?«, fragte Warenka.

»Hm«, machte Michaela. »Mein Fahrrad kannst du da drüben hinstellen.«

Er lehnte das Fahrrad an die Hauswand und legte seinen Mantel über den Arm. Wieder ein Stück weiter, dachte er zufrieden. Zuhause würde er sofort in seinem PC die Namenliste der Studierenden durchforsten.

Direkt neben der Haustür führte ein Gang zu einem Anbau. Warenka folgte Michaela bis zu einer Wohnungstür, neben der eine Schuhbank und eine Garderobe aus dunkler Eiche standen.

Sie zog die Schuhe aus und nahm einen Schuh in jede Hand. Warenka hängte seinen Mantel auf. Als er hinter Michaela trat, war er kaum größer als sie. Wenn er seine Spezialschuhe auszöge, wäre es umgekehrt. Er hätte es wissen müssen. Nun war es zu spät.

Michaela schloss auf und machte Licht in ihrer Wohnung, ließ ihre Schuhe zu beiden Seiten fallen und ging voraus. Auch auf Strümpfen hatte sie diesen merkwürdig staksigen Gang, mit dem sie bis zu den beiden Fenstern schritt. Sie zog die bunten Vorhänge zu und drehte sich zu ihm um. »Das ist mein Reich!«, sagte sie und breitete die Arme aus.

Bei der Betrachtung der Möbel hoffte Warenka, dass nicht sie es war, die die Wohnung eingerichtet hatte. Dieser Eifel-Barock, wie er ihn gern nannte, konnte niemals ihr persönlicher Geschmack sein, vielleicht der der Eltern oder einer Tante, die nebenan wohnten. Sie selbst war viel zu jung dafür. Viel zu modern. Sie war ganz in Schwarz.

Er ging auf sie zu, und die Ledersohlen seiner Spezialschuhe machten leise klack-klack. Er wusste nicht genau, was sie von ihm erwartete, aber ihm würde schon etwas einfallen, wenn er sie erst in seinen Armen hatte.

»Zieh bitte die Schuhe aus«, sagte sie.

Er blieb stehen. Diesen Moment hatte er gefürchtet. Er zögerte. Erleichtert nahm er zur Kenntnis, dass Michaela sich gerade auf das große beige-farbene Samtsofa fallen ließ. Sie wirkte dort, als sei sie zu Besuch. Der Tisch mit der gehäkelten Decke verdeckte ihre Beine. Er setzte sich neben sie, zog mit zwei Handgriffen seine Slipper von den Füßen und stellte sie ordentlich beiseite. Als er sich aufrichtete, sah er, dass Michaela lag. Er rutschte vom Sofa, kniete vor ihr und legte eine Hand auf ihre Hüfte.

»Im Kühlschrank steht eine Flasche Sekt«, sagte Michaela und sah zur Zimmerdecke.

»Gleich«, sagte er und schob eine Hand unter ihre Bluse.

»Jetzt«, sagte sie und schob seine Hand weg.

»Zu Befehl«, flüsterte er. Er hatte gegen Sekt nichts einzuwenden, auch wenn ihm Champagner lieber gewesen wäre.

Die Tür zur Küche stand offen. Es war eine kleine Küchenzeile mit Schränken und Geräten, die nicht zueinander passten. Die Tapete war geblümt. Vor dem Fenster stand ein weißer Tisch mit einem Stuhl. Hinter der Scheibe war es schwarz. Im

Spülbecken stand eine benutzte Tasse. Warenka öffnete die Kühlschranktür und bückte sich. Der Inhalt war dürftig. In einem Türfach stand eine Flasche Sekt. Die Marke eines Discounters. Beim nächsten Mal würde er für die Getränke sorgen.

Er riss die Folie vom Flaschenhals und wickelte den Draht auf. Er drehte vorsichtig am Korken. Ein kleines, dezentes Plopp war zu hören.

»Die Gläser finde ich wo?«, rief er von der Küche aus.

Als er keine Antwort bekam, kehrte er mit der Flasche ins Wohnzimmer zurück. Michaela streckte eine Hand nach ihm aus, während sie weiter an die Zimmerdecke blickte, als liefe dort ein Film ab. Mit der anderen Hand schob sie ihre Bluse hoch. Warenka verstand sofort. Er war sofort bei ihr.

Er kniete neben ihr. Langsam ließ er ein wenig Sekt in ihren Bauchnabel laufen, stellte die Flasche auf den Boden und begann hingebungsvoll, die Flüssigkeit von ihrer Haut zu schlürfen. War es das, was sie erwartete? Falls dieses Bravourstück Michaela behagte, so ließ sie sich nichts anmerken. Noch nicht, dachte er.

Er wollte die Nummer mit dem Sekt wiederholen, in der Hoffnung, sie würde schwach, als Michaela sich aufrichtete, ihre Füße neben ihn auf den Boden stellte, beide Hände auf seine Schulter legte und auf ihn hinabsah.

Warenka nahm nichts als ihre Beine in Augenhöhe wahr und fasste unter ihren Rock. Sie trug keine Strumpfhose, Sie trug Strümpfe ohne Halter. Nur kurz hatte er das Gefühl, dass sie zusammenzuckte, als er sie berührte. Sie ließ ihn gewähren, als er langsam den Strumpf an ihrem linken Bein herunterstreifte. Über den Oberschenkel bis zum Knie. Die Haut, die zum Vorschein kam, war weiß. Als er sie küsste, war sie warm und trocken. Er rollte den Strumpf weiter herunter, über den Unterschenkel, den er küsste, die Fesseln, die er küsste, den Fuß, den er küsste, die rot lackierten Zehennägel, die er küsste, jeden einzelnen.

Den Strumpf warf er hinter sich und begann ihren Fuß sanft zu massieren. Michaela lehnte sich zurück und schloss die Augen. Sie genießt es, sagte er sich. Erst als seine Hände wieder unter ihren Rock glitten, um sich an ihrem rechten Strumpf zu schaffen zu machen, flüsterte sie: »Nicht.«

Warenka achtete nicht darauf, erfasste den Rand aus Spitzen und begann daran zu ziehen. Als der rechte Oberschenkel fast zur Hälfte frei lag, sagte sie wieder: »Nicht«, und nahm seine Hände in ihre. Dieses Mal klang es entschiedener. Aber Warenka glaubte, dies sei ein Spiel. Ein schönes Spiel. Er befreite seine Hände, streichelte und küsste die nackte Haut, zog weiter am schwarzen Strumpf. Jeden Moment musste er das Knie sehen können.

»Nein! Nicht!«, rief sie aus und sprang auf. »Mach das nie wieder«, drohte ihre dunkle Stimme, »sonst verlasse ich dich.«

Sie übertrieb, fand Warenka. »Wo ist das Problem? Du hast wunderschöne Beine. So schöne Beine habe ich noch nicht gesehen.«

»Ich möchte, dass du gehst.« Das klang endgültig.

Aber Warenka wollte es nicht widerspruchslos hinnehmen. »Ich dachte, ich könnte vielleicht heute Nacht hier bei dir bleiben.«

»Nein, das geht nicht.«

»Warum nicht?«, fragte er. In seinen Augen gab es keinen Grund.

»Es geht nicht.«

»Aber morgen sehen wir uns, ja? Darf ich dich wieder fahren?«

»Mal sehen.«

»Das reicht mir nicht«, drängte Warenka. Er würde nicht schlafen können, wenn er nicht sicher war, sie wiederzusehen.

Michaela gab nach. »Also gut, ja.«

»Gut. Ich freue mich schon. Rufst du mir jetzt ein Taxi?« Ein Taxi zum Bahnhof.

Zu Hause erwarteten ihn die vorwurfsvollen Blicke seiner Frau. Warenka gab eine Magenverstimmung vor, verschanzte sich ohne Abendessen in seinem Arbeitszimmer und genehmigte sich einen doppelten Trester. Dann durchforstete er die Namenliste seiner Studenten in seinem Rechner. Auch die auf den Wartelisten. Eine Michaela Metternich fand er nicht. Er wusste nicht, ob ihn diese Tatsache beruhigte oder nicht.

Morgen gab es die Fortsetzung. Morgen würde er an keinem Bein haltmachen. Morgen würde er ihr beweisen, dass er kein kleiner Student war, den man nach Belieben wegschicken konnte. Morgen würde er sich nicht mit einem Strumpf begnügen.

Er spürte ein leichtes Kratzen Im Hals. Erste Anzeichen einer Erkältung, die er sich wahrscheinlich im Hemd auf Michaelas Fahrrad geholt hatte. Er berührte die Stelle, wo sie ihre Hand zwischen zwei Hemdknöpfen hindurch auf seinen Bauch gelegt hatte. Eine Lungenentzündung wäre das Ganze wert gewesen.

Michaela verschob das Wiedersehen um vier Tage. Sie hielt ihn hin, das war ihm klar, aber er ließ sich darauf ein.

In der Zwischenzeit ging Warenka Kerstin aus dem Weg. Jeden Morgen das gleiche Theater. Wenn er in der Tür stand, bat sie ihn: »Fahr nicht!«

»Und mein Job?«, schrie er.

»Fahr nicht!«

»Ich muss«, sagte er bestimmt und dachte, und ich will, ich habe etwas vor.

»Bitte, Gero! Nicht heute! Bitte!«, flehte Kerstin und faltete die Hände vor der Brust. »Die Karten ...«

Gero knallte ihr die Tür vor der Nase zu.

Er hielt sich für unverwundbar. Er glaubte, alles im Griff zu haben. Nichts geschah ohne sein Zustimmung. Er war es gewohnt, zu bekommen, was er wollte.

Den Fall Irmscher hatte er mit Links erledigt. Das Verhältnis mit Michaela würde er bald in die gewünschte Bahn lenken. Noch ließ er ihr das Gefühl, ihn in der Hand zu haben, solange, bis sie sich sicher fühlte. Ein taktischer Zug. Er war kein Anfänger. Er war keine Zwanzig mehr.

Voller Vorfreude auf Michaela ging er am 17. Dezember zum Bahnhof und saß wenig später in seinem Erste-Klasse-Abteil. Alles war wie immer. Das Volk stand. Warenka saß. Der Eifel-Express brauste durch die verschlafene Landschaft und näherte sich dem Bahnhof Blankenheim, als das Schicksal in die Bahn einstieg.

Ein Donnerschlag.

Ein Geschoss durchschlug die Scheibe des vorderen Waggons, einen Schweif aus Glassplittern hinter sich herziehend, wie ein Komet. Seine Flugbahn führte in einem Halbkreis direkt zum Mittelgang in der zweiten Klasse. Es landete zwischen den Füßen der stehenden Fahrgäste, schlitterte bis zur gegenüberliegenden Zugwand, prallte zurück.

Es war für niemanden Zeit wegzuspringen, sich wegzuducken, abzuwenden, sich zu schützen. Das Geschoss kam wie aus dem Nichts. Mit dem Donnerschlag ertönten die ersten Schreckensschreie.

Auch Warenka war mit einem Schrei aufgesprungen und hatte sich mit ausgestreckten Armen gegen die Tür zum Führerstand gepresst. Kurz darauf kam der Zug mit Gewalt zum Stehen. Warenka verlor den Halt und fiel vornüber auf die Knie. Seine Stirn schlug gegen den Boden. Sein Aktenkoffer flog vom Sitz.

Selbst in diesem Augenblick, als es um sein Leben ging, dachte er an nichts anderes als an Michaela. Sie waren verabredet. Vergeblich wartete sie nun am Bahnhof Blankenheim auf den Eifel-Express. Er wollte sie heute Abend auf ihrem Rad nach Hause fahren. In ihrer Wohnung sein. In ihrem Bett. Er hatte sie noch nicht gehabt.

Auf allen vieren kroch er zur gläsernen Abteiltür. Auch wenn sie ihn vor Verletzungen geschützt hatte, fühlte er sich persönlich getroffen. Ein Zugfenster weiter, und das Geschoss wäre in seinem Abteil gelandet. Es hätte ihm den Schädel zertrümmert. Er könnte jetzt tot sein. Ohne Michaela besessen zu haben.

Das Geschoss, das alle bestaunten wie ein außerirdisches Wesen, lag still am Boden in einem See aus Scherben. Es war ein alter, dunkelgrauer, viereckiger Pflasterstein, an dessen Rändern Lehmspuren klebten. Harmlos sah er aus. Gewöhnlich. Etwa zehn mal zehn mal zehn Zentimeter groß. Warenka zog sich am Griff der Abteiltür hoch und blickte in die aufgelösten Gesichter der Reisenden. Ihre weit aufgerissenen Augen irrten von einem zum anderen. Immer noch schrien einige um Hilfe. Es gab wie immer kein Personal. Man rief durcheinander, man hielt sich aneinander fest. Bekannte lagen sich in den Armen und trösteten sich. Man untersuchte sich gegenseitig nach Verletzungen. Immerhin schien es keine größeren zu geben, niemand lag am Boden.

Die Scheibe, durch die der Stein geflogen war, war in tausend winzige Teile zersprungen, das Loch in der Mitte war groß und zerklüftet wie ein Krater. Kalt war die Luft, die dort hereinwehte.

Mit Sicherheit würde man sich zuallererst um ihn, den Erste-Klasse-Reisenden kümmern, dachte Warenka, sank in einen Sitz und wartete auf Hilfe. Das Ganze war eine Zumutung. Es ging ihm schlecht. Es war 6.16 Uhr. Er hatte Termine!

12. Kapitel

Zur gleichen Zeit kniete Sonja Senger in ihrem Forsthaus auf dem Ohrensessel, sah aus dem Fenster und wartete auf den Tagesanbruch. Sie war viel zu früh aufgestanden, Wesseling wollte sie erst gegen neun Uhr abholen. Aber sie war viel zu aufgeregt gewesen, um sich noch einmal umzudrehen. Heute war der erste Tag eines neuen Lebens.

Davis und West trieben sich in der Nähe des Forsthauses herum. Sicher waren in der Nacht wieder Wildschweine bis ans Haus gekommen, denn die beiden schabten mit den Nasen über den Boden.

Bis auf Hut und Mantel war Sonja reisefertig. Sie hatte sogar ein wenig Rouge aufgetragen. Während sie sich für einen harten Wintertag rüstete und warme Socken anzog, hatte sie an Gregor und sein künstliches Bein mit zerrissenem Spitzenstrumpf denken müssen. Er hatte sich noch nicht wieder gemeldet. Ob er tatsächlich ins Rotlichtmilieu abgetaucht war, um den Transvestiten zu finden? Es würde ihm doch dort nichts passiert sein? Oder verzichtete er etwa auf ihre Ratschläge, weil er sie für unseriös hielt? Sonja sah auf die Uhr. Die beiden Zeiger leuchteten in der Dunkelheit. Es war zu früh ihn anzurufen.

Sie hatte sich gestern Abend in Gedanken zurechtgelegt, was sie sagen wollte, wenn HK Roggenmeier sie im Verlauf des Bewerbungsgesprächs nach der Lücke in ihrem Lebenslauf fragen würde und sagte sich den alles erklärenden Text ein letztes Mal selbst auf. Heute Morgen klangen die Begründungen in der Wohnküche schwach und haltlos. Aber es gab keine anderen.

Sonja trank die dritte Tasse Kaffee. Die Sonne wollte nicht aufgehen und die Zeit nicht vergehen. Gerade wollte sie ein Zigarillo auf nüchternen Magen rauchen, als ihr Handy klingelte. Sie atmete auf und hoffte, Wesseling kündigte sich früher als verabredet an.

Aber es war Jenny Pützer, die studentische Hilfskraft vom Institut in Köln. Sie wollte sich für das offene und vertrauensvolle Gespräch, das sie mit der Journalistin Sonja Senger auf dem Gang geführt hatte, bedanken. Sonja wusste sofort, dass das nicht der Anlass ihres Anrufs sein konnte. Dazu klang die Stimme der Pützer viel zu aufgeregt. Und so war es.

»Entschuldigen Sie, dass ich so früh anrufe.«

»Ich bin schon lange wach«, sagte Sonja.

»Als Sie hier waren, haben Sie mich doch nach seiner Freundin gefragt.«

»Ja. Und Sie haben mir gesagt, er hat keine.«

»Er hat sehr wohl eine Freundin. Sie heißt Michaela Metternich. Ich habe es selbst gestern erst erfahren.«

»Michaela Metternich?«, fragte Sonja nach.

»So ist es.«

»Hat Ihnen Dr. Warenka das etwa gebeichtet?«

Pützer machte eine Pause, ehe sie fortfuhr: »Nicht direkt. Aber ich weiß es. Ich habe es sogar schriftlich. Ihnen kann man das alles ja sagen. Sie brauchen das nur für den Bericht, nicht wahr?«

»Nur für den Bericht«, bestätigte Sonja.

»Es ist so. Ich habe es von ihr selbst. Sie hat sich von mir beobachtet gefühlt. Zu recht. Immer treibt sie sich in seiner Nähe herum. Ich habe sie aufgefordert, mir ihren Studentenausweis zu zeigen. Da stellte sich heraus, dass sie tatsächlich einen hat. Zwar gilt er erst ab dem nächsten Semester. Sie sagte, sie wolle sich nur informieren. Na ja, das konnte ich ja nicht wissen.«

»Sie sagen es.«

»Sie ist übrigens ein Studienplatztausch.«

»Was heißt das?«

»Sie hat den Studienplatz von jemandem, der hier nicht anfangen konnte oder wollte, übernommen und ihren eigenen zur Verfügung gestellt.«

»Ist das üblich?«, fragte Sonja.

»Nicht hier am Institut. Soweit ich weiß, nein. Normalerweise rückt in so einem Fall der Nächste von der endlos langen Warteliste auf. Die Studienplätze hier sind heiß begehrt.«

»War Michaela Metternich nicht auf der Warteliste?«

»Nein«, antwortete Jenny schnell.

»Wie konnte es ihr dann gelingen ...?«

»Das weiß nur Frau Wagner.«

»Und die ist in Urlaub, das sagten Sie bereits. Kann ich von Ihnen auch die Adresse des Studenten bekommen, der seinen Platz zur Verfügung gestellt hat?«

Jenny hatte sich für dieses Gespräch gut vorbereitet. Bei dem Studenten handelte sich um einen Tim Nebel aus Trier.

»Das ist ja alles praktisch und schön für Michaela gelaufen«, sagte Sonja, um Jenny die Gelegenheit zu geben, weiter zu plaudern.

»Das finde ich überhaupt nicht«, meinte Pützer schnippisch. »Dr. Warenka riskiert seinen Ruf. Seine Karriere. Ach, was sage ich, seine Position. Wenn es hier die Runde macht, dass er mit einer Studentin ... dann kann er seinen Hut nehmen. Ich versuche es zwar geheimzuhalten, aber ich kann für nichts garantieren.«

»Ich verstehe«, sagte Sonja. »Haben Sie Ihren Chef schon gewarnt?«

»Noch nicht«, sagte Pützer.

»Dann tun Sie das bitte auch vorläufig nicht.«

»Wie Sie meinen. Es ist alles so schrecklich. Dabei hat er doch so eine feine Frau.«

»So eine feine Frau«, wiederholte Sonja in Gedanken.

Da Wesseling immer noch nicht in Sicht war, führte Sonja nach diesem Telefongespräch eines mit ihrer einzigen Mandantin. »Entschuldigen Sie, dass ich so früh anrufe.«

»Ich bin schon lange wach«, sagte Grazia. Ihre unnatürliche Stimme klang tatsächlich ziemlich fit. Einen Moment wunderte Sonja sich, wer um diese Uhrzeit schon alles wach war. Die Sonne ging gerade erst auf. Sie stand noch so tief, dass ihre Strahlen parallel zu den Feldern verliefen.

»Michaela Metternich, sagen Sie?«, fragte Grazia nach, so wie es Sonja vorhin bei Jenny Pützer getan hatte.

»Michaela Metternich.«

»Kenne ich nicht.«

»Da haben Sie was verpasst.«

»Wieso?«, fragte Grazia.

»Ein heißer Feger, würde ich mal sagen. Jung, schlank und sexy. Storchenbeine. Textilarm. Dagegen kommen wir zwei nicht an.«

Grazia schwieg.

»Wollen wir auch gar nicht, nicht wahr? Damit wäre mein Auftrag für Sie erledigt, Frau Warenka.« Sonja fuhr erst nach einer taktischen Pause fort. »Es sei denn, sie wollen mehr über ihren Mann in Erfahrung bringen.«

»Nein, danke«, sagte Grazia. »Das reicht mir.«

»Schade. Hoffentlich werden Sie diese Entscheidung nicht bereuen. Wenn Sie mich fragen, ich denke, diese Michaela Metternich ist nur die Spitze eines Eisbergs. Ein gewisser Niklas Nowak scheint ihrem Mann ebenfalls auf den Fersen zu sein. Ich tippe mal, weil er nicht mitansehen kann, wie sich so ein alter Sack an seine Freundin heranmacht.«

Grazia hüstelte.

»Dieser Niklas Nowak ist ein Unsicherheitsfaktor.« Grazia hüstelte wieder. Sonja machte eine Pause. Sie ließ ihre Worte wirken.

»Bitte schicken Sie mir Ihre Rechnung«, sagte Grazia schließlich.

»Gern. Was werden Sie nun unternehmen?«, wollte Sonja wissen und lieferte sofort ein paar Vorschläge frei Haus. »Werfen Sie Ihren Mann hinaus, oder ziehen Sie selbst aus, oder gestehen Sie ihm die kleine Affäre etwa zu? Oder knöpfen Sie sich diese Michaela vor oder ...?«

»Das liegt nicht an mir«, antwortete Grazia vage.

Natürlich, wie konnte Sonja vergessen, dass Grazia nur tun würde, was ihr die Karten rieten. »In Ordnung«, sagte sie ergeben. »Ich schicke Ihnen die Rechnung, wenn sie mir Ihre Adresse geben.«

»Gerolstein, Hainbuchenweg 12 a.«

»Gut. Wenn Sie wieder mal eine Auskunft brauchen, dann ... Moment mal!«

Sonja hatte ein dunkles Auto entdeckt, das forsch über den Feldweg auf ihr Forsthaus zuholperte, ohne den Schlaglöchern Beachtung zu schenken. Es kam direkt vor dem offenen Gartentor zum Stehen und trug ein Aachener Kennzeichen. Es handelte sich um einen Audi, und es hupte.

Sonja verabschiedete Grazia, machte ihr ein letztes Mal deutlich, dass sie sich liebend gern weiter um ihre Belange kümmern würde, sobald die Karten dazu ihr Okay gegeben hätten, und beobachtete derweil, wie Wesseling den Gurt zurückschnappen ließ und die Fahrertür schwungvoll aufstieß. Mit der Ignoranz eines Städters setzte er, ohne hinzusehen, einen Fuß im gewienerten Lederschuh mitten in eine überfrorene Pfütze. Es knackte verräterisch. Er schreckte zurück, fluchte Unhörbares, versuchte nun mit einem großen Schritt der hervorquellenden braunen Brühe zu entgehen, klammerte sich an seine Tür und gelangte nur mühsam auf sicheres Terrain.

Missmutig sah er sich um, zog seinen langen Wollmantel glatt, schlug den Kragen hoch und rieb sich die Hände. Er produzierte Atemwolken. Er müsste wissen, dass es auf dem Lande ein paar Grad kälter war als in der Stadt. Noch dazu an einem frühen Morgen. Er war nicht zum ersten Mal in Wolfgarten.

Die Sonne ging auf. Ein fahlroter Ball stand am Horizont und breitete ein rosafarbenes Laken über die eisgrauen Felder. Wie auf einem japanischen Kitschbild.

Davis und West ließen von ihren heißen Wildschweinspuren ab und liefen Wesseling entgegen. Er schubste sie aus dem Weg, klemmte sich an der Stoßstange seines Autos vorbei, stieg die ausgetretenen Stufen zur Haustür hinauf und klingelte. Wenn er sich dreimal gegen die Tür werfen würde, öffnete sie sich von selbst, aber das hatte er auch vergessen.

Ein letztes Mal kontrollierte Sonja den Zustand ihrer Wohnküche. Wesseling würde sie gefallen. Alles lag an seinem Platz. Staub war gewischt. Fast zu spät entdeckte sie die verräterischen Seiten des Kölner Stadt-Anzeigers auf der Fensterbank und beförderte sie schnell unter den Ohrensessel. Auf dem Weg zur Haustür setzte sie ihren Hut auf und nahm den Mantel vom Haken.

»Guten Morgen!«, rief sie, als sie sich gegenüberstanden. »Es kann losgehen!«

Wesselings Blicke wanderten von ihrer gewagten Kopfbedeckung zu ihren Füßen: Socken in Wanderschuhen. Er lächelte verlegen und tippte zur Begrüßung an seine Schläfe.

»Ich hatte gehofft, vorher einen Kaffee zu bekommen.« Er verströmte Distanz. »Es war ein weiter Weg zu dir.«

»Natürlich. Kein Rum mit Tee heute?«, versuchte sie zu scherzen. Wesseling ging darauf nicht ein. Es war zu lange her. Er war groß im Vergessen. »Komm erst einmal rein.«

Sonja überkam ein maues Gefühl, weil er ihr so fremd vorkam, und ein zufriedenes, aufgeräumt zu haben. Sie legte den Hut nicht ab, nur den Mantel, beobachtete, wie Wesselings linker Schuh auf dem Weg in die Wohnküche einen nassen Abdruck auf den Holzdielen hinterließ und musste an das Märchen vom Froschkönig denken.

Wesseling nahm am Walnusstisch Platz und stopfte die Hände in die Taschen seines Mantels. Wohlwollend sah er sich um. »Das habe ich nicht erwartet«, resümierte er.

»Was denn?«, fragte Sonja.

»Sieht aus, als hättest du wieder alles im Griff?«

»Sozusagen.«

»Das freut mich.«

Sonja setzte Wasser auf und füllte Nescafé-Pulver in zwei Kaffeebecher. Wesseling beobachtete sie aus den Augenwinkeln. Nahm er Milch oder Zucker? Sie wusste es nicht mehr. Sie stellte beides auf den Tisch, legte zwei Blechlöffel dazu und stellte sich wieder an den Herd.

»Du hast gar keinen Adventskranz«, stellte Wesseling fest.

Gut beobachtet.

»Noch nicht einmal eine Kerze.«

Gut beobachtet. Feuer brannte im Forsthaus nur im Kachelofen. Ein offenes Feuer unter einem morschen Dach war Sonja viel zu gefährlich. Abgesehen davon, dass Kerzen sie melancholisch stimmten.

»Aber es geht dir gut?«, fragte Wesseling mit dem Rücken zu ihr.

»Ja!«, sagte sie so überzeugend wie möglich.

»Gut.« Er zog eine Hand aus der Tasche und trommelte mit den Fingern auf die Tischplatte.

»Und dir?«

»Auch.«

»Und deiner Frau?«, fragte Sonja.

»Hilde auch.«

Das hätten wir also durch, dachte Sonja. Und nun?

»Was soll ich gleich beim Bewerbungsgespräch sagen?«, fragte sie, ehe er auf die Idee kommen konnte, auf die vergangenen Monate näher einzugehen, und weil sie wusste, dass er gern um Rat gefragt wurde. Auch wenn sie sich nicht danach richtete.

Er räusperte sich und fragte: »Welches Bewerbungsgespräch?«

»Im Kommissariat. Ich will nichts verkehrt machen.«

Wesseling stellte das Fingertrommeln ein und sagte: »Es wird keines geben.«

Der Wasserkessel begann zu summen.

»Will dieser Roggenmeier denn nicht wissen, mit wem er es zu tun haben wird?«, fragte Sonja verwundert.

Wesseling zuckte mit den Schultern. Sie sah auf seinen Scheitel. Dann goss sie das kochende Wasser in die Tassen und setzte sich neben ihn. Unter seinem Mantel drückte sich in Brusthöhe ein Viereck ab. Das musste seine rote Kladde sein. Im Gegensatz zu früher wollte sie nicht wissen, was darin stand. Sie hatte andere Sorgen. »Soll das heißen, man nimmt mich – einfach so?«

Wesseling nickte. »Je nun. Du bist die einzige Bewerberin. Also ...«

So war das also. Zu einer anderen Zeit hätte sie sich gefragt, wo der Haken war. Aber zu einer anderen Zeit hätte sie sich auch nicht beworben. Und sie hatte sich nicht beworben.

Nach einem einzigen Schluck Kaffee, bei dem Wesseling sich aufführte, als habe er sich verbrüht oder sei vergiftet worden, sprang er auf und entschied. »Wir fahren jetzt.«

»Du hättest Milch hineingeben können.«

Er schüttelte den Kopf.

»Oder Zucker. Oder beides.«

»Daran liegt es nicht.«

»Ach, stell dich nicht so an.«

»Du wirst nie einen Mann finden, wenn du weiter so einen Kaffee kochst«, sagte er und leckte sich den unangenehmen Geschmack von den Lippen.

»Du auch noch«, entfuhr es Sonja.

Erstaunt sah Wesseling sie an. Und sie blickte genauso erstaunt zurück. Sie würde sich eher auf die Zunge beißen, als eine Andeutung zu machen. Ein Blick in Richtung Ohrensessel. Alles bestens. Die Zeitung lugte nur an einer Seite zwischen zwei Holzbeinen hervor. Wesseling käme nie drauf.

»Lassen wir es dabei«, meinte er ungeduldig. »Fahren wir. Ich habe eigentlich keine Zeit für so was wie heute. Aber es ist mir wichtig.«

»Danke«, sagte Sonja steif. »Ich weiß es zu schätzen.«

Wesseling turnte wieder, um der Pfütze vor seiner Fahrertür zu entgehen. Auf Sonjas Seite war der Feldweg trocken.

»Was ist denn mit nun mit deinem Auto?«, fragte er, als er endlich wohlbehalten hinter dem Steuer saß, wendete und den Polo entdeckte.

»Nichts. Er ist nur alt. Sonst nichts. Ich muss ihn schonen, bis ich mir einen Neuen leisten kann.«

Wesseling ließ ihre Antwort unkommentiert und fragte weiter: »Und was macht dieser ... wie hieß er gleich ... dieser MacGuffin?«

»Soeben gelöst«, antwortete Sonja wahrheitsgemäß. Vordergründig war sie mit Grazia fertig. Der Floh mit der Heiratsannonce, den sie ihr in den Pelz gesetzt hatte, musste dort elend verhungern. Was die beiden Nowaks und Dr. Warenka anging, da gab es zwar offene Fragen, aber vielleicht hörte sie nur die Flöhe husten. Sie hatte keine Lust, darüber zu reden. Auch weil sie das Gefühl nicht loswurde, dass Wesseling sich gar nicht für ihren Auftrag interessierte. Er war in Gedanken anderswo. Er wollte sie nur gut und sicher unter Dach und Fach haben. Quasi von der Straße.

Sonja seufzte, streckte die Beine aus und lehnte sich zurück. Sie beneidete Wesseling um sein komfortables Auto. Er hatte das Navigationsgerät eingeschaltet. Das Radio schwieg.

»Dann hast du jetzt den Kopf frei für Euskirchen«, hörte sie ihn sagen. »Und das ist auch nötig. Soweit ich weiß, will man dich mit den jugendlichen Steinewerfern vom Fünfzehnten beschäftigen.

»Es gab Steinewerfer?«

»Liest du keine Zeitung mehr?«, fragte Wesseling.

»Doch.«

»Es gab im Lokalteil mehrmals Berichte über diese Vorfälle.«

»Habe ich wohl übersehen«, sagte Sonja und blickte starr geradeaus.

»Immerhin versuchter Mord. Das ist doch schön für dich, oder?«

»Ich dachte schon, ich muss in Euskirchen Akten abstauben.«

»Nein, nein«, beteuerte Wesseling. »Dafür habe ich gesorgt. Ich habe Roggenmeier gesagt, dass du dafür nicht geeignet bist.«

»Danke«, sagte Sonja und fragte sich, wie er das gemeint haben mochte. Sie beschloss, es positiv zu sehen. »Wie kommst du drauf, dass es Jugendliche waren?«

»So was machen meistens Jugendliche. Und meistens sind sie nicht allein«, sagte Wesseling und fügte übergangslos hinzu: »Lässt du den Hut etwa gleich auf?«

Unwillkürlich fasste Sonja an die Krempe. Stimmte etwas nicht? Sie korrigierte den Sitz des Huts geringfügig und sagte. »Natürlich.«

HK Roggenmeier erwartete sie und streckte Wesseling seine Hand entgegen. Als Sonja ihn die Zähne zusammenbeißen sah, spannte sie die Muskeln an. Sie kam mit einer Quetschung davon. HK Roggenmeier bat die Herrschaften Platz zu nehmen, pflanzte sich hinter seinen Schreibtisch, zog eine Aktenmappe aus einer Schublade, ließ sie mit einem lauten Knall auf den Tisch fallen und tönte: »So.«

Roggenmeier klopfte auf den Aktendeckel, blickte auf Sonjas Hut und sagte: »Das ist Ihr erster Fall, Frau Kollegin. Und er ist nicht ohne. Sobald ich Sie eingeweiht habe, zeige ich Ihnen Ihr Büro und stelle Sie den Kollegen vor. Die Einstellungsunterlagen und Ihr Ausweis sind ebenfalls in dieser Mappe. Das Foto wurde uns von den Kollegen in Trier zur Verfügung gestellt. Sie müssen nur unterschreiben.«

Wesseling nickte zufrieden.

Sonja hatte den Eindruck, dass Staatsanwalt und Hauptkommissar schon zusammengearbeitet hatten, denn Roggenmeier schien zu wissen, wie Wesseling am liebsten zu Werke ging. Keine unnötigen Floskeln, wie zum Beispiel: »Willkommen in unserem Kommissariat!« Nur keine Sentimentalitäten!

»Bekomme ich einen Dienstwagen?«, fragte Sonja. Die Frage war vielleicht recht früh gestellt, aber sie war extrem wichtig zur Bewältigung des Alltags. Betretenes Schweigen. Wesseling schluckte. Roggenmeier zog die Stirn in Falten.

Man wechselte bedeutende Blicke. Als Sonja keine Antwort bekam, zog sie sich auf eine Art Warteposition zurück.

»Es geht aktuell um diese jugendlichen Steinewerfer, nicht wahr?«, meldete Wesseling sich zu Wort.

Roggenmeier faltete die Hände über der Aktenmappe und deklamierte: »So ist es. Wir möchten, dass Frau Senger in der Soko Pflasterstein mitarbeitet. Wir selbst sind mit Einstellungsanträgen völlig am Rande unserer Kapazitäten. Immer diese Autoaufbrüche von Junkies, es ist zum Aus-der-Haut-fahren.« Roggenmeier seufzte theatralisch und wandte sich an Sonja. »Frau Senger, Sie werden von zwei Kollegen vom KK11 aus Bonn unterstützt, denn es handelt sich ja schließlich nicht um eine Bagatelle, sondern um den Versuch eines Kapitaldelikts, das bedeutet also, wie haben es hier mit einem Hauptstellendelikt zu tun. Wie üblich habe ich bereits die ›Wichtige Ereignismitteilung‹ an den Innenminister geschickt. Wir haben grünes Licht.« Roggenmeier holte Luft, wartete vergeblich auf einen Kommentar seiner Gäste und fuhr schließlich fort: »Wir gehen davon aus, dass es sich in allen Fällen um die gleichen, handelsüblichen Pflastersteine handelt, wie man sie in jedem Baumarkt käuflich erwerben kann. Der, den wir heute Morgen sichergestellt haben, misst zehn mal zehn mal acht Zentimeter. Es ist kein neues Exemplar, sondern ein gebrauchtes, das bereits verlegt war, mit den entsprechenden Spuren von Sand und Lehm. Er stammt nicht von einer Straße, sonst wäre er zehn mal zehn mal zehn Zentimeter, sondern vermutlich von einem Hof oder einem Privatweg.« Wesseling nickte ihm aufmunternd zu. »Leider haben wir nur dieses eine Exemplar sichergestellt. Die anderen haben die Täter vermutlich hinterher wieder eingesammelt. Warum dieses eine nicht, werden Sie sich fragen?«

»Nein. Ich frage mich, woher Sie dann wissen, dass die anderen auch Pflastersteine waren.«

»Wir haben Zeugen.«

Sonja nickte folgsam.

»Also, dieses eine Exemplar, das wir sichergestellt haben, wurde heute Morgen gegen 6.08 Uhr zwischen Schmidtheim und Blankenheim nicht auf die Landstraße geworfen und wieder eingesammelt, sondern auf offener Strecke in den Eifel-Express geschleudert.«

»Was?!«, riefen Wesseling und Sonja wie aus einem Mund.

Roggenmeier hob die Hände. »Es gibt keine Toten.«

»Sie haben gut reden«, rief Sonja. »In diesem Zug hätte ich gesessen, wenn der Staatsanwalt mich nicht netterweise mit dem Auto abgeholt hätte. Kein gutes Gefühl.« Und nicht nur ich, dachte sie. Auch Warenka nahm immer diesen Zug.

Roggenmeier lächelte süffisant. »Ein bisschen so, als hätte man ein Flugzeug verpasst, das abstürzt, nicht wahr?«

»Sie sagen es.« Sonja versuchte sich beherrschen. Sich mit Roggenmeier anzulegen, reizte sie zwar, aber diese Soko Pflasterstein noch mehr.

»Gab es Verletzte?«, fragte Wesseling.

»Nur zwei. Sie trugen Schnitt- und Schürfwunden davon. Zwei weitere Fahrgäste erlitten einen Schock und mussten ins Krankenhaus gebracht werden. Der Stein landete in dem Waggon hinter dem Triebwagen. Haben Sie heute Morgen keine Nachrichten gehört?«

»Ich war schon früh im Auto unterwegs«, erklärte Wesseling. »Ich bin mit Navigation gefahren.«

»Und ich ...«, begann Sonja und verstummte wieder. Sie konnte den beiden Herren unmöglich erklären, welchen Aufstand sie getrieben hatte, um auszusehen, wie sie jetzt aussah. Von der Rede, die sie zu ihrer Verteidigung entworfen hatte ganz zu schweigen. Da hätte ein Radio nur gestört.

»Wie auch immer«, meinte Roggenmeier und lächelte unmotiviert. »Morgen wird es auch in der Zeitung stehen. Stellen Sie sich bloß einmal vor, der Lokführer wäre getroffen worden.«

»Ich finde eine Zugentgleisung nicht witzig«, erklärte Sonja. »Was ist mit den anderen Steinen?«

»Wie ich schon sagte, die haben wir nicht sicherstellen können.«

»Wie viele waren es, wo wurden sie abgeworfen, und wo landeten sie?«

»Das«, sagte Roggenmeier und tätschelte die Aktenmappe, »bis auf das Ereignis von heute Morgen, das steht alles hier drin, Frau Kollegin.« Mit Schwung schob er die Mappe über den Schreibtisch. Sonja fing sie auf, ehe sie herunterfallen konnte.

Was sie las, erschreckte sie. Am 15.12. seien laut Zeugenaussagen am späten Abend Steine – von der Größe und in der Farbe von Pflastersteinen – mehrmals zwischen Blankenheim und Dahlem von beiden Straßenrändern aus auf und über die Bundesstraße 51 geschleudert worden. Trotz akribischer Suche seien die Steine nicht aufzufinden gewesen. Niemand hatte die Täter gesehen.

Sonja war selbst oft genug auf dieser vielbefahrenen Strecke unterwegs. Es war kein Trost, dass der oder die Täter nur LKW im Visier gehabt hatten. Niemand konnte mit so etwas rechnen, nicht auf einer Landstraße und erst recht nicht vom Straßenrand aus. So etwas geschah von Autobahnbrücken aus. Auf einer Autobahn konnte es Sonja passieren, dass sie einen skeptischen Blick hoch zu Brücken warf, wenn dort Jungen herumlungerten und es nicht sicher war, ob sie nur aus Langeweile Autos zählten. Aber auch dieses beklemmende Gefühl hielt nur ein paar Tage an, nachdem so eine Heldentat wieder einmal durch die Presse gegangen war.

Sie merkte erst, dass sie nicht allein mit der Aktenmappe war, als Wesseling sich räusperte. »Es ist nur eine halbe Stelle«, flüsterte er. Er sah unglücklich und schuldbewusst aus.

»Aha«, machte Sonja.

»Aber ich sorge dafür, dass du einen Wagen bekommst«, versprach er laut.

Und Roggenmeier versicherte eifrig: »Selbstverständlich bekommt sie einen Wagen«.

»Gut«, meinte Sonja gnädig. Die Herren mussten nicht wissen, dass sie ihr gerade einen Wunsch erfüllt hatten. Ein schlechtes Gewissen war bares Geld wert. »Bis Morgen dann!«, sagte sie und verabschiedete sich. »Um wie viel Uhr?«

»Sieben Uhr!«

Auf dem Gang rief Wesseling ihr hinterher, wie sie denn gedenke, ohne ihn nach Wolfgarten zurückzukommen.

»Ich nehme den Zug.«

»Das würde ich an deiner Stelle nicht tun«, riet er besorgt.

Auf die Kreispolizeibehörde folgten nach ein paar Metern ein Salon für Fußpflege und ein Erotik-Shop. Rechter Hand lag das Rathaus und ihm gegenüber in einem Park das Amtsgericht mit seinem runden Turm. Sonja bog links in die Oststraße ein und erreichte bald den Bahnhof.

Wenn die Sonne sich nicht im Glaspalast des gegenüberliegenden Parkhotels gespiegelt und sie geblendet hätte, wäre ihr sicher nicht aufgefallen, dass im Schatten des Nobelhotels die Hauptgeschäftsstelle der Kreissparkasse Euskirchen lag, Dr. Gero Warenkas ehemaliger Arbeitsplatz, wie Grazia ausgesagt hatte. Ein nicht minder beeindruckendes Gebäude. Zwei, die sich gut ergänzten. Da sah man gleich, wohin das Geld ging.

Sonja brannte auf ein Gespräch in der Kreissparkasse mit Dr. Gero Warenka. Nicht mehr als Privatdetektivin im Auftrag von Grazia, sondern ausgestattet mit den Befugnissen einer echten Kriminalkommissarin. Einer Hauptkommissarin wieder im Dienst. Ein großartiges Gefühl.

»Tut mir leid, aber Herr Dr. Warenka arbeitet nicht mehr bei uns«, erfuhr sie von einem freundlichen Mann im schwarzen Anzug, der sie – ohne sich vorzustellen – in sein Büro bat. Die Hauptgeschäftsstelle der Kreissparkasse Euskirchen verströmte die gleiche Unberührbarkeit wie das Parkhotel. Der Banker trug den gleichen edlen Zwirn wie Dr. Warenka. Und hatte das gleiche Allerweltsgesicht wie dieser. Glatt, gepflegt und nichtssagend.

»Ich weiß, aber ich wüsste gern, warum er nicht mehr hier arbeitet«, sagte Sonja und kramte aus der Aktenmappe, die HK Roggenmeier ihr übergeben hatte, ihren Ausweis hervor. »Mein Name ist Sonja Senger.«

Der Banker inspizierte ihren Ausweis, verglich das Foto mit der Realität, sein Blick verharrte einen Augenblick zu lang an ihrem Hut. Schließlich sagte er: »Die Unterschrift fehlt.«

»Ach. Ich vergesse solche Kleinigkeiten immer«, sagte Sonja schnell. »Wenn Sie mir einen Stift geben würden?«

»Schon in Ordnung. Wieso interessieren Sie sich für Dr. Warenka?«

»Laufende Ermittlung«, sagte Sonja und zuckte entschuldigend mit den Schultern.

Der Banker bat sie Platz zu nehmen und setzte sich ihr gegenüber. Er öffnete sein Jackett und schlug die Beine übereinander. »Soweit ich weiß, gab es Unregelmäßigkeiten. Wir mussten uns leider von ihm trennen. Er war ein ausgezeichneter, fähiger Mann. Aber das Image unserer Bank ...«

»Kann ich das genauer haben?«, fragte Sonja.

»Natürlich. Es ging um die Akte, warten Sie, wie hieß er noch, ach ja, Irmscher.«

»Irmscher?«, fragte Sonja enttäuscht. Mist, sie war auf dem verkehrten Dampfer. Sie überlegte kurz, das Gespräch hier zu beenden.

»Ja, Herbert Irmscher und seine Frau Ulrike. Es ist zwar schon ein paar Jahre her, aber ich habe ein Namensgedächtnis wie ein Computer.« Der Mann erwartete Lob. Als das nicht kam, fuhr er fort. »Dr. Warenka hatte den Eheleuten Irmscher aus Dahlem ein Stück Land abgekauft. Agrarland, von dem er wusste, dass es Bauland werden würde. Wir sind keine Immobilienhaie, muss ich dazu sagen.«

»Selbstverständlich nicht«, bestätigte Sonja. »War das ein Einzelfall?«

»Natürlich. Aber wir reagieren auch auf Einzelfälle sofort und ohne Kompromisse.«

»Sie haben ihn gefeuert?«

Der Banker schüttelte den Kopf. »Dr. Warenka bekam zur gleichen Zeit einen Ruf an ein Privates Institut für Wirtschaftswissenschaften in Köln.«

»Wie praktisch. Gibt es auch eine Akte Nowak?«, fragte Sonja. Sie wollte sich mit der Sackgasse, in die sie offenbar geraten war, nicht abfinden.

»Nowak?«, fragte der Banker und zog die Augenbrauen hoch. »Moment bitte.« Sein Namensgedächtnis schien zu versagen. Er hackte ein paar Mal auf der Tastatur seines Rechners herum. »Ich finde nur einen Kunden mit dem Namen Wilhelm Nowak. Ebenfalls aus Dahlem. Meinen Sie den?«

Sonja nickte. Auch wenn ihr Kandidat Niklas Nowak hieß.

»Ist er ebenfalls Bestandteil Ihrer Ermittlungen?«

»Direkt«, bestätigte Sonja. »Es ist nämlich so, dass ein gewisser Niklas Nowak Herrn Dr. Warenka in die Mangel zu nehmen scheint.«

Der Banker hackte wieder. »Das ist der Sohn«, bestätigte er. »Die Ehefrau heißt übrigens Beate, falls Sie das interessiert.«

Die Frau, die einkauft, dachte Sonja.

»Wilhelm Nowak und seine Frau Beate, hatten eine Hypothek bei unserer Bank aufgenommen und waren plötzlich nicht mehr in der Lage, das Geld zurückzuzahlen. Da mussten wir uns leider an die Sicherheiten halten.«

»Haus und Hof?«

»In ihrem Fall Haus und Supermarkt. Die Eheleute hatten wohl über ihre Verhältnisse gelebt und, wie soll ich sagen, nach den Sternen gegriffen.« Sonja runzelte die Stirn. »Will heißen, sie hatten sich verkalkuliert.«

»Erzählen Sie!«, forderte Sonja ihn auf.

»1992 unterschrieben die Eheleute Nowak einen Darlehensvertrag. Das Geld sollte in den Umbau ihres kleinen Lebensmittelladens fließen. Der Umbau begann ein halbes Jahr später. Im Frühjahr 1994 fand die Neueröffnung statt. ›Nowaks Frischemarkt‹ startete großzügig mit einer Tombola und einem Grillfest mit Freibier in die neue Zukunft. Für die Kinder wurde eine Hüpfburg bestellt und sogar ein Zauberer engagiert. Die Nowaks haben keine Kosten und Mühen gescheut.«

»Das war ja auch sinnvoll.«

Der Banker überhörte Sonjas Einwurf. »Schon im folgenden Jahr, also 1995, bahnte sich aber der Zusammenbruch an, man konnte praktisch dabei zusehen. Es war ein unaufhaltsamer Abstieg. Natürlich hatte Herr Winter von der

Filiale Dahlem einen Spielraum von drei Jahren einkalkuliert, in dem der neue Supermarkt seinen Platz im Bewusstsein der Kunden aus der näheren und möglichst auch weiteren Umgebung finden sollte, aber den verspielten die Nowaks.«

»Verspielten?«, fragte Sonja erstaunt.

»Ich nenne es so. Die Ehefrau kannte offensichtlich kein Halten mehr. Vermutlich kam sie aus einem armen Elternhaus. Sie schöpfte aus den Vollen. Sie ging sogar an die Reserve. Sie räumte das Konto leer. Sie ließ zwei Wohnungen über dem Supermarkt komplett renovieren. Eine nicht unerhebliche Ausgabe, die nicht einkalkuliert war. Neue Möbel und ein neues Auto kamen hinzu. Mehr Personal als nötig wurde eingestellt. Personalkosten sind immer der höchste Batzen. Dabei waren die Gänge des Supermarkts die meiste Zeit leer. Sicher hätten sie sich besser einer Kette angeschlossen ... Im Herbst 1996 schließlich konnten wir nicht länger stillhalten. Das Wohnhaus samt modernem Supermarkt wurde zwangsversteigert, die Nowaks kamen auf dem Hof der Irmschers unter, die übrigens mit ihnen verwandt sind. Ich glaube, es handelt sich um Wilhelms Schwester Ulrike und ihren Mann Herbert. Da konnten die Nowaks noch von Glück sagen, sonst hätten sie mit ihrem Kind auf der Straße gestanden.«

Kind? Sonja rechnete nach. Über den Daumen musste Niklas damals um die zehn Jahre alt gewesen sein. Viel zu klein, um Namen und Genaues mitzubekommen. Viel zu klein, um heute ...

»Einen Arbeitsplatz im Lebensmittelbereich anzunehmen«, fuhr der Banker fort, »was nichts anderes bedeutet hätte, als dass ein ehemaliger Konkurrent sie hätte anstellen müssen, war für die Ehefrau angeblich undenkbar und damit auch für

Wilhelm tabu. Er war ihr wohl hörig. Was sollten die Kunden von ihnen denken? Ihre eigenen, ehemaligen Kunden? Was würde man sich das Maul über sie zerreißen. Diese Schande hätte Beate nicht ertragen können. Lieber wäre sie ...«

Sonja unterbrach ihn ungeduldig. »Und Dr. Warenka war derjenige, der dafür gesorgt hat, dass ...?«

Der Banker nickte kurz.

»Aber Sie haben die Hypothek doch damals gewährt. Sie hätten ...«

»Alles prüfen müssen? Das haben wir getan. Mit der üblichen Sorgfalt. Wie es unsere Art ist. Der Antrag kam von unserer Zweigstelle in Dahlem. Bei Unterschrift war nicht abzusehen, dass es so kommen würde. Die Nowaks konnten einfach nicht mit Geld umgehen, wissen Sie. Der Ehemann hätte seiner Frau das Handwerk legen müssen. Wir als Bank haben uns nichts vorzuwerfen. Wir haben nach bestem Wissen und Gewissen gehandelt.«

»Aber das ist kein Einzelfall oder?«

»Das ist überhaupt kein Fall, wie Sie das nennen«, wies der Banker Sonja zurecht. »Das ist unser Tagesgeschäft.«

»Tagesgeschäft«, murmelte Sonja und verzog verächtlich den Mund. »Ich liebe diesen Ausdruck. Serienmörder sagen das auch immer.«

Das Gesicht des Bankers versteinerte sich.

»Na ja, ich habe nur laut gedacht«, murmelte Sonja.

»Ich bitte Sie! 2004 gab es etwas über neununddreißigtausend Unternehmensinsolvenzen in Deutschland. In 2006 nur noch circa zehntausend. Aber im laufenden Jahr werden es voraussichtlich wieder doppelt so viele sein. Die Nowaks waren also nicht allein. Natürlich bedauern wir Einzelschicksale wie diese, sehr sogar, aber darauf können wir keine Rücksicht nehmen. Wir sind nicht das Sozialamt. Unser Job ist es, das Geld, das uns anvertraut wird, ordentlich zu verwalten und zu mehren. Das sind wir unseren Kunden schuldig.«

»Ich verstehe«, sagte Sonja und erhob sich umständlich. »Ich will Sie auch bei ihrem Tagesgeschäft nicht länger aufhalten. Würden Sie mir vielleicht die Anschrift der Irmschers geben?«

»Moment.« Er hackte wieder. »Dahlem, Escher Straße. Es ist einer dieser Aussiedlerhöfe. Wilhelm Nowak wohnt übrigens immer noch dort, falls es Sie interessiert.«

»Sein Sohn auch?«, fragte Sonja.

»Das«, meinte der Banker und seufzte, »entzieht sich leider meiner Kenntnis. Ich könnte das natürlich für Sie herausfinden lassen, aber ...«

»Nein, nein, bemühen Sie sich nicht«, sagte Sonja und warf sich den Riemen ihrer Tasche über die Schulter. Ein wenig zu schwungvoll, denn sie fegte dabei ein Foto vom Schreibtisch. Sie hob es auf, betrachtete es und stellte es zurück an seinen Platz. Frau und Tochter lächelten immer noch.

Es war die Rubrik *Er sucht Sie* der Samstagsausgabe des Kölner Stadt-Anzeigers, mit der Sonja sich am Abend von den Neuigkeiten des Tages erholte. Aber weder der begeisterte Opernfan, der Internist mit der eigenen Praxis, der seriöse Gentleman vom Scheitel bis zu Sohle, noch der einsame Witwer mit eigenem Haus konnten sie erreichen.

Dich suche ich, behauptete ein Widder in den besten Jahren. *Eine Aphrodite musst du nicht sein,* meinte ein charmanter Nichtraucher. *Erinnere mich an die Liebe,* bat ein realistischer Christ.

Welcher dieser Traumtänzer sollte sie bereichern können, fragte sich Sonja. Kurz bevor sie die Seiten fürs Kachelofenfeuer zerknüllte, streifte ihr Blick die fett gedruckten Worte: *Begleite mich ein Stück.*

Ich nicht, sagte sie, ich habe andere Sorgen. Irgendeine andere Frau muss das machen. Ich muss demnächst jeden Morgen nach Euskirchen, jeden verdammten Morgen. Und wenn ich zurückkomme, werde ich fix und fertig sein. In Ballform gepresst, flogen die Seiten in Richtung Korb, wo sich die Holzscheite stapelten, landeten aber kurz dahinter unter einem Regal.

Wie gewohnt wollte Sonja vor dem Schlafengehen ein Zigarillo rauchen und sich auf der Ofenbank noch einmal den Wind um die Nase wehen lassen. Davis blieb auf der Türschwelle stehen und lehnte es ganz gegen seine Gewohnheit ab, hinauszugehen.

»Komm! Begleite mich ein Stück.«

Und Davis, der sonst höchstens auf eine Aufforderung zum Fressen reagierte, spitzte die Ohren, sprang mit einem Satz über die Türschwelle, flog die ausgetretenen Treppenstufen hinunter und lief davon, als hätte jemand in der Dunkelheit nach ihm gerufen. Sein weiß-schwarzer, kleiner Körper wurde zu einem wackligen Punkt, und auch dieser verschwand bald in der schwarzen Nacht.

Als Sonja den Zigarillo auf dem Boden ausdrückte, kehrte er zurück. Abgehetzt, aber zufrieden. Auf die Frage, wo er gewesen sei, schwieg er beharrlich. Auch wen er getroffen habe, wollte er nicht verraten.

Ein Holzscheit im grünen Kachelofen knackte, als Sonja auf die Knie ging und unter dem Regal den Zeitungsball hervorholte. Auf dem Esstisch strich sie die Seiten glatt und suchte die Rubrik, die Spalte, die Zeile....

Begleite mich ein Stück ...

Sie schnitt die zerknitterte Anzeige aus, setzte ihre Lesebrille auf und näherte sich dem Text auf Nasenlänge.

... vielleicht für ganz, ganz lange: Wandern an Rhein? Gemeinsames Kochen? Städtekurzreisen? Kölner, schätzt Rotwein, Büchernarr, sucht ...

Sonja richtete sich auf und seufzte. Reisen und Rotwein waren in Ordnung. Würde das gemeinsame Kochen das Ende der Tütensuppen bedeuten? Warum sagte ihr diese Anzeige mehr als alle anderen zusammen? Sie musste eine Nacht darüber schlafen, um es herauszufinden.

Sie kletterte die Stiege hinauf in ihr Schlafzimmer. Regen prasselte gegen die Scheiben, als sie sich mit weiteren Fragen herumschlug: Wie flexibel war dieser Mann? Musste sie wirklich mit ihm wandern? Würde er stattdessen eventuell bereit sein, Holz für den Kachelofen zu hacken und ihr manchmal etwas vorlesen, aus Büchern, die sie schon kannte?

13. Kapitel

Dr. Gero Warenka erschien viel zu spät im Institut. Er war nicht korrekt, weder in der Zeit noch in seinem Aussehen. Er war aufgelöst. Er war ein gebrochener Mann, sein Kinn zeigte nach unten, seine Frisur war derangiert, er war nur noch ein Schatten seiner selbst.

Er ließ sein Seminar absagen und blieb in seinem Büro. Jenny Pützer kochte ihm einen scheußlichen Kaffee. Er hätte lieber einen Trester gehabt. Sie fragte nach seinem Befinden. Kurz und knapp erzählte er von seinem Erlebnis. Jenny war schockiert und bewunderte seinen Mut. Dann bat er darum, allein gelassen zu werden. Alles, was er jetzt brauchte, war Ruhe.

Er war noch benommen von dem, was ihm im Zug beinah zugestoßen war. Noch nie war er dem Tod so nah gewesen. Seinem Tod. Der Schock saß tief.

Auch wenn er im Augenblick der höchsten Gefahr wie in einem Reflex zunächst nur an Michaela und seine Termine im Institut gedacht hatte, so waren doch ganz andere Gefühle in den Stunden danach in ihm wach geworden und drängten langsam an die Oberfläche. Gefühle, die er nicht wahrhaben wollte, denn sie überschritten die Grenzen seines Bewusstseins.

Er, der an eine Vorsehung nicht glauben wollte, hatte zum ersten Mal in seinem Leben eine Ahnung von der Existenz einer höheren Macht bekommen, und davon, wie es ist, wenn man Dinge einfach geschehen lassen muss und man nichts tun kann als machtlos zusehen, in der Hoffnung, man kommt mit heiler Haut davon.

Er hatte Glück gehabt. Jemand hatte die Hand über ihn gehalten. Und er musste an Kerstin denken und ihre flehende

Bitte: »Fahr nicht! Bitte fahr nicht!« Vielleicht hatte er ihr unrecht getan. Trotzdem hatte er nicht das Bedürfnis verspürt, sie nach dem Unfall anzurufen. Reden darüber würde er liebend gern, aber nicht mit ihr. Er brannte darauf, Michaela jedes Detail zu schildern, als habe er eine Heldentat begangen. Die Angst um ihn in ihren Augen würde ihm beweisen, was sie für ihn empfand.

Trotz des Unfalls auf offener, freier Strecke hatte es nicht lange gedauert, bis der Rettungswagen und die Polizei eintrafen. Es schien in der zweiten Klasse Verletzte zu geben. Niemand interessierte sich für den großen seelischen Schaden, den Dr. Warenka genommen hatte. Er kam als Letzter an die Reihe. Beinah hätte man ihn sogar vergessen. Man notierte Namen und Adresse und fragte, ob er eine verdächtige Person gesehen habe. Er wies diese Frage strikt von sich. Natürlich hatte er das nicht. Das konnte nicht seine Aufgabe sein. Er hatte sich dem Eifel-Express anvertraut und war davon ausgegangen, dass sich der Verkehrsverbund Rhein-Sieg um sein Wohlbefinden kümmerte und ihn sicher an den Ort seiner Wahl beförderte. Dafür zahlte er gutes Geld.

Man fragte ihn, ob er verletzt sei. Nicht körperlich, hatte er geantwortet, aber für die psychischen Folgen werde er den VRS verantwortlich machen.

Man fragte ihn, ob er einen Psychologen zu sehen wünsche.

»Nein!«, hatte er aufgebracht gebrüllt. »Ich will niemanden sehen!«

Der Ersatzzug, der auf die Schienen gebracht wurde, nachdem der beschädigte Zug auf ein Nebengleis gerollt war, hatte ihn nach Köln gefahren.

Nicht im Traum hatte er daran gedacht, sich krank zu melden, obwohl es ihm ja wirklich nicht gut ging. Abgesehen von der Erkältung, die er sowieso schon in den Knochen hatte, waren seine Hände und Füße eiskalt, Arme und Beine zitterten. Er hatte das Gefühl, nicht mehr richtig sehen zu können. Kleine, schwarze Flecken tummelten sich wie Fliegen vor seinen Augen. Sein Mund war wie ausgetrocknet. Eine Migräne bahnte sich an. Ein Trauma hatte sich über seine empfindsame Seele gelegt wie der Schatten eines großen Baums. Er wusste nicht, ob er es je überwinden würde. Ob er je wieder froh und unbeschwert sein konnte. Und leistungsfähig wie zuvor.

Mittags raffte er sich auf und nahm einen kleinen Imbiss in der Stadt ein. Dann wartete er und formulierte in Gedanken die Sätze, mit denen er Michaela die Tragweite des Desasters ausmalen würde. Er erhoffte sich Bewunderung, aber vor allem Trost und Mitleid – in Form engster, körperlicher Nähe. Heute konnte sie ihn nicht zurückweisen, nicht einen Mann, der dem Tod ins Auge gesehen hatte. Heute Nacht konnte sie ihn nicht wegschicken.

Ein mulmiges Gefühl beschlich ihn, als er mit Michaela den Zug Richtung Trier bestieg. Er klammerte sich an die Weisheit: Wer vom Pferd fällt, soll sofort wieder aufsteigen. Sonst nur Augen für Michaela, konnte er nicht aufhören, die Zugfenster zu kontrollieren, als könne jeden Moment der nächste Stein hereinfliegen. Er versuchte, sich die innere Unruhe nicht anmerken zu lassen und wartete mit seinem Abenteuer auf.

Michaela war bestürzt, als er ihr von der teuflischen Tat berichtete, von einem zentnerschweren Geschoss, das ihn nur um Millimeter verfehlt hatte und von seiner Besonnenheit im entscheidenden Moment. Aber es war nicht Angst, die Warenka in ihren Augen erblickte, sondern helle Empörung.

»Was erlaubt sich dieser Mensch!«, rief sie aus, als habe ihr jemand etwas wegnehmen wollen, was ihr allein gehörte. Warenka war irritiert. Er hatte eine andere Reaktion erwartet.

Er war enttäuscht, dass sie sich nicht an ihn klammerte, erleichtert, dass er noch unter den Lebenden weilte.

Den Rest der Zugfahrt verbrachten sie schweigend. Michaela verdaute wohl die Nachricht, und er spielte ein ums andere Mal die Sekunden des Schreckens durch. Was wäre gewesen, wenn ...?

Die CD war längst abgelaufen. Das Kissen lag zerknüllt zwischen Bett und Wand. Irgendwo wurde eine Tür zugeschlagen. Warenka lag wohlig erschöpft neben Michaela, die zur Zimmerdecke blickte. Sie hatte die Bettdecke zwischen die Beine geklemmt und bis zum Kinn hochgezogen. Ihre Arme waren über der Brust gekreuzt. Ihre Hüftknochen lagen frei und erinnerten Warenka daran, wie unwiderstehlich er gewesen war, gewesen sein musste. Sie hatte ihn vorbehaltlos geliebt. Sie hatte ihn gewollt.

Ohne irgendwelche Spielchen hatte sie ihn schnurstracks in sein Bett gezogen, als könne sie es nicht abwarten. Mit ihrer Leidenschaft fegte sie seine Bedenken wegen ihrer Jugend und seiner Körpergröße weg. Nach einem anfänglichen, kleinen Machtspiel, das er durchaus genossen hatte, hatte sie schnell aufgegeben und ihn gewähren lassen. Sie schien es zu mögen, wenn er stärker zupackte.

Michaela hatte ihn nicht wieder an ihre Beine gelassen. Aus unerfindlichen Gründen bestand Michaela darauf, ihre Strümpfe im Bett anzubehalten. Aber der Anblick des schwarzen Spitzenrandes auf ihren Oberschenkeln entschädigte Warenka für diese kleine Marotte.

»Ich will hier raus«, hörte er ihre Stimme, fremd, als käme sie von weit her.

»Ich nicht«, brummte Warenka.

»Liebst du mich?«

»Ja«, flüsterte er ohne nachzudenken. »Mehr als alles auf der Welt.«

»Beweis es mir«, forderte sie.

»Ich kaufe dir ein Haus.«

»Nicht irgendeines.«

»Nein, natürlich nicht. Ein großes, schönes, modernes Haus nur für dich und mich«, versprach er und spielte mit dem Spitzenrand ihres Strumpfes.

»Ich will eine Villa.«

»Eine Villa«, wiederholte er und hörte nur mit halbem Ohr zu.

»Eine rosa Villa.«

Er war zu beschäftigt, um zu verstehen.

»Ich will in deinem Haus leben«, verlangte Michaela.

Warenka zog seine Hand zurück. Plötzlich verunsichert. Das war mehr als er zu hoffen gewagt hatte. Auch mehr als er eigentlich wollte.

»Mit dir.«

Er ließ sich auf den Rücken fallen und strich mit dem Daumen über die leere Stelle an seinem Ringfinger. Er musste es Michaela beichten. Hier und Jetzt. Und brachte es doch nicht über die Lippen.

»Sonst verlasse ich dich«.

Schon wieder diese Drohung. »Ich mache doch alles, was du willst.«

»Gut.«

»Warum nicht ein Haus in Köln?«, fragte er.

»Nein«, sagte Michaela. »Nicht in Köln. In Gerolstein.«

Warenka konnte sich nicht erinnern, ihr erzählt zu haben, wo er wohnte. Bisher hatte sie sich nicht für sein Leben außerhalb des Instituts interessiert. Und das war ihm recht gewesen. Aber die Tatsache, dass sie es allein herausgefunden hatte, schmeichelte ihm auch. Sie hatte Nachforschungen angestellt. Anscheinend hatte sie aber nicht herausgefunden, dass er dort nicht allein lebte, denn sie tat, als existiere eine Ehefrau nicht. Und dabei sollte es bleiben. Er würde das regeln. Michaela musste es nicht erfahren, er musste nichts beichten, wenn er schnell und unbürokratisch handelte, wie es auch sonst seine Art war. Er würde Kerstin keine Zeit lassen. Er würde sich ihr gegenüber großzügig zeigen. Sie musste den Platz frei machen. Sie musste.

»Darf ich heute Nacht hier bleiben?«, fragte er.

»Nein.«

Als er die Haustür im Hainbuchenweg aufschloss, war er bedrückt. Was er Kerstin zu sagen vorhatte, lag wie ein riesiger Stein auf seiner Brust. Er würde sie verletzen müssen. Und das tat er nicht gern. Er liebte sie, ja, das tat er wirklich, aber Michaela liebte er mehr. Er hoffte, sie schlafe schon und er könne die Diskussion auf morgen vertagen. Aber sie stand in einem weiten Kaftan in der Küche. Alles war aufgeräumt. Er wusste nicht, was sie so spät in der Nacht noch zu tun hatte, außer auf ihn zu warten.

»Ich hab's gewusst«, stieß Kerstin hervor, als Warenka ihr von der Gefahr erzählte, der er nur knapp entronnen war. Ihre beiden dicken Hände klammerten sich an eine Teetasse. Ein süßlicher Duft erfüllte die Küche.

Warenka war gereizt. »Dann weißt du auch sicher, wer es war?«, herrschte er sie an und spürte, wie er rot anlief. Er versuchte sich zu beherrschen. »Entschuldige, so war das nicht gemeint. Ich bin fix und fertig.«

Kerstin liefen die Tränen über die Wangen. »Ich erkenne dich nicht wieder.«

»Ich dich auch nicht.«

Sie brach auf einem Stuhl zusammen. Gleich würde sie ihm eine Szene machen. Und nach den Karten greifen. Dem musste er zuvorkommen.

»So nah am Tod«, begann er langsam und mit betont ruhiger Stimme, »bin ich nachdenklich geworden.«

»Ja?« Sie sah zu ihm auf. Hoffnung und Verzweiflung lagen in ihren Augen dicht beieinander.

»Und zu dem Schluss gekommen, dass ich mein Leben ändern muss.«

Kerstins Tränen hatten ihre schwarze Augenbemalung verschmiert. Als sie zu ihm aufblickte, sah sie aus wie ein trauriger Clown. »Ach, Gero!«, hauchte sie. »Wir machen einen Neuanfang, ja? Warte, ich hole meine Karten, dann ...«

»Nein. Lass. Das ist nicht mehr nötig. Ich möchte, dass du ausziehst«, sagte er leise, aber bestimmt.

Als Kerstin trotzdem aufstand, um ihre Karten zu holen, wiederholte er den Satz, lauter und deutlicher. »Ich möchte, dass du ausziehst.« Sie erstarrte in der Bewegung, als horche sie auf ein anderes Geräusch. »Du hast bis zum Wochenende Zeit, um das Nötigste zu packen. Du kannst vorläufig in einem Hotel wohnen. Ich zahle das. Ich werde dir eine Eigentumswohnung kaufen, aber du weißt selbst, das kann eine Weile dauern. Es soll dir auch in Zukunft an nichts fehlen.«

»Nein!«, schrie sie. Ihre Stimme überschlug sich. Bewaffnet mit ihrem Kartenspiel und dem Telefon rannte sie im wehenden Kaftan aus der Küche, blieb am Griff hängen, zerrte am Stoff, stolperte die Treppe hinauf ins Schlafzimmer, die Tür fiel zu, sie wurde abgeschlossen.

»Das war's«, murmelte Warenka und atmete tief durch. Er hatte es getan. Er hatte es wirklich getan. Andere hätten gekniffen. Er nicht. Keinen Augenblick zweifelte er daran, dass Kerstin seiner Aufforderung nachkommen würde. Der Weg für Michaela war frei.

Er versuchte, sie sich in seinem Haus vorzustellen. Es fiel ihm nicht leicht. Es trug die Handschrift seiner Frau. Es war gediegen, und die Möbel standen seit vielen Jahren an derselben Stelle. Michaela würde sicher vieles ändern. Und das wäre gut so. Je weniger ihn an die Vergangenheit erinnerte, desto besser.

Er stellte sich an den Fuß der Treppe und lauschte. Kerstin plapperte aufgebracht ins Telefon, unterbrochen von heftigen Weinkrämpfen. Er hörte ihre Stimme noch, als er mit einer Wolldecke unter dem Arm in sein Arbeitszimmer ging.

Von diesem Tag an waren sie geschiedene Leute. Sie sprachen nicht mehr miteinander. Sie sahen sich nicht mehr in die Augen. Sie betraten kein Zimmer mehr, wenn sich dort bereits der andere aufhielt. Begegneten sie einander auf der Treppe, gingen sie so weit voneinander entfernt, dass ein dritter zwischen ihnen hätte gehen können. Sie kochte nicht mehr. Sie wusch seine Wäsche nicht mehr. Seine Post warf sie ungeöffnet vor seinem Arbeitszimmer auf den Boden. Schritte, sich öffnende und schließende Türen und das Drehen der Schlüssel waren das einzige Geräusch in der rosa Villa, die einst Bestandteil des großen Traums von einem schönen, gemeinsamen Leben gewesen war.

Warenka bedauerte, Michaela am nächsten Tag nicht erzählen zu können, wie elegant er seine Frau losgeworden war. Michaela wäre stolz auf ihn gewesen.

»Ich muss noch einiges erledigen«, erklärte er stattdessen vage, »aber am Wochenende ist es soweit. Dann kann uns nichts mehr trennen.«

Michaelas finstere Miene erhellte sich. Sie zog ihre Brille ab, schwenkte einen Bügel in einer Hand und kam auf ihn zu. Sie griff nach ihm und zog ihn ins Schlafzimmer.

Willig ließ er sich ausziehen.

»Ich will doch nicht studieren«, sagte Michaela, als er später neben ihr lag und kurz davor war einzuschlafen. Sein neues Privatleben war anstrengend. Er war noch gezeichnet vom Schock des nahen Todes.

»Das wollte ich dir auch schon vorschlagen«, sagte er, erleichtert, dass sie das Thema selbst anschnitt. »Ich will kein Getratsche. Ich darf mich eigentlich mit einer Studentin nicht einlassen. Und du bist doch eine?«

»Natürlich, warum sollte ich sonst immer brav in deinen Vorlesungen sitzen?«

»Ich habe in meinen Listen keine Michaela Metternich gefunden und ich ...«

»Spionierst du mir etwa nach?«, unterbrach sie ihn, machte Licht, setzte ihre Brille auf und betrachtete ihn. »Zweifelst du an mir?«

»Nein, natürlich nicht«, versicherte Warenka schnell und strich ihr beruhigend über die Haare. »Ich liebe dich doch.« War es nicht völlig egal, ob sie in irgendwelchen Listen stand oder nicht? Sie lag hier neben ihm. Hüfte an Hüfte. Ihr Duft war überall. Was wollte er mehr? »Was würdest du stattdessen gern machen?«

»Ich will einen Laden.«

Der Wunsch eines kleinen Mädchens. Er war gerührt. »Du meinst eine Boutique mit hübschen Kleidern?«

»Nein«, widersprach Michaela heftig. »Keine Boutique. Ich will einen Supermarkt.«

Warenka fiel aus allen Wolken. »Das kann nicht dein Ernst sein.«

»Doch. Ich will einen Supermarkt. Ich will ihn leiten.« Und es kam, was kommen musste: »Oder ich verlasse dich.«

Schon wieder. Jedes Mal, wenn sie das sagte, machte sein Herz einen Sprung und wechselte den Takt. Jedes Mal schnappte er nach Luft. »Moment! Immer langsam. So war das nicht gemeint«, antwortete er in Panik. »Ich wundere mich nur, dass du in der momentanen wirtschaftlichen Lage ...«

»Ja oder Nein?«

»Ja, ja, ja! Alles, was dich glücklich macht. Darf ich heute Nacht hier bleiben?«

»Nein.«

Noch nicht, sagte er sich. Diese Frage würde sich nicht mehr stellen, sobald sie in seinem Haus lebte. Dann würde er derjenige sein, der die Bedingungen stellte.

14. Kapitel

Kerstin Warenka hatte den Boden unter den Füßen verloren. Seit gestern, dem Tag, an dem Gero sie einfach weggeschickt hatte, war nichts mehr wie zuvor. Ein einziger Tag, und ihr Leben war zerstört. Sie war nicht einmal mehr in der Lage gewesen, sich die Karten zu legen. Das kleine Holzkästchen lag unberührt neben ihrem Kopfkissen und dem Telefon. Sie hatte die ganze Nacht kein Auge zugetan und gegrübelt, was sie denn nun mit sich anfangen sollte. Nichts hatte mehr Sinn.

Gegen Morgen, nachdem Gero das Haus verlassen hatte, buchte Kerstin im Hotel Calluna in Gerolstein ein Einzelzimmer für einen unbestimmten Zeitraum auf Rechnung ihres Mannes. Das Calluna lag ein wenig außerhalb der Stadt, auf der anderen Seite des Tales, sodass sie Gero und seiner Geliebten, mit der er vermutlich vorhatte, von nun an in ihrem gemeinsamen Haus zu leben, nicht über den Weg laufen musste, aber sie verlor auf diese Weise nicht auch noch ihr soziales Umfeld.

Wenn sie die Zeiten mied, in denen Gero zu Hause war, und sie kannte seinen Tagesablauf in- und auswendig, konnte sie weiter in denselben Geschäften einkaufen und manchmal nach dem Haus sehen und vor allem nach dem Garten.

Die beiden Freundinnen, die Kerstin hatte, und auf die sie nun besonders angewiesen war, konnte sie weiterhin in Cafés treffen oder auf einem Spaziergang begleiten. Sofort nachdem Gero sie aufgefordert hatte zu verschwinden, hatte sie mit ihnen telefoniert. Stundenlang. Sie waren entsetzt, schockiert, verstanden die Welt nicht mehr, waren uneingeschränkt auf ihrer Seite und versprachen Unterstützung in jeder Weise.

Spontan hatten sie ihr angeboten, vorläufig bei ihnen zu wohnen, aber Kerstin hatte abgelehnt. Die Vorstellung, für unbestimmte Zeit in einem anonymen Einzelzimmer in einem Hotel zu leben, war grauenhaft, aber am intakten Familienleben ihrer Freundinnen als fünftes Rad am Wagen teilzuhaben, kam ihr noch viel unerträglicher vor.

Auch wenn sie finanziell von Gero abhängig war und bleiben würde, da sie keine Hoffnung hatte, in ihrem Alter und ohne Ausbildung noch eine vernünftige Arbeit zu finden, wollte sie sich weder an seinen Rockzipfel noch an den eines anderen hängen. Sie wollte und musste üben, allein zurechtzukommen. Und sie wusste, sie würde es schaffen.

Bevor sie sich mit der Kunst des Kartenlegens intensiv auseinandergesetzt hatte, war sie ein furchtsamer, ungläubiger Mensch gewesen. Ihr Schicksal in die Hände der Karten zu legen, hatte sie sicherer gemacht. Entscheidungen, die früher eine Qual waren, waren leichter geworden.

Als Gero ihr den Workshop schenkte, obwohl sie ihn eigentlich nicht benötigte – sie war der Seminarleiterin in vielem voraus –, war er über seinen Schatten gesprungen. Welch ein Zugeständnis! Dass er selbst dafür keinen Sinn hatte, hatte sie ihm nie vorgeworfen, er war ein Mann der Zahlen.

Vielleicht war etwas Geld mit dem Kartenlegen zu verdienen, wenn sie es von nun an professionell betrieb. Gero war immer dagegen gewesen, als schäme er sich für sie. Als sie der Privatdetektivin von ihrer erfolgreichen Arbeit erzählt hatte, hatte sie ziemlich dick aufgetragen. Für niemand anderes als für Gero, sich selbst und ihre beiden Freundinnen war sie bisher tätig gewesen. Aber dass sie das Zeug dazu hatte, das Talent geerbt hatte, wusste sie. Von ihrer Mutter, das war keine Lüge gewesen.

Abgesehen von der weißen Magie, ein heißes Thema im Hause Warenka, war ihre Ehe mit Gero gut gewesen. Die Jahre hatten sie zusammengeschweißt. Sein neuer Beruf hatte ihn erfüllt, sie hatte ihm den Rücken freigehalten. Sie waren rücksichtsvoll miteinander umgegangen. Wenn diese Michaela Metternich nicht in sein Leben getreten wäre, wäre es so weitergegangen. Und wenn es nach ihr, Kerstin, gegangen wäre, erst recht. Aber das Schicksal hatte es nicht gewollt.

Niemand kann sich gegen sein Schicksal wehren, niemand wusste das besser als Kerstin. Es würde ein anderes Leben sein, ohne Gero und ohne dieses Haus, aber es gab ein Leben danach. Sie war ganz sicher. Wie das aussehen würde, das würden ihr die Karten sagen. Wenn sie es nur endlich wagen würde, sie zu befragen.

Sie setzte sich in einen der beiden Sessel, die am Fußende ihres Bettes standen, und legte das Holzkästchen mitten auf den runden Tisch. Sie schlug den Deckel auf. Die Karten lagen mit der Rückseite nach oben. Ein paar Mal nahm sie sie in die Hände, ließ sie von der Rechten in die Linke gleiten, begann automatisch zu mischen, musste aufhören, sie zurücklegen, sich die Hände an ihrem vom Schlaf zerknitterten Kaftan abreiben. Die Karten fühlten sich nicht an wie sonst.

Natürlich war es die Angst vor der Wahrheit, die Kerstin zaudern ließ, das wusste sie selbst. Sie schloss das Kästchen. Später, sagte sie sich, später kann ich es, und ging die Treppen hinunter in den Keller, um die Koffer zu holen.

In der Waschküche hängte sie ihre frisch gewaschene Wäsche ab, steckte die schmutzige in einen Plastiksack und legte beides in einen der Koffer. Geros Hemden faltete sie sorgsam. Er musste sie von nun an selbst bügeln, falls dies Michaela Metternich nicht für ihn tun konnte.

Im Erdgeschoss räumte sie ihre Kartenbücher, ein paar Fotoalben aus ihrer Kindheit und ein wenig Nippes in die Koffer.

Im Obergeschoss ging sie ins Bad und duschte. Sie flocht ihre Haare zu einem Zopf und schminkte sich. Ihre Hand zitterte, als sie den schwarzen Kajalstrich rund um ihre geschwollenen Augen zog. Ihre Kosmetikartikel räumte sie von der Ablage über dem Waschbecken und aus der Duschkabine und verstaute sie in ihrer Toilettentasche.

Bevor sie das Bad verließ, schraubte sie Geros Eau de Cologne auf und sprühte mit heftigen Stößen den Inhalt bis zum letzten Tropfen ins Waschbecken. Der sonst so dezente Duft war in seiner Fülle penetrant. Sie ließ Wasser nachlaufen. Aber er blieb in der Luft hängen und verfolgte sie bis ins Schlafzimmer.

Sie entschied sich für ihr buntes Leinenkleid und ein Seidentuch in Regenbogenfarben. Farben seien gut für die Stimmung, hatte sie immer gedacht. Und diese Weisheit mit Leben gefüllt. Heute halfen ihr die Farben nicht. Schwarz hätte gut zu ihrer Gemütslage gepasst, aber sie hatte nichts Schwarzes in ihrem Schlafzimmerschrank. Alles andere wanderte in die Koffer.

Geros Arbeitszimmer betrat sie zuletzt. Es war sein Allerheiligstes, in dem sie nichts zu suchen hatte. Die Putzfrau war die Einzige außer ihm selbst, die einen Fuß hineinsetzen durfte. Kerstin hatte sich bis jetzt daran gehalten. Aber diese Regel galt nicht mehr. Nichts galt mehr.

Das Zimmer war penibel aufgeräumt. Kein Stück Papier lag auf dem Schreibtisch. Schublade und Fächer waren verschlossen. Die Bücher im Regal standen in Reih und Glied.

Sach- und Fachliteratur, von der sie nichts verstand. Sie ließ sich auf den Schreibtischsessel fallen und rollte ein wenig hin und her. Neben der Computertastatur lag ein Schraubendreher. Sie nahm ihn in die Hand und fuchtelte damit in der Luft herum. Ohnmacht stieg in ihr auf. Sie verwandelte sich in Wut. Kerstin hob die Schreibtischunterlage hoch und ritzte mit der Spitze ein B mit einem Kreuz und eine Zehn mit einem krakeligen Herz in das Holz.

Hell leuchtete ihr der Fluch entgegen. Sie wischte die losen Holzkrümel von der Platte und schob die Unterlage an ihren Platz zurück. Sie steckte den Schraubendreher ein. Sie wusste nicht recht, warum sie das tat.

Kerstin ging nicht davon aus, dass Gero diese Zeichen verstehen würde, vermutlich würde er niemals unter diese Unterlage schauen, aber das war auch nicht nötig. Flüche, so hatte ihre Mutter immer gesagt, Flüche haben keine Zeit und keinen Raum.

Es war nur das Nötigste, was sie mitnahm. Nicht ihr schönes Geschirr, nicht das Silberbesteck oder die Leinentischdecken, nicht all die wertvollen Kleinigkeiten, die sich im Laufe eines Lebens ansammeln. Sie fing neu an. Und machte um den runden Tisch mit dem Holzkästchen einen großen Bogen. Sie bestellte ein Taxi.

In ihrem Poncho, der heute schwerer auf ihren Schultern lag als gewöhnlich, stand Kerstin am Fenster ihres Wohnzimmers und blickte ein letztes Mal in den winterlich kahlen Garten. Im Sommer zu gehen, wenn alles blüht, wäre ihr noch schwerer gefallen. Die Stelle, an der einst die alte Birke gestanden hatte, hatte sie mit einem jungen Baum bepflanzt, einer Blutpflaume. Kerstin würde nicht erleben, wie sie wuchs und gedieh, nicht, wenn sie im Frühling zum ersten

Mal blühte. Es gab keinen Frühling mehr für sie in diesem Haus.

Sie wanderte durch die anderen Räume und verabschiedete sich von ihrem Leben und ihrem Zuhause. Es war nicht nur Wehmut, es war auch Wut über die Willkür, mit der das Schicksal zugeschlagen hatte.

Als sie vom Küchenfenster aus das Taxi vor dem Gartentor halten sah, ging die zur Haustür und öffnete sie. Die junge Frau, die ausstieg und auf das Haus zukam, hielt sie für die Taxifahrerin. Sie war noch jung, eine große, schmale Gestalt im engen, kurzen Rock, mit schwarzem Haar, modisch viereckiger Brille. In hohen Schuhen setzte sie einen Fuß vor den anderen, wie ein Mannequin auf dem Catwalk. Ihr rechtes Bein schien ihr nicht ganz zu gehorchen.

»Hier ist das Gepäck«, sagte Kerstin und zeigte auf die beiden Koffer. Die Fahrerin würde ihr tragen helfen müssen. Die Koffer waren prall gefüllt. Kerstin bückte sich.

»Deswegen bin ich nicht hier«, sagte die Frau und drückte die Haustür hinter sich zu. Sie zog den Schlüssel ab und steckte ihn in ihre Jackentasche. »Mein Name ist Michaela Metternich.«

Kerstin spürte, wie sie unter dem dicken, wollenen Poncho zu einem Eisblock erstarrte. Was sollte das werden? Die nahtlose Übergabe? Gero tauschte sie einfach aus. Wie eine Dienstbotin, die ausgedient hatte.

Michaela Metternich wandte sich von Kerstin ab und durchmaß mit großen Schritten und finsterer Miene die Eingangshalle, von der offene Treppen nach oben und nach unten führten. Die Türen zum Wohnzimmer und zur Küche standen offen.

Kerstin stand noch an derselben Stelle, als Michaela in die Küche verschwand. Sie hörte, wie sie die Schranktüren und

Schubladen aufriss, die Mikrowelle und die Dunstabzugshaube ein- und ausschaltete. Kerstin hielt sich die Ohren zu.

Mit der Miene einer Maklerin, die Besseres gesehen hatte, stöckelte Michaela von der Küche ins Wohnzimmer. Auch hier wurde von ihr alles inspiziert. Stühle wurden gerückt, Dinge angehoben und zurückgestellt, das Licht an- und ausgeschaltet. Die Stereoanlage und der Fernseher getestet.

Als Michaela die Treppen zum Obergeschoss hochgehen wollte, streifte sie Kerstins Poncho. Ihre Absätze hallten durchs Treppenhaus. Unwillkürlich sah Kerstin ihr von unten unter den Rock. Sie trug halterlose, schwarze Strümpfe.

Kerstin erkannte jede Tür in ihrem Haus an dem Geräusch, das sie machte, wenn man sie öffnete oder schloss. Michaela ließ kein Zimmer aus. Und sie ließ sich Zeit.

Kerstin stand wie angewachsen unten in der Diele. Und sie dachte an ihr Kartenkästchen im Schlafzimmer. Sie hatte es oben liegen lassen, um vielleicht doch noch die Karten zu legen, ehe sie das Haus verließ. Wenn Michaela es an sich nehmen würde, dann würde sie dazwischen gehen. Es war nicht irgendeines, nicht austauschbar wie sie selbst. Es war das Kartenspiel ihrer Mutter.

Kerstin stürmte die Treppen hinauf, als Michaela ihr entgegenkam. Ein Blick ins Schlafzimmer genügte. Das Kästchen lag noch auf dem runden Tisch. Der Deckel war aufgeklappt. Kerstin steckte es in eine Tasche ihres Ponchos.

Es klingelte. Die Haustür wurde geöffnet.

»Ihr Taxi ist gekommen«, rief Michaela von unten.

Kerstin hörte, wie sie den Taxifahrer beauftragte, die beiden Koffer einzuladen.

Als sie hinten im Taxi saß, sah sie Michaela hinter der Gardine am Küchenfenster stehen. »Auch du«, flüsterte Kerstin, »kannst nicht auf Kosten eines anderen glücklich werden, das wirst du noch lernen müssen.« Aber Michaela Metternich sah schon jetzt nicht glücklich aus. Warum waren ihre Augen so dunkel?

»Zum Hotel Calluna«, sagte sie dem Taxifahrer und unterdrückte die Tränen.

»Ich weiß«, antwortete er.

Er fuhr ins Tal hinunter, in der Nähe des Bahnhofs über die Kyll und auf der anderen Seite wieder hinauf bis an den Stadtrand. Das Calluna war ein Vier-Sterne-Hotel mit Wellness- und Beautybereich. Zu einer anderen Zeit hätte sie gern von diesem Luxus Gebrauch gemacht, aber so wie die Dinge lagen, stand ihr der Sinn nicht mehr danach. Sie bekam ein Doppelzimmer mit Waldblick zur Alleinbenutzung. Das Zimmer war ordentlich und sauber. Es gab einen kleinen Tisch mit Sessel in der Nähe des Fensters. Alles andere nahm Kerstin nicht wahr. Sie packte ihre Koffer nicht aus, setzte sich noch im Poncho an den Tisch und holte ihr Kartenspiel hervor. Egal, was dabei herauskam, die Begegnung mit Michaela war das Schlimmste gewesen, was ihr jemals zugestoßen war. Konnte sie tiefer fallen? Konnte sie tiefer gedemütigt werden?

Sie mischte ausführlich, als wolle sie Zeit gewinnen. Irgendwann sagte sie leise Stopp und begann die Karten auszulegen. Als insgesamt fünf Reihen mit jeweils sechs Karten vor ihr auf dem Tisch lagen, legte sie die beiden restlichen an den unteren, rechten Rand, stand auf und warf ihren Poncho aufs Bett.

Sie hatte ausgelegt, schnell und ohne genau hinzusehen. Sie hatte die Umrisse der Karten, nicht aber ihr Bild registriert. Absichtlich, zu ihrem eigenen Schutz. Sie wollte nicht – wie sonst – zu deuten beginnen, ehe sie fertig ausgelegt hatte. Vor allem wollte sie sich die Chance offen lassen, die

Karten ungesehen einzusammeln und wieder wegpacken zu können, falls sie der Mut wieder verließe.

Sie mahnte sich zur Ruhe.

Sie packte ihre Koffer aus, sie räumte ihre Toilettensachen ins Bad, sie bugsierte einen Koffer auf den Schrank. Sie warf ihren Schlafanzug aufs Bett. Sie benutzte das WC. Sie bestellte per Telefon einen schwarzen Tee. Sie schob die Gardine beiseite, und sie sah aus dem Fenster in den Wald. Jetzt gab es nichts mehr zu tun, als die Karten zu deuten.

Zögernd näherte sie sich dem Tisch und spähte aus sicherer Entfernung auf das bunte Bild. Sie überflog hastig die Reihen, ehe ihr Blick an zwei Karten hängen blieb.

Sie riss den Mund auf. Es kam kein Laut heraus. Die Erkenntnis traf sie wie ein Schlag ins Gesicht. Das zweite Mal an diesem Tag, dass sie das Gefühl hatte, in einem gut geheizten Raum zu erfrieren. Der Fluch war zum Fluch geworden.

Sie musste mit jemandem reden, jetzt sofort, sonst würde sie an ihren Gedanken ersticken. In ihrem Handy waren nur drei Telefonnummern eingespeichert. Ihre beiden Freundinnen erreichte sie nicht auf Anhieb. Auch wenn es nicht viel Sinn hatte, sie wählte die dritte Nummer. Privatdetektivin Sonja Senger schien sich über ihren Anruf zu freuen. Stockend berichtete Kerstin ihr von ihrer Trennung von Gero und Michaelas dreistem Auftritt. Es tat ihr gut, das Entsetzen in Worte zu fassen.

»Ein glatter Rausschmiss!«, rief Sonja Senger erbost. »Wo sind Sie jetzt?«

»Im Hotel Calluna in Gerolstein.«

»Das ist gut.«

»Nein«, sagte Kerstin nur.

»Doch, da sind Sie gut aufgehoben. Ich weiß, das muss alles schrecklich für Sie sein, aber Sie werden darüber wegkommen.«

»Sie wird ihn vernichten.«

»Immer mit der Ruhe. Und selbst wenn, das kann Ihnen doch jetzt egal sein, oder?«

»Da ist noch etwas«, sagte Kerstin. »Ich habe mir eben die Karten gelegt.«

Senger schwieg.

»Der Kreuz-Bube lag neben der Herz-Zehn.« Kerstin verschwieg, dass sie heute Morgen exakt diese Kombination voller Wut in Geros Schreibtisch geritzt hatte.

»Na und?«

»Das ist die Witwenkarte. Ich werde Witwe werden.«

»Ach, das bin ich auch«, brummte Senger.

»Das tut mir leid«, sagte Kerstin und versuchte sich an das Kartenbild zu erinnern, das sie der Privatdetektivin gelegt hatte, als sie sie in ihrem Forsthaus in Wolfgarten besucht hatte. Es gelang ihr nicht. Aber sie wusste, es waren große Gefühle, die Senger mit ihrer Ruppigkeit zu verbergen suchte.

»Witwe ist vielleicht übertrieben«, erklärte Senger. »Mein Lebensgefährte hat mich verlassen. Aber wenn man es genauer betrachtet ... na ja, er ist weg, das Ergebnis ist für mich dasselbe. Es gibt Schlimmeres. Ich meine, es sind doch nur Karten, Frau Warenka, das Leben geht doch weiter, ob Sie wollen oder nicht. Morgen ist ein neuer Tag. Auch wenn Sie glauben, man kann das Schicksal nicht ändern, kann man es doch in die Hand nehmen und dann ...«

Kerstin legte den Hörer auf. Sie hatte keine Kraft, über Sinn und Unsinn des Kartenlegens zu diskutieren. Sie hatte das unbestimmte Gefühl, Sonja Senger wusste mehr, als sie sagte. Darüber zu grübeln, fehlte es ihr an Kraft.

Vergebens war dieses Gespräch trotzdem nicht gewesen. Denn eines war ihr soeben klar geworden: Man konnte auf verschiedene Weisen Witwe werden.

15. Kapitel

Sonja Senger nahm um 6.30 Uhr in Kall den Eifel-Express, der fünf Minuten Verspätung hatte, stieg in den ersten Waggon hinter dem Triebwagen und sah Dr. Gero Warenka dort in der ersten Klasse sitzen. Darauf hatte sie gehofft. Es war der einzige Vorteil des frühen Dienstbeginns: Sie konnte den gleichen Zug nehmen wie er und hatte ihn unter Kontrolle.

Nachdem der Zug den Kaller Tunnel verlassen hatte, nahm sie Warenka ins Visier. Aber ihre beschwörenden Blicke erreichten ihn nicht. Er saß in Fahrtrichtung und war in sein Laptop vertieft, allerdings ohne in die Tasten zu greifen. Dem dringenden Wunsch, ihn wegen der bodenlosen Rücksichtslosigkeit gegenüber seiner Frau in die Zange zu nehmen und lauthals zur Rede zu stellen, widerstand sie knapp.

Sie wandte sich nur deswegen kurz von ihm ab, weil sie Musik zu hören glaubte. Zuerst hatte sie ihre Nachbarin im Verdacht, die an ihrem MP3-Player herumfingerte. Aber dann kam die Musik näher, und ein junger Mann tauchte auf, der ein kleines, fast viereckiges Akkordeon vor der Brust trug. Breitbeinig stellte er sich in den Gang. zog den Balg auf und drückte ihn zu und wippte im Takt der Musik hin und her.

Sieh einmal, hier steht er. Pfui! Der Struwwelpeter!

Er spielte *Kalinka*. Auch wenn das Lied ein wenig abgedroschen war, Sonja mochte die Art, wie er es spielte. Vielleicht lag es auch an dem besonderen Instrument. Das Gehäuse war aus dunklem, reich verziertem Holz gefertigt, die Schulterriemen und die Ecken der einzelnen Falten des Balgs aus dunklem Leder. Zu beiden Seiten des Balgs befanden sich reihenweise runde Tasten, über die Niklas' Finger flogen. Selbstverständlich spielte er blind.

Ihre Blicke trafen sich. Niklas war gut drauf. Nichts Abgehetztes war mehr an ihm. Nur die dunklen Ringe unter seinen Augen war er nicht losgeworden. Er erkannte sie, lächelte, er zwinkerte ihr sogar zu. Er näherte sich der Glastür zur ersten Klasse auf Nasenlänge, drückte seine Stirn kurz dagegen, spielte ein paar Takte lauter und wendete. Dr. Warenka musste ihn bemerkt haben, auch wenn er weiter eisern auf sein Laptop starrte, als sei er taub.

Auf dem Weg zurück zog Niklas seine Schirmmütze ab, drehte sie um und streckte sie den Fahrgästen entgegen. Sonja war die Erste, die ihm etwas zusteckte. Während er weiterging, beschrieb sie die Rückseite ihrer Visitenkarte, lief ihm nach und ließ sie auf die wenigen Münzen in seiner Mütze fallen.

»Nicht wieder wegwerfen.« Sie hob den Zeigefinger. Es standen nur drei Worte da: *Wir müssen reden.*

Als sie in Euskirchen ausstieg, sah sie Niklas den Waggon wechseln, während Warenka immer noch unverwandt auf sein Laptop stierte. Sie hätte wetten können, dass er seinen Bildschirmschoner analysierte.

Pünktlich um sieben Uhr betrat Sonja ihr neues Büro. Die Kollegen waren noch nicht eingetroffen. Es war ihr recht. Mit Wohlwollen registrierte sie die Ausstattung ihres Schreibtischs. Auch ein Adventskranz durfte um diese Zeit nicht fehlen. Es war ein schmuckloser Fichtenkranz mit vier roten Kerzen. Drei wiesen Gebrauchsspuren auf. Irgendjemand hatte gekokelt. Autoschlüssel und Papiere für den versprochenen Dienstwagen fand sie nicht vor. Neben dem Bildschirm lag eine neue Aktenmappe, die Fotos vom Zug und dem Pflasterstein und die Zeugenaussagen der Fahrgäste enthielt. Die Namensliste war alphabetisch geordnet.

Der Letzte auf der Liste war Dr. Gero Warenka.

Einen Niklas Nowak fand sie nicht. Sie hatte es geahnt. Dennoch musste sie sie zweimal durchsehen. Wenn sie das vorhin gewusst hätte, als sie Niklas Nowak ihre Visitenkarte in die Mütze gesteckt hatte, dann hätte etwas anderes darauf gestanden. *Folgen Sie mir unauffällig!*

Warenkas Anwesenheit im attackierten Zug wäre ein fantastischer Grund, Niklas Nowak zur Fahndung ausschreiben zu lassen. Ein kühner Vorstoß. Vielleicht ein Volltreffer. Vielleicht ein Reinfall. Man würde ihr die Eigenmächtigkeit ankreiden, und ihr Einstand in Euskirchen wäre miserabel. Aber das musste sie riskieren.

Sonja blätterte in der Aktenmappe weiter. Warenka schilderte in seiner Aussage den Hergang, aber besonders aufschlussreich war sie nicht. Es gab keine Zeugen. Das war hart.

Der Pflasterstein, erfuhr sie, befand sich nun sicher und wohlbehalten in der Asservatenkammer. Sie griff zum Telefon und ließ sich mit dem zuständigen Bediensteten verbinden. Sie stellte sich kurz vor und bat, ihr den Stein zur Verfügung zu stellen. Der Beamte versprach sofort eine Auszubildende zu schicken.

Nach fünf Minuten, die Sonja erfolglos mit dem Einstieg in den Polizeirechner verbrachte, erschien ein Mädchen in Uniform mit einer braunen Papiertüte und einem Paar Einweghandschuhen.

»Sind Sie neu hier?«, fragte sie bei der Übergabe.

Sonja antwortete nicht, sondern blickte in die Papiertüte. Ein harmloser, alter Pflasterstein mit deutlichen Gebrauchsspuren, wie er zu Hunderttausenden auf Höfen und Wegen und Straßen lag und dort seine Dienste tat und erst durch den Einfluss von Willen und Kraft zur Gefahr wurde.

»Ich bin auch neu«, sagte das Mädchen. »Auszubildende im ersten Jahr.«

Sonja streifte die Handschuhe über und zog den Stein vorsichtig heraus. Sein Gewicht schätzte sie auf knapp zwei Kilogramm. Die Kanten waren unregelmäßig verschlissen.

»Schrecklich das Ganze, nicht wahr? Ich fahre auch jeden Tag genau mit diesem Zug. Nur heute nicht, weil ...«

»Damit sind Sie nicht allein«, unterbrach Sonja sie. Winzige Glasscherben, Reste der Fensterscheibe, glitzerten an der groben, fleckigen Oberfläche.

»Wenn ich mir vorstelle, dass er in meinem Waggon gelandet wäre, ach du Schande.«

»Ist er aber nicht«, beruhigte Sonja sie.

»Ich meine ja nur. Kommen Sie mit dem PC nicht klar?«

»Doch, doch«, antwortete Sonja. »Aber sie könnten mir trotzdem mal schnell alles aufrufen, was er zu dem Namen Nowak gespeichert hat. Wilhelm Nowak aus Dahlem. Jahrgang 1950.«

»Kein Problem.« Die Auszubildende erledigte das im Stehen. Flink flogen die Finger über die Tastatur.

Sonja verfolgte aufmerksam ihre Klicks und die schnell wechselnden Bilder im Menü der Software. Sie beneidete sie um die Selbstverständlichkeit, mit der sie den Rechner bediente, wahrscheinlich konnte sie auch seitenlange SMS schreiben, bevor der Akku des Handys leer war.

»Cool«, sagte Sonja so lässig wie möglich und versuchte wenigstens in der Ausdrucksweise mit ihr Schritt zu halten.

Die Auszubildende ging prompt darauf ein. »Das ist doch easy. Ich finde aber keinen Wilhelm, nur eine Beate Nowak, geborene Schlinger, zuletzt wohnhaft in Dahlem. Das muss sie sein, geboren am 9.4.1952«, sagte die Auszubildende und vergrößerte mit einem Klick ein Foto. »Die ist aber seit zehn Jahren tot.«

Beate Schlinger war grauhaarig. Ihr Gesicht hatte eine ungesunde Farbe. Die Wangen waren eingefallen, die Augen starrten ins Jenseits. Ihr Mund stand offen, die geschwollene Zungenspitze war zu sehen.

»1997 – Tod durch Selbstmord«, las Sonja, und tausend Fragen taten sich vor ihr auf.

Sie bedankte sich bei der Auszubildenden für die schnelle Hilfe.

Wieder allein, ließ sie Niklas Nowak beim Landeskriminalamt zur Fahndung ausschreiben, speicherte ihre neue Büronummer in ihr Handy ein und legte den unbekannten Kollegen einen Zettel auf den Schreibtisch. *Bin in Dahlem.*

Als sie den Aussiedlerhof der Irmschers in Dahlem durch das große, grüne Holztor betrat, wanderte ihr Blick über den viereckigen, gepflasterten Innenhof, um den die Gebäude angeordnet waren. Die dunkelgrauen Pflastersteine waren von angefrorenen Traktorspuren überzogen.

Sie scharrte mit einem Fuß über einen Stein, bückte sich und wischte mit der Hand darüber. Auch wenn er dem Stein aus der Asservatenkammer glich wie ein Ei dem anderen, hieß das nichts. Steine wie diese gab es zu Tausenden. Dennoch hatte Sonja das beklemmende Gefühl, hier richtig zu sein.

Rechter Hand lag das große, zweistöckige Wohnhaus, linker Hand ein offener, überdachter Stall mit Gerätschaften. Zwei dreckige Hühner liefen hin und her und pickten ins Leere. Verbunden waren die beiden Gebäude durch ein langgezogenes, niedriges Haus. Eine hohe Mauer aus Backsteinen führte zum Holztor.

Der Hof war leer bis auf einen alten Traktor, einen neuen, grünen Traktor, auf dem in silbernen Buchstaben *John Deere* geschrieben stand, und einen heruntergekommenen, abgekoppelten Anhänger. Am Wohnhaus lehnten ein Damenfahrrad und ein Kehrbesen. Die Regenrinne endete in einer Tonne, die schief auf der unebenen Hoffläche stand. Bis auf den neuen Traktor war alles ärmlich.

»Was wollen Sie?«

Sonja fuhr herum und blickte direkt in das schwammige Gesicht eines Mannes. Seine roten Ohren standen ab wie kleine Flügel. Breitbeinig stand er hinter ihr, trug sein kariertes Flanellhemd offen, darunter ein schmutzig-weißes Unterhemd, beide Daumen waren unter seine verdrehten Hosenträger gehakt.

»Wir haben eine Klingel.«

»Das Tor war offen«, sagte Sonja und zeigte ihm ihren Ausweis.

»Hat er wieder was angestellt?«, fragte der Mann und musterte ihren Hut.

»Wer?«

»Der Niklas.

»Niklas Nowak?«, fragte Sonja ungläubig.

»Wer sonst? Dieser Bengel. Ich hätte ihn längst zum Teufel jagen sollen. Aber ich bin kein Unmensch.«

»Er wohnt hier?«

»Wo denn sonst?« Irmscher zeigte auf ein notdürftig verklebtes Dachfenster im Anbau. Auf dem Dachfirst hockten vier schwarze Vögel. Krähen oder Raben.

»Sind Sie sein Vater?«, fragte Sonja weiter.

»Um Gottes willen. Er ist bloß mein Neffe. Schlimm genug.«

»Dann müssen Sie Herr Irmscher sein«, entschied Sonja.

»Natürlich bin ich das. Steht doch da draußen an der Klingel. Warum sollte ich das nicht sein?«

»Und Wilhelm Nowak ist dann also Ihr Schwager? Der Bruder Ihrer Frau?«, fragte Sonja, die allmählich durch die Familienverhältnisse durchblickte.

»So ist es.«

»Und der wohnt auch hier?«

Irmscher brummte Unverständliches und nickte dabei.

Alle unter einem Dach, dachte Sonja. Der Banker hatte recht gehabt. Wie praktisch. Sie war goldrichtig hier.

Hinter einem Fenster des Wohnhauses entdeckte Sonja einen Kopf. Strenge Frisur und strenges Gesicht, umrahmt von grauem Haar. Allein der bunt geblümte Kittel verriet das Geschlecht.

»Niklas ist nicht da«, sagte Irmscher ungefragt.

»Macht nichts.«

»Wilhelm auch nicht.«

»Macht nichts«, sagte Sonja wieder.

»Der ist um diese Zeit immer auf dem Friedhof.«

»Ich wollte eigentlich nur zu Ihnen und Ihrer Frau.«

»Wieso?« Irmscher kniff misstrauisch die Augen zusammen.

»Ich hätte da ein paar Fragen.«

»Hm«, machte Irmscher.

»Haben Sie den Herrn Warenka in letzter Zeit mal gesehen?«

»Wen?« Er legte seine rechte Hand hinter sein rotes Flügelohr.

»Herrn Dr. Gero Warenka.«

»Kenn ich nicht.«

»Ach, kommen Sie. Der hat Sie vor zehn Jahren ganz schön über den Tisch gezogen. Da ging es um ein paar Tausender, nicht wahr?«

Er zuckte mit den Schultern. »Ich weiß von nichts. Wie ich schon sagte, ich kenn den Mann nicht. Außerdem habe ich zu tun. Sie wissen ja, wo der Ausgang ist.« Er winkte mit dem Kopf Richtung Hoftor.

»Moment! Kann ich denn das Zimmer Ihres Neffen kurz sehen, wenn ich schon einmal hier bin?«

»Klar doch!« Irmscher marschierte bereitwillig los, als hätte er auf diese Frage wie auf einen Einsatz gewartet.-

Im Anbau stapfte er die staubigen Holztreppen vor Sonja hinauf. Seine Hose war so weit, dass seine Körperumrisse nicht zu erkennen waren. Umständlich schloss er eine Tür auf, die mehrfach verriegelt war, ließ Sonja vorgehen und sagte: »Hier wohnt er.«

»Puh! Ist das kalt hier«, beschwerte sich Sonja, schüttelte sich und blickte sich um. Einen Heizkörper entdeckte sie nicht. Auf dem Dachfenster blühten Eisblumen. Das Loch in der Scheibe erinnerte sie an das Foto vom zerborstenen Zugfenster in der Zeitung. »Wie kommt das Loch in das Fenster?«

»Das war Niklas selber.«

»War es ihm hier drin noch nicht kalt genug?«, fragte Sonja und dachte, dass niemand sein eigenes Fenster einschlug, es sei denn, er hatte den Schlüssel vergessen. Was bei einem Dachfenster noch unwahrscheinlicher war. »Womit hat er das Fenster eingeschlagen?«

»Keine Ahnung«, brummte Irmscher.

Sonja stolperte über einen Rucksack. Sie hob ihn hoch. Er war leicht und aus schwarzem Nylonmaterial. Sie zog den Reißverschluss auf. Bis auf ein paar dunkelgraue Krümel am Boden und einen dunkelgrauen Abrieb an den Seitenwänden war er leer.

»Den nehme ich mit«, sagte sie und schnallte ihn sich auf den Rücken.

»Von mir aus.«

Über Niklas' Bett hing ein Zeitungsausschnitt mit einem Foto und der Überschrift *Steinewerfer an der B 51*. Den gleichen Artikel hatte Sonja eben erst in ihrem neuen Büro gelesen.

»Fragen Sie mich nicht, warum er das da aufbewahrt hat«, sagte Irmscher.

Sonja fragte nicht ihn, sondern sich selbst. Wer hängt sich so einen Artikel auf, wenn er nichts damit zu tun hat? Sie löste die Heftzwecken, und ein gefalteter Zettel, der dahintergeschoben worden war, rutschte heraus. Sie blätterte ihn auf. Ein Name und eine Adresse standen da: *Dr. Gero Warenka, Gerolstein, Hainbuchenweg 12 a.*

Die Schrift darauf war bemüht ordentlich, die Schrift eines Menschen, der wollte, dass ein anderer garantiert lesen konnte, was er geschrieben hatte.

»Sind Sie fertig?«, fragte Irmscher hinter Sonja, als sie beide Papiere in den Rucksack steckte.

»Ja. Wenn Sie Niklas sehen, sagen Sie ihm, er soll sich bei uns melden. Es ist dringend.«

»Ich sorg' dafür. Verlassen Sie sich auf mich«, versprach Irmscher eifrig.

Zurück auf dem Hof marschierte Irmscher auf das Tor zu, zog beide Flügel auf und schlappte dann zu seinem John Deere. Sonja notierte das Kennzeichen des Traktors.

»Wo ist denn der Friedhof?«, rief sie Irmscher zu, als er hoch oben mit seinen roten Flügelohren auf seinem grünen Traktor thronte.

»Drüben!«, rief er, zeigte hinter sich und warf den Motor an. Die Erde bebte. Sonja hatte das Gefühl, als erwachten die Pflastersteine unter ihren Füßen zum Leben. Zu gern würde sie den Innenhof akribisch absuchen, Stein für Stein, nach einer Stelle, wo in jüngster Zeit gebuddelt worden war, in der Hoffnung eine Lücke zu finden, wo Pflastersteine fehlten. Im Erfolgsfalle mussten Bodenanalysen gemacht werden.

Sie brauchte dazu Verstärkung und wählte ihre eigene Büronummer mit ihrem Handy an.

»Brummer«, sagte eine männliche Stimme. Der neue Kollege trug den Namen zurecht.

»Sonja Senger.«

»Die Neue!«

Sonja orderte mindestens drei Beamte.

»Darf ich fragen, wozu?«

»Sie müssen den Hof der Irmschers inspizieren. Sie müssen eine Stelle finden, wo Pflastersteine fehlen oder kürzlich aus- und eingebuddelt wurden. Einer muss danach hier bleiben und den Hof unauffällig beobachten, um einen jungen Mann, der wie Struwwelpeter aussieht, abzufangen.«

Während sie sprach, hielt Irmscher mit seinem John Deere direkt auf sie zu. Sie sprang beiseite. Sie wusste nicht, wie lang der Bremsweg des Riesen auf dem angefrorenen Boden war.

Irmscher lachte höhnisch und lenkte bei. Der Traktor fuhr in einem großen Bogen durch das offenstehende Hoftor. Dreckfetzen klebten in den Profilen der Reifen. Die Frage war, was es im Winter für einen Traktor zu tun gebe. Vielleicht fuhr Irmscher ihn nur spazieren, damit er gesehen wurde.

Der läuft mir nicht weg, dachte Sonja, der lässt seinen Traktor nicht im Stich.

»Sind Sie noch da, Brummer?«, fragte Sonja in ihr Handy.

»Klar!«

Während Sonja ihm das Kennzeichen durchgab und um schnellen Rückruf bat, sah sie sich um. Ein Fenster im Erdgeschoss des Wohnhauses wurde gerade geöffnet, kurz erschien die Frau im geblümten Kittel im Rahmen und schüttelte einen Lappen aus. Staubkörner segelten in einer Wolke zu Boden.

»Moment! Ich habe da eine Frage«, rief Sonja, drückte das Gespräch mit Brummer weg und lief auf sie zu.

Die Frau zögerte einen Augenblick und schloss dann das Fenster wieder.

Sonja klopfte an die schmutzige Scheibe.

»Was ist denn?«, fragte die Frau grimmig, als sie das Fenster erneut öffnete. Ihr warmer Atem produzierte eine Wolke, die Sonja wie eine Sprechblase entgegenwehte. Hinter ihr standen Küchenstühle mit den Beinen nach oben auf dem Tisch. Neben der Spüle war ein Adventskranz abgestellt worden.

»Frau Irmscher?«

Sie nickte wütend.

»Ich störe Sie beim Putzen?«

»Ja«, murrte die Irmscher und wischte ungeduldig auf der Fensterbank hin und her. »Aber ich kann hier so viel putzen wie ich will, es bleibt alles gleich schrecklich. Ist eben alles alt, ist noch von meiner Mutter.«

Sonja erhaschte einen Blick auf die Küche. Verwohnt und alt war sie, aber leider nicht antik. »Hätten Sie sich nicht lieber eine moderne Einbauküche gekauft?«

»Wieso?« Die Irmscher drehte sich um und betrachtete ihre Küche, als sähe sie sie zu ersten Mal.

»Ich meine nur, statt dem Traktor«, sagte Sonja.

»Was geht Sie das an?«, fuhr sie Sonja an.

»Ich habe mir selbst gerade erst eine brandneue Einbauküche gekauft mit einer Technik auf dem allerneuesten Stand. Da geht das Kochen fast wie von allein.« Wenn Frau

Irmscher gewusste hätte, dass Sonja lediglich im Besitz einer mobilen Kochplatte war, hätte sie sich gleich besser gefühlt.

»Das glaube ich«, sagte Frau Irmscher zögernd, und in ihren Augen flackerte kurz Neid auf. »Aber der Traktor war eben dringender, sagt mein Mann. Und ganz neu ist er ja nicht. Es ist nur ein Gebrauchter.«

»Vielleicht beim nächsten Mal«, sagte Sonja.

»Wie meinen Sie das?«

»Wenn noch mal so ein Geldregen kommt, dann ...«

»Genau, dann mach ich es«, sagte die Irmscher und klopfte mit der Faust auf die Fensterbank. »Dann bin ich dran. Bald!«

»Richtig so. Kam das Geld vielleicht von einem gewissen Warenka?« Guter Versuch.

Aber Frau Irmscher schlug die Zähne aufeinander. »Ich wünsche Ihnen jedenfalls noch einen schönen Tag.«

Das Fenster knallte zu, die Scheiben bebten. Das Regenfass wackelte. Es war nur zur Hälfte gefüllt. Das Wasser war gefroren. Sonjas Handy klingelte.

Brummer hatte herausgefunden, dass der John Deere von einem Händler erst am 14. Dezember auf den Namen Herbert Irmscher zugelassen worden war. Es war ein Fahrzeug aus zweiter Hand. Die Erstzulassung lag zwei Jahre zurück.

Auf dem Weg ins Tal zählte Sonja eins und eins zusammen. Nach dem, was sie vom Euskirchener Banker erfahren hatte, könnte es gut sein, dass Herbert Irmscher Warenka erpresst hatte. Da Wilhelm Nowak *nur* ein Opfer des berühmt-berüchtigten Tagesgeschäftes geworden war, blieb eigentlich nur Herbert Irmscher als Kandidat wegen der Grundstücksmanipulation. Daher der neue Traktor? Ulrike Irmscher hatte nicht protestiert, als sie von einem Geldregen gesprochen hatte.

Die Pflastersteine waren nach dem Kauf des Traktors geworfen worden. Zu einem Zeitpunkt, als Irmscher keinen Grund mehr hatte, Warenka zu schaden. Es sei denn, es sollte noch eine Einbauküche für seine Frau bei der Sache herausspringen. Bald, hatte Frau Irmscher gesagt.

Oder Warenka hatte noch andere Schicksale auf dem Gewissen.

Zurück im Tal fragte sich Sonja nach dem Weg zum Friedhof durch. Über den steilen Kapellenweg ging es auf der anderen Seite des Orts hinaus. Auf dem letzten geraden Stück der Marienallee kamen ihr einige ältere Personen entgegen. Frauen. Es ist das Schicksal der Frauen, ihre Männer zu überleben, philosophierte Sonja. Zurückzubleiben war nur dann ein Privileg, wenn der liebe Verstorbene ein Ekel war. Und das schien öfter der Fall, als man gemeinhin annahm. Jedenfalls in Dahlem. Die alten Frauen sahen zufrieden aus und ruhten in sich selbst. Der Gatte lag gut versorgt auf einem wunderbaren Friedhof mit Aussicht über das Kylltal und weit in die Eifel hinein.

Vor dem Friedhofstor angekommen, stellte Sonja fest, dass ein zweiter Weg ins Tal führte. Hoffentlich hatte sie Wilhelm Nowak nicht verpasst. In dem Augenblick wurde ihr erst klar, dass sie nicht wusste, wie er aussah.

Der Friedhof mit Trauerhalle und Kapelle war übersichtlich. Einige Besucher waren zwischen den Grabsteinen unterwegs. Auch Männer. Einer verließ gerade die Kapelle. Er war zu jung, um Wilhelm Nowak sein zu können. Da sie niemanden ansprechen wollte, was ihr pietätlos vorgekommen wäre, blieb ihr nichts anderes übrig, als die Inschriften auf den Grabsteinen zu studieren.

Als sie sich einer Bank zwischen einem Kompostsilo und einer Wasserstelle näherte, blieb sie irritiert stehen. Dort saß der Mann mit dem Stock zwischen den Beinen, der sie auf dem Bahnhof von Euskirchen in ein Gespräch verwickelt hatte. Seine Augen waren geschlossen. Unbemerkt setzte Sonja sich neben ihn an das andere Ende der Bank. Schräg gegenüber lag eine Gräberreihe. Auf dem ersten Grabstein fand sie, was sie gesucht hatte.

Dort ruhte Beate Nowak, geborene Schlinger, gestorben am 20.9.1997, Seite an Seite mit zwei weiteren Nowaks. Elisabeth und Friedrich, beide kurz hintereinander verstorben im Jahr 1991. Mitten auf dem Grab standen in einer Plastikvase künstliche Blumen, in der rechten Ecke brannte eine rote Kerze in einer Grableuchte. Die restliche Fläche war lose mit vertrockneten Fichtenzweigen abgedeckt.

Eine Weile saßen Sonja und Wilhelm Nowak schweigend nebeneinander. Es war kalt auf der Anhöhe. Die jungen Birken, die den Friedhof säumten, boten dem Wind keinen Widerstand. Ein kleines Flugzeug kreiste über ihnen. Ab und zu drehte Nowak am Griff seines Stocks. Ab und zu zog Sonja an der Krempe ihres Huts. Zäher Nebel hing über ihnen.

»Ihre Frau ist nicht in Euskirchen einkaufen«, sagte Sonja schließlich leise. Was sie glaubte, ihm sagen zu müssen, fiel ihr schwer.

Nowak drehte am Griff seines Stocks. Sein Kopf begann zu zittern.

»Sie liegt dort«, sagte Sonja und zeigte auf den Grabstein.

Nowaks Zittern sah aus, als nicke er, als stimme er ihr zu.

»Sie starb an einer Überdosis Schlaftabletten, weil sie es nicht mehr ertragen konnte zu leben.«

»Ja, ich weiß, das sagen alle. Aber das stimmt nicht«, sagte Nowak plötzlich, schlug die Augen mühsam auf und drehte sich zu Sonja. Seine Stimme klang heiser, als habe er lange nicht mehr gesprochen. »Sonst würde ich doch nicht auf sie warten.«

»Es ist schon zehn Jahre her«, erinnerte Sonja ihn.

»Nein, nein. Sie kommt am Freitag«, sagte Nowak. »Morgen. Sicher. Oder dann den Freitag. Auf jeden Fall noch vor Weihnachten. Auf jeden Fall freitags.«

»Warum gerade freitags?«

»Freitag ist unser Tag. Immer geschah alles an einem Freitag. Der Himmel weiß, warum. Aber es ist so. Sie kommt am Freitag. Sie werden sehen.«

»Das wird sie nicht«, sagte Sonja leise, aber bestimmt. »Die Polizei hat sie vor zehn Jahren in einem Hotel in Euskirchen gefunden. Sie hat sich das Leben genommen, Herr Nowak.«

»Beate ging nie in ein Hotel«, beteuerte Nowak, lehnte sich zurück und schloss wieder die Augen.

Sonja gab auf. Es konnte nicht ihre Aufgabe sein, Wilhelm Nowak aus seiner Traumwelt zu holen. Er schadete niemandem und erst recht nicht sich selbst, wenn er weiter darin lebte. Und noch etwas stand fest, dieser Mann konnte Warenka nicht gefährlich werden. Er würde Grazia nicht zur Witwe machen. Er nicht.

»Wo ist denn Ihr Sohn?«, fragte sie.

Nowak schien zu überlegen. »Niklas? Der wohnt doch bei mir auf dem Hof. Über dem Stall.«

»Wann haben Sie ihn zuletzt gesehen?«

Wilhelm Nowak überlegte eine Weile und entschied dann: »Gestern? Aber er spricht nicht mit mir. Wir verstehen uns nicht.«

»Das tut mir leid.«

»Das ist wegen dem Heim.«

»Wie lange war er dort?«, fragte Sonja.

Wilhelm zuckte mit den Schultern.

»Und was macht er jetzt so?«

»Er spielt Akkordeon«, sagte Wilhelm Nowak und lächelte plötzlich, »Sie müssten ihn mal hören. So schöne Lieder.«

»Ich glaube, ich habe ihn schon mal gehört. Er spielt manchmal im Zug.«

»Ja?«

»Ja, er macht das gut. Er ist begabt. Russische Lieder, glaube ich, spielt er.«

»Ja«, sagte Nowak. »Immer russische Lieder. Ich weiß nicht, wieso.«

»Sie können stolz auf ihn sein«, sagte Sonja.

Nowak nickte.

»Eigentlich. Aber wissen Sie auch, dass er Sie dringend braucht?«

»Ich bin doch da.«

»Einer muss den Anfang machen«, sagte Sonja und kam sich altklug vor.

Nowak zuckte hilflos mit den Schultern. »Ich hab's schon oft versucht.«

»Geben Sie nicht auf.« Was sonst sollte sie sagen, als noch: »Viel Glück am nächsten Freitag!« Sonja erhob sich. »Ich muss wieder los. Oder kommen Sie mit?«

Er antwortete nicht. Er nickte nur und blieb sitzen.

Am Bahnhof Dahlem nahm Sonja den nächsten Zug Richtung Köln. Sie stieg erst in Euskirchen aus, wo sie im Kriminalkommissariat endlich die Bonner Kollegen, die zur Soko Pflasterstein gehörten, persönlich kennen lernte.

Brummer saß zu ihrer Linken. Der andere Kollege stellte sich als Achim Neubauer vor. Zwischen ihnen brannten drei

Kerzen auf dem Adventskranz. Es roch nach verbrannten Nadeln. Neubauer hielt einen schwarzen, nackten Zweig in der Hand, von dem eine kleine Rauchwolke aufstieg. Indianerspiele.

»Hätten Sie nicht längst frei?«, fragte Brummer.

»Überstunden«, erklärte Sonja reserviert. »Ich dachte, Sie wären auf dem Hof der Irmschers.«

»Nee, nee. Das machen andere für uns.«

Brummer und Neubauer waren in die Jahre gekommene Hauptkommissare und schon lange miteinander befreundet. Das mussten sie nicht erklären, Sonja sah es auf den ersten Blick. Und sie hatten eben noch über sie gesprochen. Ihre Bedenken schwebten durch den Raum. Sie waren freundlich und höflich zu ihr, aber distanziert. Sonja würde sich Akzeptanz erst verdienen müssen. Keine Vorschusslorbeeren. Vielleicht, wenn sie jung und schön gewesen wäre. So aber mussten sie sich erst mit dem Hut anfreunden, den Sonja neben sich auf den Schreibtisch legte, und ihrer Frisur, die plötzlich frei lag. Und erst recht mit ihren Eigenheiten abfinden, die sie noch nicht kannten. Universen prallten aufeinander.

Sonja fragte sich, was sie dazu sagten, dass sie Niklas Nowak ohne Rücksprache einfach zur Fahndung ausgeschrieben hatte. Sie wussten es garantiert schon. Aber sie hielten sich bedeckt. Sonja setzte den Rucksack neben ihrem Hut ab. »Der muss in die Kriminaltechnik.«

»Der Hut?«, fragte Neubauer.

Brummer grinste, griff nach dem Rucksack und wunderte sich, wie leicht er war. »Ich mache das.«

»Der Inhalt ist enorm wichtig!«, erklärte Sonja und hob den Zeigefinger. »Außerdem hoffe ich, dass man Fingerabdrücke und Spuren von Sand und Lehm und so weiter am Stoff findet.«

»Wenn es welche gibt, findet man sie auch.«

Das Telefon auf Neubauers Schreibtisch klingelte. Er sagte ein paar Mal »Ja, alles klar«, hängte wieder auf und erklärte: »Die Kollegen haben unter einem Regenfass eine Lücke gefunden, in die drei Pflastersteine passen würden. Es waren aber nur zwei drin, und die waren frisch eingebuddelt worden. Sie haben Bodenproben entnommen.«

»Das ist gut. Haben Sie auch Niklas Nowak erwischt?«

Neubauer schüttelte den Kopf. »Noch nicht. Aber ein Kollege bleibt in der Nähe des Hofes.«

Sonja erwartete die Frage nach der eigenmächtigen Fahndung. Aber sie wurde nicht gestellt. Und sie würde auch nicht gestellt werden, wenn das Ergebnis stimmte. Und es sah gut für sie aus.

»Für alles gilt: Es ist allerhöchste Eisenbahn.« Sonja setzte ihren Hut wieder auf. »Und ich mache jetzt Feierabend.«

»Grüßen Sie uns das Forsthaus am Ende der Stromleitung«, sagte Brummer.

Sie wussten alles von ihr.

Mit dem Zug ging es zurück nach Kall, wo der Polo seit den frühen Morgenstunden beharrlich auf sie wartete. Anstatt während der Autofahrt über ihren ersten Fall im Dienst der Kreispolizeibehörde Euskirchen und seine schicksalhafte Verknüpfung mit ihrer Nebentätigkeit als Privatdetektivin zu grübeln, ertappte sie sich dabei, wie sie an Wilhelm Nowak auf dem Friedhof dachte und Sätze zu formulieren versuchte, die druckreif waren für einen Brief an den koch-, wander- und reisefreudigen Kölner. Nowaks bedingungslose Liebe zu seiner Frau und Niklas' verzweifelte Eifersucht hatten sie in eine eigenartige Stimmung versetzt. Es war nicht gut, allein zu sein.

Im Forsthaus angekommen notierte sie auf einem weißen Blatt ihre Anschrift und das Datum von morgen. Eine Zeile weiter folgte ein hoffentlich unbeschwert klingendes: *Hallo!*

Dann begann das große Ringen um Worte. Welch ein schwieriges Unterfangen, jemandem zu schreiben, den man nicht kennt, über eine Person, die man auch nicht so genau kennt. Sie war erleichtert, als ihr Handy nach ihr rief. POK Gregor.

»Gut, dass Sie anrufen«, sagte sie, »ich habe mir Sorgen um sie gemacht.«

»Wieso?«, fragte er misstrauisch.

»Dass Ihnen was passiert ist.«

»Was soll mir denn passieren?«

»Das Milieu ist gefährlich.«

»Welches Milieu?«

»Das Rotlichtmilieu, meine ich. Dort, wo die Transvestiten zu Hause sind.«

»Ach, das ist doch bloß ein Vorurteil. Sie können mitten unter uns sein. Weiß man denn, was die Leute so in ihren Wohnungen anstellen?«

»Sie haben recht, es könnte jeder sein.«

»Eben, deswegen rufe ich an. Ich wollte Ihnen nur sagen, ich gebe auf.«

»Schade. Aber ich kann es verstehen. Scheint irgendwie auf die Quadratur des Kreises hinauszulaufen«, sagte Sonja und bemalte ihren Briefentwurf. Kreuze und Kreise. »Sogar ein Fetischist käme infrage.«

»Ohne mich.«

»Doch. Einer, der auf schwarze Spitzenstrümpfe steht oder Damenbeine an sich.«

»Ach!«, machte Gregor abwehrend. »Und wenn. Damit kann ich leben. Es gibt Wichtigeres. Tschüss also.«

»Warten Sie noch. Sagen Sie mal, was kostet eigentlich so ein neuer John Deere?«

»Ein Traktor?«, fragte Gregor.

»Ja.«

»Kommt auf das Modell an. Zwanzig Riesen mindestens, schätze ich.«

»Das ist viel Geld.«

»Ja, das ist es. Unbezahlbar eigentlich. Einen Gebrauchten bekommt man natürlich billiger.«

Weiter im Text, sagte sie sich, nachdem sie sich von Gregor verabschiedet hatte. Sie beschrieb den Ort, an dem sie wohnte, und strich die Sätze wieder durch. Sie beschrieb sich selbst und was sie tat und strich die Sätze wieder durch. Sie beschrieb ihre Essens- und Lesegewohnheiten und strich alle Sätze wieder durch.

Als am anderen Morgen immer noch kein einziges lesbares Wort außer *Hallo* auf dem stark bekritzelten Blatt Papier stand, sagte sie sich, so geht das nicht weiter. Sie unterschrieb, steckte das Werk in einen Umschlag. Am Kaller Bahnhof warf sie den Brief ein – der ultimative Test für die weiße Magie. Anschließend nahm sie den nächsten Zug nach Trier.

Tim Nebel zögerte, als Sonja Senger am Morgen des 20. Dezember vor seiner Tür stand, sich auswies und um ein dringendes Gespräch bat. Er hatte – wie jeder, den die Polizei unangemeldet aufsucht und befragen möchte – sofort ein schlechtes Gewissen. Sonja sah ihm an, wie er sein Gedächtnis nach möglichen Straftaten durchforstete. Als sie den Namen Michaela Metternich fallen ließ, trat er einen Schritt zurück.

Es war noch früh, er war noch unrasiert. Seine Einzimmerwohnung war aufgeräumt. Der PC auf seinem Schreibtisch lief. Aber Tim hatte nicht gearbeitet, er spielte ein Spiel. Daneben stand sein Frühstück. Kaffeebecher und Croissant.

Tim nahm die Wolldecke von der Couch, faltete sie, bot Sonja einen Platz an und sagte: »Ich habe keinen Kontakt mehr zu ihr.«

»Wann haben Sie sie zuletzt gesehen?«

»Vor drei Wochen etwa.«

»Hatten Sie Streit?«

»Nein«, sagte er, setzte sich neben Sonja und rieb nervös über seine Beine, die in zerbeulten Jeans steckten. »Sie ist jetzt wohl in Köln.« Und nach einer Weile fügte er hinzu: »Statt mir.«

Sonja sah ihn fragend an.

»Ich hatte einen Studienplatz in einem renommierten privaten Wirtschaftsinstitut in Köln ergattert.«

»Und was ist daraus geworden?«

»Man hat mir vor ein paar Tagen sang- und klanglos die Abmeldung zugeschickt. Eine Auskunft wollte man mir am Telefon nicht geben.«

»Warum sind Sie nicht hingefahren, um den Grund herauszufinden?«

Tim raufte sich die Haare und zuckte ratlos mit den Schultern. »Ich bin ziemlich sicher, dass sie nun meinen Platz hat.«

Sonja nickte. »Das stimmt.«

»Ich weiß nicht, wie sie es geschafft hat. Wir wollten am 10. eigentlich zusammen hinfahren. Ich hatte am Abend davor lange gejobbt, ich arbeite nebenher in einer Kneipe, wissen Sie, ich kam nicht aus den Federn. Ich rief sie also kurz vorher an und wollte den Termin verschieben. Es kam ja auf einen Tag nicht an. Aber sie sagte, dann würde sie eben allein fahren. Danach habe ich nichts mehr von ihr gehört.«

»Und was machen Sie jetzt?«

»Ich bleibe hier. Was soll ich sonst machen?«

16. Kapitel

Als Sonja am 21. Dezember in aller Frühe in Kall in den ersten Waggon stieg, um in Euskirchen ihren Dienst anzutreten, hatte der Zug einen längeren Aufenthalt. Lang genug, um in aller Ruhe in die erste Klasse zu linsen. Verwundert stellte sie fest, dass dort Hochbetrieb herrschte.

Bei näherem Hinsehen, entdeckte sie in einem der beiden hinteren Abteile Dr. Gero Warenka. Damit hatte sie gerechnet. Nicht aber mit Michaela Metternich an seiner Seite und Niklas Nowak, der jenseits des Ganges verbissen vor sich hinstarrte. Sein grüner Schal war ordentlich gebunden. Struwwelpeter heute in der ersten Klasse? Liebhaber, Geliebte und Gehörnter versammelt in einem Zug. Warum? Wozu? Fuhr dieser Zug wirklich nach Köln? Fuhr er nicht vielleicht doch nach nirgendwo? Und alle mussten mit?

Die zwei übrigen Fahrgäste, die in den vorderen Abteilen mit dem Rücken zu Sonja saßen, konnte sie trotz mühsamer Verrenkungen nicht identifizieren.

Warenkas Mantel hing am Haken, sein Jackett hatte er geöffnet. Sein rechter Arm umfasste Michaelas Schulter, seine linke Hand lag auf ihrem Oberschenkel, kein Blatt Papier hätte zwischen die beiden gepasst. Warenka sprach in Michaelas Ohr. Michaela sah aus dem Fenster.

Sonja überlegte kurz, sich dazuzusetzen, aber selbst durch die geschlossene Glastür spürte sie die Feindseligkeit, die in der ersten Klasse herrschte. Sie bedauerte die beiden unbekannten Fahrgäste und pries die Idee der Deutschen Bahn, Türen aus Glas einzusetzen. Sie hatte alles im Blick. Niemand konnte unbemerkt entweichen. Auch nicht Niklas Nowak. Der Zeitpunkt, sich ihn zu schnappen, war noch nicht gekommen. Sie hatte das sichere Gefühl, dass gleich etwas passieren würde.

Die vier Abteile in der ersten Klasse, die fünf Reisenden und die Gänge zwischen ihnen, erinnerten Sonja an ein *Mensch-ärgere-dich-nicht*-Spiel. Auch wenn zwei der Fahrgäste unerkannt blieben, waren sie allein durch ihre Anwesenheit doch ein passiver Teil des Spiels, ob sie wollten oder nicht. Sonja fragte sich gerade, welche der aktiven Spielfiguren wann den ersten, falschen Zug machen würde, als Michaela die Initiative ergriff, aufsprang, etwas sagte, was Sonja leider nicht verstehen konnte. Warenka griff sich mit entsetztem Gesicht an die linke Brust. Niklas öffnete den Mund und ließ ihn offen stehen. Es war also etwas Entscheidendes gewesen.

Michaela stieß die Glastür auf, stöckelte die beiden Stufen herunter, stolzierte auf Storchenbeinen an Sonja vorbei und tauchte in der Menge der zweiten Klasse unter.

Jetzt waren es nur noch vier Spielfiguren.

Der Eifel-Express fuhr mit lautem Getöse in den Kaller Tunnel ein, als jemand Sonja auf den Fuß trat. Sie schrie vor Schmerz auf und wurde so zum Mittelpunkt der Aufmerksamkeit.

Der Kaller Tunnel

Am 8 August 1867 wurde der Tunnel in Anwesenheit seines Erbauers, Geheimer Oberbaurat Hartwig, und vieler Staats- und Kreisvertreter seiner Bestimmung übergeben. Er kostete 300 000 Taler. Allein der Einbau des Stützholzes erforderte die Summe von 31 000 Talern. Der damalige Landrat des Schleidener Kreises, Freiherr von Harff, bezeichnete den Tunnel als ein goldenes Tor, durch das ein goldenes Zeitalter in die Eifel einziehen möge. Ende des 2. Weltkrieges wurde der Kaller Tunnel gesprengt. 1947 wurde er wiederhergestellt.

Der Kaller Tunnel liegt in Nordrhein-Westfalen. Eigentümer ist die Deutsche Bahn. Er beginnt bei Kilometer 51,1 von Köln aus gesehen, bei Kilometer 60,5 von Trier aus gesehen. Er liegt nahezu mittig zwischen den Orten Kall und Scheven. Die Entfernung zwischen den beiden Orten beträgt 3,6 Kilometer. Über ihm sind als markante Punkte das Möbelhaus Brucker und ein riesiges M für McDonald's aus dem Gewerbegebiet zu nennen. Jenseits der L206 kommt die Trasse wieder ans Tageslicht. Auf der Eifelstrecke Köln-Trier gibt es insgesamt elf Tunnel. Die Portale erinnern oft an Burgtore. Die beiden Kaller Portale fallen dagegen bescheiden aus, sind aber zinnenbewehrt. Die Strecke im Tunnel ist schnurgerade, sodass man von Nord- und Südportal aus Licht am Ende des Tunnels sehen kann. Vor dem Nordportal befindet sich ein Funkmast für den digitalen Zugbahnfunk. Es liegen zwei Gleise im Tunnel. Die Strecke ist 472 Meter lang. Der Regionalexpress benötigt neunzehn Sekunden für die Durchfahrt.

Neunzehn Sekunden lang abgelenkt von der Entschuldigung des Übeltäters, einem höflichen, jungen Mann, der nur einen Schritt in die falsche Richtung gemacht hatte, ohne sich zu vergewissern, dass auf dem Boden ausreichend Platz dafür war, und ihrem großmütigen Verzeihen und einem kurzen Plausch über die allgemeine Platznot im Zug, konnte Sonja sich erst wieder auf die erste Klasse konzentrieren, als der Eifel-Express den Kaller Tunnel verließ.

Die Frage nach dem Zeitpunkt des Spielbeginns war geklärt.

Die Innenbeleuchtung im Abteil der ersten Klasse war defekt und Dr. Gero Warenka in seinem Sitz in sich zusammengesunken. Langsam, aber sicher drohte er in Richtung

Gang umzukippen. Niemand hinderte ihn daran. Er lag in den letzten Zügen. Gleich waren es nur noch drei Spielfiguren.

Niklas schien die Veränderung, die Warenka während der Fahrt durch den Tunnel durchgemacht hatte, nicht zu bemerken und machte keine Anstalten, ihn vor dem Sturz auf den grauen PVC-Boden zu retten. Mit angestrengtem Tunnelblick starrte er aus den Fenstern in eine stockfinstere Landschaft. Allein von seinem wild hüpfendem Adamsapfel und restlos verhedderten grünen Schal konnte man schließen, dass er an dem Spiel beteiligt gewesen war. Sonja hatte also richtig daran getan abzuwarten.

Als sie in Windeseile die beiden Stufen erklimmen, die Glastür zur ersten Klasse aufstoßen und Warenka zur Hilfe eilen konnte, war es zu spät. Zusammengekrümmt lag er auf dem Gang am Boden inmitten kleiner Glassplitter, die im Halbdunkeln glitzerten. Schon wieder ein Pflasterstein?

Sonja machte einen großen Schritt über ihn hinweg und trommelte gegen die Tür zum Führerstand. »Polizei! Halten Sie sofort an. Ein Notfall! Verriegeln Sie alle Türen!«

Der Lokführer zog kurz den Vorhang beiseite und blickte direkt in Sonjas aufgeregtes Gesicht, von ihrem Hut auf ihren Ausweis.

Er riss die Tür auf. »Wir sind in einer Minute am Bahnhof von Scheven!«

Sonja sah auf die Uhr. Es war 6.29 Uhr. Wenn sie sofort mit der Reanimation des Opfers begann, wäre es sicher besser, den Rettungsdienst an einen Bahnhof zu schicken, als durch unwegsames Gelände auf offener Strecke. Davon abgesehen, brauchte der Rettungswagen für die Anreise auch seine Zeit.

»Okay. Fahren Sie langsam weiter und schicken Sie die Rettungskräfte an den Bahnhof.«

Sie bückte sich und legte zwei Finger an Warenkas Hals. Das Schaukeln und Rumpeln des Zuges verhinderte eine eindeutige Diagnose.

Da ging der Lokführer in die Eisen. Der Zug verringerte seine Geschwindigkeit drastisch, sodass Sonja neben Warenka auf die Knie fiel. Ihr Hut flog ihr vom Kopf. Warenkas Aktenkoffer und Niklas' Bajan rutschten von den Sitzen, ein herrenloser Gehstock rollte unter den Sitzen hin und her.

Sonja rappelte sich auf, drehte Warenka von der stabilen Seitenlage, in die er zufällig geraten war, auf den Rücken. Sein Jackett fiel auseinander. Aus der Knopfleiste des Hemdes, in Höhe des letzten Rippenbogens, sickerten ein paar Tropfen hellrotes Blut unter einem Kunststoffgriff aus dem Hemd heraus. An Warenkas rechter Schläfe entdeckte sie eine kreisrunde Platzwunde und eine blutunterlaufene Vertiefung. Sonja zog vorsichtig an dem Griff, und ein blutverschmierter Schraubendreher kam zum Vorschein. Sie wickelte ein Tempotuch um den Griff und legte ihn auf einem der Sitze ab.

Sonja löste die blau gestreifte Krawatte und riss das Hemd auf. Unmittelbar über der Stichwunde pumpte sie gegen das Brustbein. Zwei Stöße – Pause. Nur wenig Blut quoll hervor. Das Ganze dreißig Mal. Dann beatmete sie ihn zweimal von Mund zu Nase. Warenka reagierte nicht. Noch nicht. Auch wenn die beiden Verletzungen und vor allem die geringe Menge austretendes Blut dagegen sprachen, dass er noch zu retten war, durfte sie mit dieser Prozedur nicht aufhören. Sie hatte das nicht zu entscheiden. Zwanzig Minuten lang nicht, das war die offizielle Order. Inständig hoffte sie, dass es nicht soweit kommen würde und der Notarzt sie vorher ablöste.

Zwischendurch sah Sonja immer wieder auf. Sie hatte ein Flimmern vor den Augen. Schulter und Nacken waren steif von der Anstrengung. Sie war nass geschwitzt. Ein zufälliger Blick an die Decke, die Halogenspots waren zerschlagen, der Reihe nach. Daher die Glassplitter am Boden.

Als Sonja beim nächsten Mal aufsah, glitt das Bahnhofsschild *Scheven* an den Scheiben vorüber. Der erste Waggon kam ächzend am Wartehaus zum Stehen. Es war 6.35 Uhr.

Und jetzt hatte sie auch Zeit, einen Blick auf die beiden unbekannten Fahrgäste zu werfen.

Einer der beiden war Wilhelm Nowak. Ehe es ihr die Sprache verschlagen konnte, erkannte sie den zweiten Fahrgast jenseits des Ganges. Grazia.

Während Grazia, aufgelöst und aufgeplustert, mit ihren schwarz bemalten Augen Löcher in die Luft starrte, hockte Wilhelm Nowak, am ganzen Körper bebend, auf der Sitzkante und wusste ohne Gehstock nicht, wohin mit seinen Händen.

Welch ein Zusammentreffen! Hatte man sich verabredet? Zu einem teuflischen Pakt? Fehlte nur noch Irmscher, dachte Sonja und konzentrierte sich wieder auf Warenka.

Nur aus den Augenwinkeln sah sie die drei Spielfiguren unbeweglich auf ihren Startfeldern sitzen in einem Spiel, das vorüber war. Wohin war die vierte Figur gegangen?

Die Fahrgäste, die nicht an der Sensation interessiert waren, stürzten zu den Türen, drückten die Knöpfe, aber keine Tür schob sich zur Seite. Man war eingeschlossen. Groß war der Protest wegen des unerwarteten Halts und der Unmöglichkeit, den Zug verlassen zu können. Ein Zugbegleiter, früher Schaffner, tauchte nicht auf. Die unverständliche Durchsage des Lokomotivführers machte es nicht besser.

Der Lokführer verließ seinen Führerstand, schritt über Warenka und Sonja hinweg wie über Stromschnellen in einem Fluss und verkündete: »Der Notarzt muss jeden Augenblick kommen.«

Wenig später schwankte Blaulicht durch die Dunkelheit. Der Krankenwagen kam den steilen Weg heraufgefahren, Scheinwerfer trafen die Spielfiguren mitten ins Gesicht. Der Krankenwagen hielt neben dem Wartehaus. Die Sirene verstummte. Der Lokführer ließ die beiden Rettungssanitäter mit der Trage einsteigen, auf der lose eine Wolldecke lag. Im nächsten Augenblick düste der kleine Notarztwagen heran. Der Arzt sprang heraus und hastete im Laufschritt zum Zug.

»Wann ist das passiert?«, fragte er Sonja.

Sie stoppte ihre Wiederbelebungsversuche und richtete sich auf. »Während der Fahrt durch den Tunnel.« Sonja sah wieder auf die Uhr. »Vor siebzehn Minuten.«

Nach einem Blick auf Warenka nahm der Arzt die Wolldecke von der Trage, legte sie über ihn und begrüßte die beiden Rettungssanitäter mit dem Wort: »Leichenwagen.«

An Sonja gewandt, sagte er: »Tut mir leid. Das ist nicht Ihre Schuld. Sie haben Ihre Sache gut gemacht. Wie ein Profi.«

»Danke. Ich bin Polizistin«, sagte Sonja, und ihre Hände zitterten, als sie ihm ihren Ausweis zeigte.«

»Gute Schulung«, meinte er, »aber bei diesen Verletzungen können wir uns jeden weiteren Reanimationsversuch sparen. Wir nennen das: mit dem Leben nicht zu vereinbarende Erscheinungen.«

Ein Zucken ging über die Gesichter der Spielfiguren. Grazia schloss ihre schwarz bemalten Augen. Die Witwenkarte hatte sich erfüllt.

Die Rettungssanitäter stellten die Trage beiseite, schlugen Warenka in die Wolldecke ein und trugen ihn an den Händen hinaus. So konnten sie sich die umständliche Desinfektion der Trage sparen. Sie legten Warenka draußen auf dem Bahnsteig ab. Die Wolldecke schlug kurz auf und fiel dann wieder über sein Gesicht.

»Die Platzwunde an der Schläfe«, erklärte der Notarzt, »hat garantiert zu inneren Blutungen geführt. Wie groß sie sind, kann ich hier ohne Apparate nicht beurteilen. Und wodurch sie ausgelöst wurde auch nicht. Auch die Stichwunde kann tödlich gewesen sein. Haben Sie keine Waffen gefunden?«

»Doch«, sagte Sonja und zeigte auf den blutigen Schraubendreher auf dem Sitz.

»Sonst nichts?«

»Nein.«

»Na ja, das ist Ihr Problem. Der Mann gehört auf jeden Fall in die Rechtsmedizin.«

»Bonn ist völlig überlastet, das weiß jeder«, klagte Sonja. »In der Zwischenzeit habe ich alles selbst herausgefunden.«

»Er kommt nach Köln«, widersprach der Notarzt. »Ich kenne da jemanden persönlich. Dr. Glenewinkel«

»Wird das länger dauern?«, fragte der Lokführer ungeduldig dazwischen.

»Immer mit der Ruhe«, bat Sonja. »Sobald das Opfer versorgt ist, kommt die Zeugenbefragung, die können wir auch im Wartehaus machen. Dann muss der Waggon noch von der Kriminaltechnik untersucht werden.«

»Verstehe. Ich könnte ihn leer bis Euskirchen fahren und abstellen, dann haben Sie so viel Zeit, wie Sie wollen.«

»In Ordnung.«

Telefonisch beorderte Sonja in Euskirchen ein Dutzend Beamte von der Schutzpolizei, irgendeinen zuständigen Staatsanwalt und die Kriminaltechnik an den Tatort.

Der Lokführer ließ Sonja als Einzige aussteigen. Sie blickte sich suchend um. Der Haltepunkt Scheven war ein gottverlassener, zugiger, eiskalter Ort. *High Noon* hätte man hier drehen können, ohne viel am Setting ändern zu müssen. Da war nichts außer zwei durchlaufenden Gleisen, die am Horizont endeten, und einem Wartehaus auf jeder Seite, erhöht über den Dächern des Ortes. Rauch stieg aus den Kaminen. Ein Kirchturm hob sich schemenhaft gegen den Himmel ab. Die Bahnhofsuhr ging falsch. Die Wartehäuser aus Bruchstein hatten zwar Wände und ein Dach, aber die Lücken, in denen sich eine Tür und ein Fenster befinden sollten, waren gähnend leer. Innen verliefen dunkle Holzbänke in U-Form. Die Wände waren bemalt und bekritzelt.

Die Verstärkung aus Euskirchen stand Spalier, als zuerst die Fahrgäste der zweiten Klasse in das Wartehaus geleitet wurden. Viele kleine Atemwolken stiegen von ihnen in der Kälte auf.

Besonderes Augenmerk richtete man – auf Sonjas Wunsch hin – auf eine lange Schwarzhaarige mit Brille. Dann kam die erste Klasse dran. Als der Waggon leer war, stiegen die Kollegen von der Kriminaltechnik zu. Sonja machte sie darauf aufmerksam, dass der Hut, der irgendwo herumliegen musste, ihr gehörte.

Die Türen des Todeszuges schlossen sich. Sonja sah, wie er mit seinem schnittigen Ende, einem weiteren Triebwagen, dem Horizont entgegenfuhr, einen Geruch nach Teer, Diesel und Verbranntem hinter sich lassend. Das Formsignal zeigte freie Fahrt an.

Der Lokführer hatte von Sonja die Order bekommen, den Fahrdienstleiter auf dem Stellwerk in Kall darüber zu informieren, dass in Scheven bis auf Widerruf nur noch zwei Züge halten durften, um die Fahrgäste nach Aufnahme ihrer

Personalien an ihre Ziele zu bringen. Da Sonja nicht abschätzen konnte, wie lange die Befragung dauerte, sollten sich bis dahin alle Züge dem Haltepunkt Dahlem nur langsam nähern und auf ein Zeichen der Polizei entweder anhalten oder weiterfahren.

Während ein Teil der Kollegen die Fahrgäste befragte, wurden die ersten beiden Züge, die bereits im Kaller Bahnhof vor den roten Signalen gewartet hatten, durchgewinkt. So geschah es auch mit den nächsten Zügen, die sich im Halbstundentakt Scheven näherten.

Der Notarzt verließ den Schauplatz, als lautlos und majestätisch der Leichenwagen heranrollte. Die Bestatter nahmen Warenka in einem Zinksarg an Bord. Eigentlich, dachte Sonja, hätte seine letzte Reise in einem Zug stattfinden sollen. Erster Klasse.

Erst um 8.09 Uhr konnte eine Eifelbahn die ersten Fahrgäste mitnehmen, die bibbernd vor Kälte und Aufregung am Bahnsteig ausharrten. Als um 8.43 Uhr der Eifel-Express außerplanmäßig in Scheven zum Halten gebracht wurde, stiegen die letzten Fahrgäste zu. Alle waren erfasst.

Der Fahrdienstleiter wurde informiert, dass ab jetzt alle Züge wieder im gewohnten Tempo durchfahren konnten und mussten.

Während draußen die Kollegen von der Schutzpolizei den Bahnhof absicherten, ihre Hände in dicken Handschuhen unablässig gegeneinander schlugen, hütete Sonja im Wartehaus die Fahrgäste der ersten Klasse: Michaela Metternich, Wilhelm und Niklas Nowak und Grazia. Sie hatten sich so weit wie möglich auseinandergesetzt. Eine versprengte, verfrorene Gesellschaft. Niklas trug sein Bajan wie einen Panzer vor der Brust, Wilhelm Nowak hielt sich mit beiden Händen an seinem Stock fest, Grazia machte in ihrem Poncho den Eindruck eines in sich zusammengefallenes Soufflés, Michaela verschanzte sich hinter ihrer finsteren Miene.

Sonja ging vor ihnen Patrouille, auf und ab, hin und her, und vergrub ihre klammen Hände in den Manteltaschen. Das Schweigen im Wartehaus war so eisig wie die Luft. Sie merkte, wie ihre Nasenspitze kälter wurde. Aber sie wollte nicht beginnen, bevor der Staatsanwalt eingetroffen war. Ein Ausschlussverfahren wie bei Aschenputtels Schuh stand ihr bevor, dazu brauchte sie ihn, als Rückendeckung und als Zeugen. Vier gegen eine, das war nicht fair.

9.09 Uhr. Eine Eifelbahn schepperte vorbei.

Wie ein Wachtposten stellte Sonja sich schließlich in den Türrahmen, halb drinnen, halb draußen, mit dem Rücken zu den Gleisen, und wartete die Zeit ab. Zeit, in der sie sich genau überlegen konnte, wie sie vorgehen würde. Aber auch Zeit als Faktor, der nicht unerheblich zur Eigendynamik eines Verhörs beitragen konnte. Es war nicht zu erwarten, dass die vier sie einfach verstreichen lassen würden, ohne Worte oder Taten.

Niklas war der Erste, den es auf der harten Holzbank nicht mehr hielt. Er sprang auf, entzurrte sein Bajan und begann zu spielen. Eines seiner leicht weinerlichen russischen Lieder, die im Wartehaus ein Echo fanden und Sonja sofort unter die Haut gingen. Die Szene erinnerte sie an die *Titanic* und an die Musiker, die selbst dann noch spielten, als das Schiff Schlagseite bekommen hatte. Wilhelm Nowaks Blick verklärte sich. Grazia wippte mit einem Fuß im Takt. Nur Michaela konnte die Musik nicht beeindrucken. Was, fragte Sonja sich, konnte sie überhaupt beeindrucken? Wann würden ihre Gesichtszüge einmal entgleisen?

9.45 Uhr. Ein Eifel-Express donnerte durch.

Der Fahrtwind verfing sich im Wartehaus. Als spiele er um sein Leben, drehte Niklas seine Runden im Wartehaus gegen das Geräusch der davonrollenden Räder und vor schweigendem Publikum. Nur sein Vater klatschte zwei- oder dreimal zaghaft in die Hände, wenn ein Lied zu Ende gegangen war, und nickte ihm aufmunternd zu.

Die Melodien wurden von einem seltsamen Scheppern und Klappern begleitet. Unter dem Druck der Erwartung schien das Bajan sich zu weigern, sauber zu spielen. Oder hatte es bei dem Sturz vom Sitz Schaden genommen? Waren es die Betonmauern des Wartehauses, die zu keiner klaren Resonanz in der Lage waren? Sonja entschied sich gerade für die mangelhafte Akustik, als Wesseling um die Ecke bog, wetterfest in Wollmantel, Schal und Wollmütze.

Sie ging ihm entgegen. »Du hier?« Ihre Freude über sein Auftauchen ging in ihrer Verwunderung unter.

»Musik?«, fragte er zurück. »Ihr lasst es euch also gut gehen? Gibt es auch belegte Brötchen und Kaffee?«

»Was willst du hier? Du hast hier keine Zuständigkeit. Das ist ein Fall für die Bonner Staatsanwaltschaft.«

»Ich weiß.«

»Und wie hast du dich dazwischen gepfuscht?«

»Gar nicht. Ich bin seit dem 1. November in Bonn.«

»Nein!«

»Doch. Was du kannst, kann ich schon lange«, meinte er heiter.

»Du fährst jetzt jeden Tag von Aachen nach Bonn? Doch nicht etwa mit dem Zug?«

»Um Gottes willen, nein.«

»Mit dem Auto?«, bohrte sie weiter.

»Das erzähle ich dir später. Was ist denn nun hier passiert?«

Sonja klärte ihn auf. Es war eine lange Geschichte. Wesseling notierte ihre Ausführungen stichwortartig in seiner roten Kladde. Ab und zu fiel ein Tropfen von seiner Nase aufs Papier.

Seine Kommentare erschöpften sich in bedeutsamem Nicken, zweimal sagte er »Je nun« und dann fragte er: »Und wer ist MacGuffin?«

»Das erkläre ich dir später.«

10.09 Uhr. Eine Eifelbahn schleppte sich ächzend am Wartehaus vorbei.

Als das Rattern der Dieselmotoren leiser wurde und Niklas auf ein Zeichen von Sonja mit der Musik aufgehört hatte, stellte sie den Verdächtigen den Staatsanwalt vor. Und dann stellte sie dem Staatsanwalt die Verdächtigen vor. »Der Struwwelpeter ist Niklas Nowak.«

Aus Michaelas Richtung kam ein undefinierbares Geräusch.

»Und da drüben der alte Herr ist sein Vater, Wilhelm Nowak.«

Da! Wieder dieses Geräusch. Dieses Mal lauter. Als ob jemand erstickte. Michaela presste ihre Lippen aufeinander. Ihre Halsschlagader schwoll an. Ihr Gesicht verfärbte sich.

»Daneben die Frau im Poncho ist Grazia alias Kerstin Warenka.«

Wenn Michaela so weitermachte, würde sie gleich in Ohnmacht fallen. Ungünstig für ein Verhör.

»Und die Schwarzhaarige, die beschlossen hat, nicht mehr zu atmen, ist Michaela Metternich.«

Michala spitzte ihre Lippen und ließ langsam und geräuschlos die Luft entweichen. Die Farbe ihres Gesichtes normalisierte sich. Sie hatte sich wieder im Griff.

Sonja fragte in die Runde: »Kann ich mal Ihre Fahrkarten für die 1. Klasse sehen?«

Mit dieser Frage hatte keiner gerechnet. Auch Wesseling nicht. Entsprechend war die Resonanz. Im Grunde erwartete Sonja auch keine Antwort. Der Einzige, der vermutlich eine gültige Fahrkarte hatte, weilte nicht mehr unter ihnen. Aber auf diese Weise hatte Sonja die Bande erst einmal in die Defensive gedrängt, dachte sie.

»Hatten Sie sich verabredet?«, fuhr sie fort. »Ist heute ein besonderer Tag?« Niemand fühlte sich angesprochen. »Frau Warenka?«

»Heute ist der letzte Tag vor den Weihnachtsferien«, sagte Grazia mit ihrer unnatürlich klingenden Stimme, als liefe ein Band in ihr ab.

»Ich verstehe. Die letzte Gelegenheit vor dem friedlichen Fest, Ihren Mann auf dem Weg zur Arbeit umzubringen. Sie wollten ein Problem wohl nicht mit ins neue Jahr nehmen? Das mache ich auch nicht gerne.«

Schweigen im Wartehaus. Auch Wesseling sagte nichts. Dann wandte sie sich an Wilhelm Nowak: »Woher wissen Sie denn, wann die Weihnachtsferien beginnen?«

Nowak schüttelte den Kopf.

»Ach, Sie wussten es nicht? Was haben Sie denn in aller Frühe in diesem Zug verloren? Heute ist kein Freitag.«

»Sie haben doch gesagt, ich soll mich um meinen Sohn kümmern«, verteidigte er sich, »da bin ich ihm nachgegangen. Ich wollte nur mal sehen, was er so macht.«

»Jetzt wissen Sie es?«

»Wer war denn der Mann überhaupt?«, fragte Wilhelm Nowak.

»Das war Dr. Gero Warenka«, erklärte Sonja. »Er hat Ihnen damals das Darlehen nicht verlängert. Wegen ihm haben Sie damals alles verloren. Er ist der Mann, der an Ihrem Unglück schuld ist.«

Wilhelm Nowak sagte nichts mehr. Sein Blick kehrte sich nach innen, als trete er eine Reise an.

Sonja sah allen Delinquenten forschend ins Gesicht: »Wem von Ihnen gehört denn der Schraubenzieher, der in seiner Brust steckte?«

»Meinem Mann!«, platzte es aus Grazia heraus. Sie riss die schwarz bemalten Augen auf, schlug beide Hände vor den Mund. Rot gefrorene Finger auf einem weißen Gesicht. Sie ließ sie wieder sinken und fügte hinzu: »Aber er war vorher schon tot.«

»Wie bitte?«

»Er war jedenfalls schon zusammengebrochen«, wiederholte Grazia vorwurfsvoll.

»Durch den Schlag gegen die Schläfe?«, fragte Sonja.

»Ja, genau, durch das rote Dingsda«, rief Grazia.

»Wodurch?«

»Der Junge da, der hatte irgendwas in der Hand. Ich weiß nicht, was es war, ich habe nur gesehen, dass es rot war. Damit hat er erst alle Lampen zerschlagen und dann meinen Mann getötet.«

»Wer?«

»Na, der Junge, wer sonst! Das rote Dingsda muss noch im Zug sein, wenn der Junge es nicht eingesteckt hat.«

»Und warum haben Sie dann noch einmal zugestochen?«

»Ich war nur die Gehilfin«, sagte Grazia. »Die Gehilfin des Schicksals. Die Karten ...«

Wesseling winkte ab, wandte sich Niklas zu und unterzog ihn einer körperlichen Untersuchung. Er tastete ihn ab – vom Hals bis zu den Schuhen und stülpte alle Taschen nach außen. Einen roten Gegenstand, den Niklas als Waffe hätte benutzen können, fand er nicht. Er fand überhaupt nichts, bis auf ein paar lose Münzen. Wesseling ließ von ihm ab und gab per Handy an die Kriminaltechnik im Unglückszug die Info weiter. »Wir suchen ein ... ein ...«

10.45 Uhr. Wesselings Worte gingen im Getöse des Eifel-Express unter. Eine Sekunde lang war er durch den Türausschnitt des Wartehauses zu sehen.

Als Wesselings Handy wieder in seiner Manteltasche verschwand, zeigte Niklas mit dem Finger auf Michaela Metternich. »Nicht ich, Sie war es!«

Michaela starrte gegen die bekritzelte Wand gegenüber, als stünde dort die Lösung für ein schwieriges Rätsel.

»Sie hat ihm gesagt, dass sie ihn verlässt. Ich habe es ganz deutlich gehört. Das müsst Ihr doch auch gehört haben?«, fragte Niklas Grazia und seinen Vater.

»Ja, das habe ich auch gehört«, bestätigte Wilhelm tapfer.

»Ich auch!«, steuerte Grazia bei, »dann ist er zusammengeklappt. Kein Wunder, mein Mann hat alles wegen ihr verloren.« Ihre Stimme klang bitter und doch schwang ein wenig Mitleid mit.

Wesseling brachte wie ein Dirigent das Orchester der Beschuldigungen zum Schweigen.

»Warum wollten Sie ihn denn verlassen?«, fragte er Michaela. Er konnte sich denken, dass er darauf keine Antwort bekommen würde. Und er schien auch keine zu erwarten, denn er ermittelte ganz allgemein gehalten weiter: »Und dann?«

Michaela warf den Kopf zurück. »Keine Ahnung. Wie Sie alle wissen, als ich das Abteil verließ, da ging es ihm noch gut. Ich habe also mit seinem Tod nichts zu tun. Männer in seinem Alter ... da kann das Herz bei einer kleinen Aufregung schon mal schlapp machen. Jeden Augenblick. Er hatte sich wohl ein bisschen übernommen.«

Wesseling fasste sich an die Brust. Er blickte besorgt drein.

Sonja seufzte. So kamen sie nicht weiter. Ein neuer Anfang musste her. »Haben Sie Warenka geliebt?«, fragte sie Michaela.

Alle Blicke wanderten zu Michaela.

Sie verzog verächtlich den Mund. »Liebe würde ich das nicht nennen.«

»Was wollten Sie denn von ihm?«

»Er war eine gute Partie.«

»Das ist er jetzt nicht mehr«, sagte Sonja.

»Egal.«

»Und was haben Sie nun davon?«

»Ach, wissen Sie, es ging nicht nur um Geld, es ging um höhere Dinge.«

»Um höhere Werte?«, fragte Sonja skeptisch. »Und welche, wenn ich fragen darf?«

Abwechselnd blickte Michaela von Wilhelm zu Niklas. Sie ließ Zeit verstreichen. Die Unruhe im Wartehaus wuchs. »Was Sie vermutlich alle nicht wissen. Ich bin die Tochter von Beate Nowak, geschiedene Metternich, geborene Schlinger. Aus erster Ehe.«

Rums! Wilhelm Nowak zuckte zusammen, Niklas ließ den Mund offen stehen, Grazia klimperte irritiert mit den getuschten Wimpern. Sonja verstummte. Diese Neuigkeit fegte alles weg, was Sie hatte sagen oder fragen wollen.

11.09 Uhr. Die nächste Eifelbahn zwang alle im Wartehaus zu einer Denk- und Redepause.

»Wer?«, stieß Sonja ungläubig hervor

»Beate Metternich«, wiederholte Michaela, hypnotisierte Wilhelm Nowak und dehnte jede Silbe, als bereite es ihr ein Vergnügen zu sehen, was ihre Worte in dem zweiten Mann ihrer Mutter auslösten. »Meine Mutter hat nach der Scheidung ihren Mädchennamen wieder angenommen.«

»Schlinger?«, fragte Sonja und sah den Grabstein von Dahlem vor sich. Ein Kreis schloss sich vor ihren Augen. Der Mensch ist ein Zug, die Vorfahren reisen immer mit.

Michaela nickte. »Ich bin zunächst bei meinem Vater geblieben, später zu einer Tante nach Blankenheim gezogen. Meine Mutter hat mich über ihr Leben auf dem Laufenden gehalten. Wir haben uns jede Woche freitags in Blankenheim getroffen ...«

»Immer dann, wenn sie ihrem Mann sagte, sie ginge in Euskirchen einkaufen?«, fragte Sonja fassungslos mit einem Seitenblick zu Wilhelm Nowak. Er war in eine Art Starre verfallen.

»Bis zu ihrem Tod vor zehn Jahren«, bestätigte Michaela.

»Ihrem Selbstmord«, berichtigte Sonja sie.

Michaela nickte. »Da war ich fünfzehn Jahre alt. Und da habe ich angefangen, Warenka zu suchen. Ich wollte ihn vernichten.«

11.45 Uhr. Der Eifel-Express mischte sich geräuschvoll ein.

Michaela fuhr fort. »Er war schuld am Tod meiner Mutter. Ich habe mir geschworen, ich kriege ihn. In der Bank war er nicht mehr, und man wollte mir nicht sagen, wo er jetzt arbeitet und wo er wohnt. Aber ich habe nicht aufgegeben. Ich wusste, dass er mir eines Tages über den Weg laufen würde. Dann habe ich zufällig seinen Namen im Vorlesungsverzeichnis eines Kölner Wirtschaftsinstituts gesehen.«

»Moment Mal«, meinte Wesseling.

»Gleich«, sagte Sonja und wandte sich an Niklas. »Und Sie stehen schon lange auf unserer Fahndungsliste.«

»Ich? Wieso?«

»Wo ist Ihr Rucksack?«, fragte Sonja zurück.

»Was weiß ich«, murrte Niklas.

»Ich habe ihn mitgenommen, als Ihr Onkel mir freundlicherweise Ihr Zimmer gezeigt hat. Die Kriminaltechnik hat festgestellt, dass die Rückstände an den Seiten und auf dem Boden des Rucksacks von dem Pflasterstein stammen müssen, der in den Zug geworfen wurde.«

»Solche Pflastersteine gibt es wie Sand am Meer«, verteidigte Niklas sich.

»Aber nicht solche, deren Lehm-, Sand-, Pollen- und Samenspuren exakt mit den Bodenproben übereinstimmen, die wir vom Hof Ihres Onkels genommen haben.« Sonja hatte diesen Satz gesagt, obwohl sie die Ergebnisse der Bodenproben noch nicht hatte. Aber selbst wenn sie vorlägen und gewisse Übereinstimmungen vorwiesen, was sogar wahrscheinlich war, wäre das noch lange kein sicherer Beweis. Aber manchmal musste man bei Verhören zu Mitteln wie diesen greifen, um den Täter aus der Reserve zu locken. Im gleichen Muster fuhr sie fort: »Ihr Onkel sagt, Sie haben einen dieser Steine selbst durch ihr Zimmerfenster auf den Hof geworfen.«

Jetzt schüttelte Niklas heftig den Kopf, seine Locken flogen. »Nein! Er! Warum sollte ich das tun?«

»Das habe ich mich auch gefragt. Aber die Steine auf die B 51, die haben Sie geworfen.«

»Nein! Wie kommen Sie denn darauf?«

»Der Zeitungsartikel darüber hing über Ihrem Bett. Sie waren stolz darauf. Schade nur, dass Ihr Name darin nicht erwähnt wurde, nicht wahr? Und zwei Tage später haben Sie den Stein in den Zug geworfen.«

»Nein, ich nicht! Das war alles der Onkel!«, schrie Niklas außer sich und klammerte sich an sein Bajan.

»Ja, genau!«, rief Wilhelm Nowak dazwischen. »Der Herbert war es! Nicht mein Sohn! Wenn Sie den Herbert kennen würden, dann wüssten Sie, dass er zu so etwas fähig ist. Mein Sohn nicht!«

Sonja hob eine Hand. »Ruhe! Sie haben einen kleinen Denkfehler gemacht, Niklas. Sie hätten die Steine nicht nach der Geldübergabe werfen dürfen.«

Vater und Sohn senkten die Köpfe.

Wilhelm Nowak fand zuerst seine Sprache wieder. Er fuhr einfach dort fort, wo er unterbrochen worden war: »Auch im Zug hat Niklas nichts gemacht. Das war nämlich die da!« Er wies mit zwei zittrigen Fingern auf Grazia.

»Woher wollen Sie das denn wissen«, keifte Grazia. »Sie haben doch geschlafen.«

»Hab ich nicht«, sagte Wilhelm Nowak.

»Haben Sie wohl!«

»Jetzt reicht es mir«, schimpfte Wesseling.

Grazia beachtete ihn nicht. Ihre Stimme überschlug sich. »Der Junge da war es. Der hat auch unsere Uhr geklaut, die Autobatterie ausgebaut und die schöne Birke gefällt. Frau Senger, sagen Sie doch mal was!«

Sonja hob die Hände, um Ruhe anzuordnen. »Wir haben tatsächlich am Auto und an der Terrassentür die gleichen Fingerabdrücke sichergestellt. Wir werden Sie mit Ihren vergleichen, Niklas. Das ist ganz einfach. Und was die Birke angeht: Wir müssen nicht jeden Holzscheit, der hinter Warenkas Haus gestapelt ist, analysieren. Ich habe Sie selbst angetroffen, nachdem Sie sie gefällt hatten. Ich erinnere mich, dass Sie über und über voller Sägespäne waren, als Sie am Straßenrand saßen.«

Niklas ließ Sonjas Worte über sich ergehen, bis sie die Frage stellte: »Warum?«

»Na gut, ich war es«, gab er klein bei.

»Ich habe gefragt, warum« Sonja blickte zu Michaela. »Aus Eifersucht?«

Michaela lachte auf. »Aus Eifersucht? Ich sehe den jungen Mann heute zum ersten Mal. Wir kennen uns nicht. Und ich möchte ihn auch nicht kennen lernen. Schlimm genug, dass er angeblich mein Halbbruder ist.«

»Schluss jetzt«, beendete Wesseling das Hin und Her. »Ich will alle bis auf den alten Herrn vor dem Haftrichter sehen.«

»Aber mein Sohn hat den Mann doch nicht umgebracht«, begann Wilhelm Nowak wieder.

»Tut mir leid für Sie, aber ich kann ihn nicht laufen lassen, er hat ziemlich viel an der Backe. Er steht wegen Diebstahl und Hausfriedensbruch auf unserer Fahndungsliste.«

»Und was ist mit mir?« Wilhelm Nowak streckte Wesseling seine Hände entgegen, als wolle er unter diesen Umständen am liebsten ebenfalls in Haft genommen werden.

»Sie können gehen. Aber Sie, Frau Warenka, nicht, da Sie keinen festen Wohnsitz haben.«

»Sie halten mich für eine Zigeunerin?«, zischte Grazia entsetzt.

»Ein Hotel ist kein fester Wohnsitz. Und wo wohnen Sie zurzeit?«, fragte Wesseling Michaela.

»Im Hainbuchenweg in Gerolstein«, antwortete Michaela nicht ohne Stolz.

»Dort werden Sie nicht glücklich werden«, prophezeite Grazia.

Mit einer Handbewegung befahl Wesseling Grazia zu schweigen. »Für Sie gilt das Gleiche. Und da wäre noch was. Sagen Sie mal, haben Sie was am Bein?«

Michaela errötete. »Wie kommen Sie denn darauf?«

»Na, Sie gehen so komisch.« Und dann verfiel er in seine alte Schwäche, junge Leute zu duzen. »Sieht ein bisschen krank aus. Mädchen, an deiner Stelle würde ich mal zum Orthopäden gehen, du machst dir ja die Füße ganz kaputt.«

»Das schadet ihr gar nix!«, kreischte Grazia.

»Ruhe!«, brüllte Wesseling. Das saß. »Was für ein Kuddelmuddel«, beschwerte er sich, trat kurz hinaus, um einige uniformierte Kollegen herbeizuwinken, die Grazia, Michaela Metternich und Niklas Nowak in Gewahrsam nehmen sollten.

Als Niklas an seinem Vater vorüberging, blieb er stehen und bat ihn: »Legst du Blumen für mich auf ihr Grab?«

»Was soll das denn heißen?«, fragte Wesseling misstrauisch.

Liebevoll strich Niklas über sein Instrument. *Jupiter* stand in silbernen, verschnörkelten Buchstaben auf dem Gehäuse. »Keine Sorge. Nichts Schlimmes. Aber Andrej, das ist mein Freund aus dem Heim, Andrej hat gesagt, in Russland nennt man das so, wenn man jemanden nach seinem Tod rächen konnte. Verstehen Sie, es ist nur eine russische Redewendung. Sonst nichts. Nichts Schlimmes.«

»Jetzt aber raus hier!«, kommandierte Wesseling. »Nehmen Sie Ihr Schifferklavier mit, dann haben Sie Unterhaltung in der Zelle.«

»Das ist kein Schifferklavier«, widersprach Niklas, »das ist ein Bajan.«

»Was immer es ist«, sagte Wesseling, »ich will es nicht mehr sehen.«

»Ja, Junge, ich werde Blumen auf das Grab deiner Mutter legen«, versprach Wilhelm Nowak seinem Sohn und berührte ihn zaghaft mit der Hand.

Sonja betrachtete besorgt die Vater-Sohn-Annäherung. Wilhelm schien aus einem langen Traum erwacht, Niklas war noch voller Distanz. Er blieb nicht länger bei seinem Vater stehen als nötig. Er sagte kein Wort zu viel. Er hielt seine Hände schützend auf seinem Bajan, als er abgeführt wurde. Sie waren eins, er und sein Instrument. Sie schienen miteinander verwachsen zu sein, sein Brustkorb mit dem

Faltenbalg des Instruments. Niemand kam auf die Idee, es ihm abzunehmen.

Michaela Metternich stöckelte währenddessen schon in ihrem grandiosen Gang über den Schotterweg zu einem der Polizeiwagen. Die beiden Beamten, die sie führten, waren noch jung. Sonja entging nicht, wie ihre Augen sich für eine Frau wie Michaela in die Augen junger Männer verwandelten, beneidet von den Polizisten, die sich neben der ausladenden Grazia auf eine Rückbank quetschen mussten.

Wilhelm Nowak sagte: »Seltsam, alle Züge waren in der Zwischenzeit pünktlich«, nahm die Unterführung und stellte sich auf das gegenüberliegende Gleis in Richtung Trier. Er sah auf die Uhr, nicht auf den Fahrplan. Er wusste, wann der nächste Zug nach Dahlem ging, dachte Sonja. Eine Verspätung plante er immer ein. Er war ein Spezialist geworden in den letzten zehn Jahren, die er auf seine Frau gewartet hatte. Ein Spezialist in Sachen Eifel-Express.

Sonja gab die Eifelstrecke Trier-Köln wieder frei.

Um 12.09 Uhr durfte endlich wieder eine Bahn am Bahnhof Scheven anhalten. Aber es stieg niemand aus, und es stieg niemand zu.

Sonja hatte für lange Zeit genug vom Zugfahren. Sie ließ sich von Bernd Wesseling chauffieren. Ab morgen würde sie mit dem Polo oder dem Dienstwagen nach Euskirchen fahren oder gar nicht.

Unterwegs hingen beide ihren Gedanken nach. Wesseling kannte den Weg nach Wolfgarten wohl auswendig, jedenfalls ließ er das Navigationsgerät ruhen und stellte das Radio an. Im SWR 1 textete Frank Laufenberg mit seiner sonoren Stimme anlässlich irgendeines Jubiläums die Zuhörer zum Thema Schiffermusik in der Popszene zu.

»Mord im Orientexpress«, sagte Wesseling plötzlich. »Hast du das Buch gelesen?

»Natürlich«, antwortete Sonja. »Mehrfach. Er ist im Schnee stecken geblieben.«

»Das gibt es ja heute nicht mehr.«

»So viel Schnee meinst du?«, fragte Sonja.

»Es ist kein Verherrlichung der Vergangenheit«, dozierte Wesseling, »es ist eine Tatsache, dass es immer weniger Schnee geben wird, was ich persönlich bedaure.«

»Dafür gab es Handys damals noch nicht.«

»Die Glücklichen! Schnee und keine Handys. Aber elf Messerstiche, wenn ich nicht irre.«

»Zwölf. Gab es damals schon Schraubenzieher?«, fragte Sonja.

»Die gab es noch nie, die Dinger heißen nämlich Schraubendreher.«

»Ach, was!?«

Die Unterhaltung geriet ins Stocken. Im SWR 1 war Frank Laufenberg inzwischen im Süden der Vereinigten Staaten angekommen.

»Unbefriedigend«, murrte Sonja nach einer Weile. »Äußerst unbefriedigend.«

»Das sehe ich anders. Grazia hat doch gestanden. Und wir haben ein Motiv.«

»Aber selbst wenn die Kriminaltechnik dieses rote Dingsda im Zug finden sollte und Niklas Fingerabdrücke darauf sind, können wir ihm immer noch nicht das Werfen der Steine nachweisen. Wenn wir Pech haben, sind auf dem Rucksack nämlich nicht nur seine, sondern auch Irmschers Spuren.«

»Und wenn wir Glück haben?«, wollte Wesseling wissen.

»Eines ist klar. Die Steine sind auf jeden Fall nach der Geldübergabe geworfen worden.«

»Das spricht gegen Irmscher, es sei denn, er war mit dem Erpressen noch nicht fertig.«

Sonja nickte.

»Dir geht es mehr um die Steine als um den Doktor?«, fragte Wesseling und musterte sie.

Keine Antwort war auch eine Antwort.

Laufenberg war zu Ende gekommen. Das letzte Lied, das er spielte, war der Soundtrack aus dem Film *Schultze gets the Blues*. Wesseling pfiff die Melodie mit. Immer eine halbe Note daneben.

Es dauerte eine knappe halbe Minute, ehe Sonja die Erkenntnis traf wie ein Blitz aus einem wolkenlosen Himmel. »*Kalinka!*«, schrie sie und schlug sich gegen die Stirn.

Wesseling trat das Bremspedal durch, fiel in den Sicherheitsgurt, landete schliddernd am Straßenrand, besann sich und schaltete souverän die Warnblinkanlage an. Hupen aus dem Off. Strafende Blicke aus einem hochroten Gesicht. »Das war nicht *Kalinka!*«

»Aber das Bajan! Niklas hat es doch immer dabei! Es würde mich nicht wundern, wenn er damit ins Bett geht.«

»Du meinst dieses Schifferklavier?«, fragte Wesseling ungläubig.

»Ich meine das Bajan!«

17. Kapitel

Sonja war gerädert, als sie am nächsten Tag ihr Büro im Kriminalkommissariat Euskirchen betrat.

Tief Jorrit, hatte der Wetterbericht am Morgen behauptet, sei dabei, Hoch Bernhilde abzulösen und beende damit die stabile Inversionswetterlage. Schneegriesel wurde angekündigt und eine Temperatur von minus vier Grad.

Auf Sonjas Schreibtisch stand ein Strauß Blumen neben dem Adventskranz. Die Kollegen hatten schon einmal vorbeugend die vierte Kerze angezündet. Brachte das nicht Unglück?

»Wir gratulieren«, riefen sie im Chor und erhoben sich von ihren Plätzen. »Ein toller Einstieg.«

»Viel zu früh«, winkte Sonja ab. Ihres Wissens hatte die Soko Pflasterstein noch keinen Grund zum Feiern.

»Aber die Ergebnisse sind fantastisch!«, rief Brummer.

»Welche denn?«, fragte sie.

»Alle!«

Sonja ließ sich auf ihren Drehstuhl fallen und rückte die Blumen so lange hin und her, bis sie die Gesichter beider Kollegen sehen konnte. »Dann legen Sie mal los.«

»Die Geschichte könnte aus Sizilien sein!«, entfuhr es Neubauer. »Da hat sich doch die ganze bucklige Sippe zusammengerottet, um diesen einen Kerl zu vernichten! Keiner hätte es allein und ohne die anderen geschafft. Das Beste daran ist aber, sie waren nicht verabredet!«

Er brachte es auf den Punkt. Es war ein Kammerspiel der besonderen Art gewesen. Aber nicht nur im Zug. Die Fortsetzung im Wartehaus war auch bühnenreif gewesen.

»Ja, ja«, sagte Brummer, »aber immer schön der Reihe nach. Beginnen wir bei Kerstin Warenka.« Sonja unterbrach ihn mit der Bemerkung, dass sie sich gern Grazia nennen ließe und ihm sicher auch mal die Karten legen würde.

»Kerstin Warenka«, wiederholte Brummer und ließ sich auf keine Spielchen ein, »ist unsere Haupttäterin, so viel steht fest. Der Schraubenzieher war der finale Todesstoß, er hat den Herzbeutel und das Herz getroffen. Herzbeuteltamponade, nennt das der Rechtsmediziner, glaube ich. Das Blut läuft in den Herzbeutel, deswegen trat auch so wenig Blut aus. Auf dem Schraubenzieher waren nur Fingerabdrücke von den beiden Warenkas drauf. Und Ihre, Frau Kollegin.«

»Nur eine kleine Bemerkung am Rande. Aber ein Schraubenzieher ist ja eigentlich ein Schraubendreher«, berichtigte ihn Sonja.

Neubauer und Brummer sahen sich irritiert an. Sie waren zu höflich, um unhöflich zu sein.

»Michaela Metternich stöckelt übrigens wieder frei herum«, fuhr Brummer fort, als hätte er nichts gehört.

»Das dachte ich mir!«, fluchte Sonja. »Ich hasse es, dass wir für die seelische Zerstörung eines Menschen keine Strafen vorgesehen haben. Ich wünschte, ich könnte ...«

»Machen Sie doch eine Eingabe beim Petitionsausschuss«, schlug Neubauer vor.

»Jedenfalls«, Brummer schüttelte den Kopf, »als Michaela Metternich Dr. Warenka sagte, sie würde ihn verlassen, verfiel der in eine Art Schock, aus dem er keine Chance hatte zu erwachen, weil zuerst Niklas und dann Grazia oder zuerst Grazia und dann Niklas auf ihn eingedroschen haben. Das konnte nicht einmal der Rechtsmediziner eindeutig bestimmen. Das geht nicht, sagt er, wenn die Taten im Sekundentakt hintereinander verübt werden.«

»Warum wollte Michaela ihn denn verlassen?«, fragte Sonja.

»Weil er sie nicht sofort heiraten wollte«, grinste Brummer, räusperte sich, bemüht, Ernsthaftigkeit zu verbreiten. »Womit Niklas zugeschlagen hat, wissen wir immer noch nicht. Die Kriminaltechnik hat im Erste-Klasse-Abteil nichts gefunden, was einen Waffenschein benötigte ... außer Ihrem Hut, Frau Kollegin.«

»Oh! Mein Hut! Das ist gut!«, rief Sonja. Sie ließ sich auch nicht auf Spielchen ein. »Ich habe ihn schon vermisst.« Die Kollegen wechselten wieder Blicke. »Und wer hat nun die Steine geworfen?«

»Irmscher oder Niklas«, meinte Brummer und breitete die Hände ratlos aus.

»So weit war ich auch schon.«

»Auf dem Rucksack sind nämlich – außer Ihren, Frau Kollegin – die Fingerabdrücke von beiden.«

»Wie geht es Niklas?«, fragte Sonja. »Macht er noch Musik?«

»Ja, leider«, antwortete Brummer. »Sein Zellengenosse beschwert sich schon. Er ist ein Rapper.«

»Ich will ihn noch einmal spielen hören.«

18. Kapitel

Spielen Sie uns etwas vor?«, fragte Sonja, als Niklas Nowak mit seinem Bajan vor der Brust auf ihren Wunsch in das Büro der Soko Pflasterstein in Euskirchen geführt wurde.

Brummer schickte die beiden Beamten weg, die Niklas begleitet hatten, und zeigte auf einen Holzstuhl am Fenster. »Setzen Sie sich.«

»Ich stehe lieber«, sagte Niklas. Breitbeinig und abwehrend blieb er in der Nähe der Tür, bereit zur Flucht.

Sonja nickte ihm aufmunternd zu.

»Hier kann ich nicht spielen«, sagte er.

»Wie wäre es mit ...«, Neubauer überlegte. »Wie wäre es mit der deutschen Nationalhymne?«

»Neubauer!«, entfuhr es Sonja und Brummer gleichzeitig.

»Ph!«, machte der Kollege, lehnte sich zurück und verschränkte die Arme über der Brust.

»Wie wäre es mit ...«, Brummer überlegte, »*Spiel mir das Lied vom Tod?*«

»Brummer!«, riefen Sonja und Neubauer entsetzt.

»Ph!«, machte Neubauer.

»*Kalinka?*«, schlug Sonja vor.

Die Kollegen verdrehten die Augen, aber Niklas öffnete sein Bajan. Nach ein paar Takten legte Brummer einen Finger auf den Mund. Zu spät, die Tür öffnete sich und der Kollege von der Sitte steckte seinen Kopf hindurch. Brummer schob ihn hinaus und schloss die Tür ab. Die Klinke wurde noch einige Male heruntergedrückt. Und das Telefon klingelte vorwurfsvoll, ehe es stumm geschaltet wurde.

Als Niklas endete, klatschte niemand. Sonja sah Brummer und Neubauer an, dass sie gerührt waren. Sie war es auch.

Aber nicht so sehr. Es gab da etwas, was sie von allzu großen Gefühlen abgelenkt hatte.

»Im Zug klang Ihr Bajan besser«, sagte sie, stand auf und trat so dicht an Niklas heran, dass sie das Instrument hätte anfassen können. Niklas machte einen Schritt zurück. Seine Schultern berührten die Tür.

»Findet ihr nicht«, Sonja drehte sich zu ihren Kollegen herum, »dass es irgendwie scheppert?«

Beide wollten gerade widersprechen, als sie ihnen ein Zeichen machte.

»Und wie!«, rief Neubauer.

»Schrecklich!«, meinte Brummer und zog die Einmalhandschuhe über, die griffbereit auf seinem Schreibtisch lagen. Bedrohlich laut ließ der das Latex an den Stutzen flitschen. Die Kollegen taten es ihm gleich. Als Brummer die Hände zu Fäusten ballte, um die Beweglichkeit seiner eingezwängten Finger zu kontrollieren, runzelte Niklas die Stirn. Trotzig warf er seine Haare zurück.

Eingeklemmt zwischen Tür und Kommissar, konnte er nicht viel dagegen tun, dass dieser mit den Worten »Geben Sie mal her, wir kriegen das schon wieder hin« die Riemen erfasste und das Bajan von Niklas' Schultern zog.

Brummer hob es hoch und schüttelte es. Schließlich stellte er es auf seinen Schreibtisch und begann es zu untersuchen. Auf der rechten Seite entdeckte er unterhalb des Gehäuses nach langem Suchen eine Stelle, an der es nur notdürftig mit einer Klemme verschlossen worden war. Es war nicht ganz leicht, es so weit zu öffnen, dass seine Hand hindurchpasste. Er fischte im Dunkeln. Aber er wurde fündig. Eingekeilt zwischen seinen Fingern kam ein roter Nothammer ans Licht des Tages, wie er in jedem Zug der Deutschen Bahn aushängt, um im Notfall die markierte

Sollbruchstelle der Fensterscheibe einschlagen zu können. *Missbrauch strafbar*.

Brummer legte ihn behutsam in Sonjas Hand. Die Spitze aus Stahl, der Schlagdorn, ragte nach oben. Blut klebte noch darauf.

Sonja atmete erleichtert auf, und entgegen aller Vorschriften drückte sie ihn kurz an ihre Brust. »Kein Wunder, dass es gescheppert hat.«

Als sie den Nothammer so dicht vor Niklas' Gesicht hielt, dass dieser fast schielen musste, verteidigte er sich: »Er war doch schon tot!«

»Setzen Sie sich!«, forderte Sonja ihn auf und zeigte ein zweites Mal auf den Stuhl am Fenster. Widerwillig setzte er sich auf die Stuhlkante. Im Gegenlicht sah sein wirrer Haarkranz wie ein Heiligenschein aus. Ohne sein Instrument wirkte er verloren. Er schien nach Worten zu suchen. Die Kommissare ließen ihm Zeit. Und sie halfen ihm sogar auf die Sprünge.

Zuerst Neubauer. »Mit diesem Nothammer haben Sie also während der Tunnelfahrt die Lampen an der Zugdecke zerschlagen. Tok, tok, tok, eine nach der anderen.«

»Na, und?«

»Und dann?«

»Ich habe es nur wegen dem Onkel getan, echt! Ich wollte doch nur meine Mutter rächen. Das ist doch völlig normal.«

Sonja streifte langsam ihre Handschuhe ab.

»Der Onkel wollte, dass ich Warenka umbringe. Ich wollte nicht, aber ich hatte keine Wahl. Er hat mich gezwungen. Wenn ich es nicht getan hätte, dann hätte er mich vom Hof gejagt. Ich kenne niemanden, wohin sollte ich denn gehen?«

»Hat er Sie auch noch unter Druck gesetzt, nachdem er das Geld von Warenka kassiert hatte?«, fragte Sonja.

»Welches Geld?«, fragte Niklas zurück.

»Das Geld, um sich einen Traktor zu kaufen.«

Niklas nickte tapfer in die ungläubigen Gesichter der Kommissare. »Ach, das. Ja, das hat er! Er wollte noch mehr Geld! Um mir zu drohen, hat er mir sogar einen Stein in mein eigenes Fenster geworfen! Beinah wäre ich ...«

»Woher hatte er ihn?«, unterbrach Sonja ihn.

»Vom Hof natürlich!«

»Und wo ist dieser Stein denn jetzt?«

»Der Stein?«, fragte Niklas irritiert.

»Ja, der Stein«, wiederholte Sonja.

»Was weiß ich!«

»Entweder ist es der, den Sie in den Eifel-Express geworfen haben und den wir sichergestellt haben, oder einer der beiden, die Sie auf die B 51 geworfen haben und anschließend wieder unter dem Regenfass in Dahlem eingebuddelt haben.«

Das musste Niklas erst verdauen. »Das können Sie so oft sagen, wie Sie wollen«, behauptete er schließlich. »Ich war's nicht. Wie denn? Sehen Sie mal!« Er umfasste mit der rechten Hand seinen linken Oberarm. Daumen und Finger trafen sich locker. »Ich bin froh, wenn ich mein Bajan tragen kann.«

»Ach, mir kommen die Tränen, sagte Neubauer. »Aber stark genug, um einen Baum zu fällen, waren Sie.«

»Die Motorsäge hat das fast von allein gemacht. Kann ich jetzt endlich mein Bajan wiederhaben?«

19. Kapitel

Als Wesseling einen Tag später, am heiligen vierten Advent, nach Wolfgarten kam, angeblich um den Fall gemeinsam mit Sonja abzuschließen, obwohl er natürlich in seiner Position als Staatsanwalt in Bonn an der Quelle saß und bereits alles wissen musste, ließ er sich dreimal gegen die Haustür des Forsthauses fallen, stolperte in die Diele und rief: »Du hast Post.«

Davis und West stoben in verschiedene Richtungen davon.

»Das kann nicht sein«, rief Sonja zurück. Sie bekam so gut wie nie Post. Der letzte Brief war die Absage aus Köln gewesen. Wesseling störte sie bei ihrer Mittagsruhe. Beine hoch und Ruhe im Forsthaus. Fast wäre sie eingeschlafen. Der Dienst in Euskirchen und vor allem das frühe Aufstehen zehrten an ihrer Kondition. Sie stellte die Füße auf den Boden und stemmte sich hoch, als Wesseling die Wohnküche betrat und mit einem Umschlag wedelte. »Aus Köln! Ist aber nicht vom Kriminalkommissariat.«

Ein Schritt und Sonja war bei ihm. »Gib her.« Nervös riss sie Wesseling den Brief aus der Hand, begutachtete die Handschrift und den Absender und legte ihn auf die Anrichte. Dieser Brief brachte sie durcheinander. Sie wunderte sich über die Unruhe, die sie plötzlich befiel. Die Karten – das hatte man an Warenka deutlich gesehen – die Karten logen anscheinend doch nicht.

»Willst du nicht öffnen?«, fragte Wesseling.

»Ach«, sagte Sonja und tat so desinteressiert wie möglich. »Das hat Zeit.«

»Machst du uns Rum mit Tee?«

Verflucht, dachte Sonja, jetzt hat er Zeit, jetzt, da sie keine hatte. Auf jeden Fall nicht für ihn. Der weiße Umschlag sendete Signale, auch wenn sie nicht hinsah.

»Hab keinen Tee im Haus«, gab sie zurück. »Es wird auch nicht lange dauern.«

»Okay. Dann ein Glas Wein? Den wirst du doch haben.«

Sie schüttelte bedauernd den Kopf, bot ihm aber wenigstens einen Sitzplatz an und sagte. »Aber meinen Hut habe ich wieder.«

»Gott sei Dank«, sagte Wesseling, ohne eine Miene zu verziehen.

»Streng genommen haben wir die Lösung des Falles Frank Laufenberg zu verdanken«, meinte Sonja.

»Und deinem Musikverständnis. Wenn du den Soundtrack aus *Schultze gets the Blues* nicht mit *Kalinka* verwechselt hättest, dann wären wir heute noch nicht damit fertig.«

»Das Bajan hatte es in sich, im wahren Sinn des Wortes«, sagte Sonja und überhörte den unberechtigten Vorwurf. »Aber ich finde es viel wichtiger, dass zwischen den Knöpfen des Instrumentes und den Falten des Balges winzige Sandkörner und Lehmspuren gefunden wurden.«

Er nickte. »Das ist der Beweis, der uns fehlte. Und das bedeutet versuchtes Kapitaldelikt für Niklas. Paragraph 211. In mehreren Fällen sogar. Auf der B51 hat er vermutlich geübt für den Wurf auf den Zug. Man stelle sich das vor. Das ist ja wohl eine besondere Heimtücke.« Wesseling räusperte sich. »Und das Motiv haben wir hier.« Er zog ein paar Blätter aus der Brusttasche und wedelte damit herum. Es war der Bericht der Bonner Kollegen, den Sonja ebenfalls erhalten hatte. Halb las Wesseling ihn, halb kannte er ihn auswendig. »Herbert Irmscher schweigt wie ein Grab, aber seine Frau hat ausgesagt. Ihr Mann hat dem Jungen eingeredet, dass Warenka an allem schuld sei, daran, dass sein Vater vor die Hunde geht, dass er seine Mutter verloren hat, ins Heim musste, kurz gesagt, dass er sozusagen sein Erbfeind ist. Herbert Irmscher hat Niklas gedroht, ihn vom Hof zu jagen, wenn er Warenka nicht umbringt. Es ging ihm dabei aber immer nur um seine eigene Sache, diese Grundstücksgeschichte von damals, als Warenka ihn über den Tisch gezogen hat, und kein bisschen um den Niedergang der Nowaks. Das war ihm völlig schnuppe. Er hat Niklas nur benutzt. Nachdem er dann das Geld von Warenka kassiert hat, hat er die Sache angeblich stoppen wollen, sagt seine Frau.«

»Da muss Niklas auf die Idee gekommen sein, auf eigene Faust weiterzumachen, zu beweisen, dass er kein Schwächling ist. Und auch noch alles auf den verhassten Onkel zu schieben«, steuerte Sonja bei.

»Schwerer Denkfehler. Aber der Onkel hat auch einen gemacht. Niklas war noch ein Kind, als das alles passierte. Er konnte von einem Erbfeind nichts wissen. Die Mutter war weg. Mit dem Vater sprach er nicht mehr. Deswegen musste der liebe Onkel ihm auf einem Zettel den Namen und die Adresse aufschreiben, wie unsere Graphologen herausgefunden haben. Wie gut, dass du den Zettel gefunden hast«, lobte Wesseling Sonja. Daumen nach oben.

Sie winkte ab. »Ich bin nur froh darüber, dass wir diesen Irmscher drangekriegt haben. Anstiftung zum Mord lautet die Anklage. Das gönne ich ihm.« Sie lehnte sich zurück und atmete tief durch.

Genugtuung ist ein richtig gutes Gefühl.

Davis und West huschten unter den Esszimmertisch und legten sich dort auf die Lauer.

»Blumen auf das Grab der Mutter wollte Niklas legen«, sagte Sonja leise seufzend und sah sinnend aus dem Fenster. Sie wusste nicht, wie lange die Pause gewesen war, als sie in die Gegenwart zurückfand.

»Michaela wollte das sicherlich auch«, hörte sie Wesseling sagen.

»Obwohl sie kein russisch kann«, meinte Sonja.

»Habt ihr Niklas das Schifferklavier zurückgegeben?«

Sie korrigierte ihn nicht mehr. Er würde es nie lernen. Er war ein hoffnungsloser Fall. »Er wird jetzt viel Zeit fürs Spielen haben.« Sie rückte unruhig an ihrem Stuhl. Genug der Philosophiererei. Alles war gesagt. Doppelt und dreifach. Wesseling sollte nicht auf die Idee kommen, hier Wurzeln zu schlagen oder anwesend sein zu wollen, wenn sie den Briefumschlag öffnete. Sie stand auf und ging zur Tür.

Auch Davis und West verstanden den Wink und bauten sich neben ihr auf. West machte einen deutlichen Buckel.

»Ihr werft mich raus?«, fragte Wesseling und blickte mit überdeutlicher Kopfbewegung zu dem Briefumschlag auf der Anrichte. Er schien seine Bedeutung zu ahnen.

»Nicht direkt.«

»Indirekt finde ich auch ziemlich unhöflich«, beschwerte sich Wesseling.

»Ich muss noch mal weg.«

»Wohin denn?«, fragte er neugierig.

»Sag mal, sind wir verheiratet oder was?«

»'tschuldige, so war das nicht gemeint.«

»Tut mir leid. Ein anderes Mal, ja?«

»Du wolltest doch wissen, wie ich jetzt immer nach Bonn komme«, lenkte Wesseling ab. Er wartete, dass sie etwas dazu sagte. Sie tat es nicht. »Ich bin umgezogen.«

»Ihr habt euch getrennt?«, rutschte es Sonja heraus.

»Hilde und ich? Wie kommst du denn darauf?«

»Ach, alle Welt trennt sich.«

»Aber wir nicht.«

»Aber«, begann Sonja. Aber sie verstand nicht. Hatte er deswegen dafür gesorgt, dass sie nach Euskirchen kam? Oder war er wegen ihr nach Bonn gegangen? Was war zuerst da, Huhn oder Ei?

»Und du wolltest mir noch sagen, was ein MacGuffin ist«, unterbrach Wesseling ihre ungestellten Fragen. Sonja seufzte so laut auf, dass Davis und West unter dem Tisch hervorkamen, weil sie fürchteten, ihr sei etwas zugestoßen. »Ein MacGuffin ist nichts zu essen, sondern nur ein Begriff. Und zwar für Objekte oder Personen, die eine Handlung in einem Thriller auslösen oder vorantreiben, ohne selbst von größerer Bedeutung zu sein. Okay? Jetzt muss ich aber wirklich ... übrigens, ich wünsche dir und Hilde frohe Weihnachten und einen guten Rutsch.«

Wesseling bedankte sich artig und wünschte ihr dasselbe. Er fragte nicht, wieso sie keinen Baum im Forsthaus aufgestellt hatte, und was sie morgen ganz allein in ihrem Forsthaus am Ende der Stromleitung anstellen würde. Aber Sonja sah ihm an, dass er es gern getan hätte. Sie wickelte sich in eine Jacke und begleitete ihn zu seinem Auto. Wesseling sprang elegant über seine private Pfütze, die nach langer, regenfreier Zeit nun endlich ausgetrocknet war.

Während Hund und Katze die Reifen untersuchten, warf Sonja einen zufälligen Blick auf die Rückbank. Dort lag ein Bein. Ein künstliches Bein. Ein fleischfarbener Unterschenkel mit einem schwarzen Spitzenstrumpf und einem Stöckelschuh am Fuß. Wesseling wendete umständlich und wich einem Schlagloch aus. Wie immer fuhr er viel zu schnell. Als die Rücklichter am Horizont verschwanden, war Sonja nicht mehr sicher, ob dieses Bein ein linkes oder ein rechtes gewesen war. Irritiert schüttelte sie den Kopf, kehrte ins Forsthaus zurück, nahm den Brief von der Anrichte und ließ sich in den Ohrensessel fallen.

Die einen gehen, die anderen kommen, dachte sie, riss den Umschlag auf und sagte leise: »Hallo!«

Auch in dieser Nacht fiel kein Schnee.

Danksagung

Ich danke ...

dem **Kriminalkommissariat Euskirchen** für die Bereitschaft, für Hauptkommissarin Sonja Senger eine halbe Stelle freizumachen.

Michael Zink
vom Verein »Eisenbahnfreunde Eifel- & Moselstrecke« für die wertvollen Tipps zu den Themen rund um Triebwagen, Videoüberwachung, Zweigleisigkeit, Kaller Tunnel und ... und ...

Dr. Frank Glenewinkel
für seinen Vortrag zum Thema »Todesfeststellung«, den er am 23. Mai 2008 für die *Sisters in Crime* in der Rechtsmedizin Köln gehalten hat. Quod bonum felix faustum fortunatumque sit!

Ina
Studentin der Rechtsmedizin, u.a. für die Infos zum Thema »Tödliche Verletzungen«.

Marie-Luise
für ihre tausend Ideen, besonders während der Criminale 2008 in Wien.

und meinen Söhnen Stephan und Jan fürs Brainstorming!

KBV-KRIMI

Erika Kroell
ERST EINS, DANN ZWEI
Taschenbuch, 294 Seiten
ISBN 978-3-940077-30-1
9,50 EURO

Das neue Jahr ist erst wenige Stunden alt, als die beiden Ermittlerinnen Daniela Flegel und Maxine Kraut schon wieder vor einer neuen Aufgabe stehen: Im beschaulichen Ahrtal, das im Winterschlaf vor sich hindämmert, wird die Leiche einer jungen Frau gefunden.

Dass dies erst der Auftakt zu einer bizarren Mordserie ist, ist den beiden Polizistinnen zu diesem Zeitpunkt noch nicht klar. Doch schon bald geschehen weitere Morde, und Flegel und Kraut stehen vor einer der größten Herausforderungen ihrer Laufbahn.

Die Opfer sind alle weiblich, doch das ist offenbar auch das einzige, was sie miteinander verbindet.

Es gibt im Umfeld keine erkennbaren Feinde, keine möglichen Motive, die Frauen sind weder gequält noch verstümmelt worden, die Morde so kaltblütig und leidenschaftslos ausgeführt, dass sie auch kaum als Taten eines Triebverbrechers in Betracht kommen.

Erst die ungewöhnliche Begegnung mit dem jungen Autisten Ralph bringt die Polizistinnen auf eine entscheidende Spur.

»Erika Kroell ist ein feiner Thriller mit einem ungewöhnlichen Plot gelungen.« (Themenguide.de)

KBV-KRIMI

Carola Clasen
WILDFLUG
Taschenbuch, 220 Seiten
ISBN 978-3-937001-88-3
9,50 EURO

Die Eifel ist in heller Aufruhr. Zu einem Fest in der Greifvogelstation Hellenthal reisen im Privat-Jet Karim bin Zayed Al Nahyan, einer der vielen Brüder des Emirs von Abu Dhabi und sein Lieblingsfalke Amir an.
Die Presse überschlägt sich. So erfährt auch Sonja Senger von dem Ereignis, aber sie hat andere Sorgen. Sie pflegt ihren ausgewachsenen Blues in ihrem Forsthaus in Wolfgarten am Ende der Stromleitung. Jerome hat sie verlassen. Und auch als Kommissarin ist sie eigentlich weg vom Fenster, denn sie hat ihren Dienst in Köln nicht angetreten.
Als sie einige Tage später bei einem Waldspaziergang einen verletzten Raubvogel findet, benachrichtigt sie die Greifvogelstation. Schnell steht fest, dass es sich um Amir handelt, der mit seinem Herrn längst wieder in Abu Dhabi sein sollte. Und eines ist klar: Karim bin Zayed Al Nahyan würde das Land nicht ohne seinen Liebligsfalken verlassen. Niemals.

»Höchst unterhaltsam - Carola Clasens neuer Krimi ist auch ein Meisterwerk des Humors.« (Kölnische Rundschau)